Knaur.

D1925079

Knaur.

Über die Autorin:
Kavita Daswani arbeitete als Moderedakteurin für CNN, CNBC Asia, sie schrieb außerdem für *Women's Wear Daily*, die *Los Angeles Times* und *The International Herald Tribune*. Geboren in Bombay, lebt Kavita Daswani heute in Los Angeles.

Kavita Daswani

Süß wie eine Mango

Roman

Aus dem Amerikanischen
von Sonja Hauser

Knaur Taschenbuch Verlag

Die amerikanische Originalausgabe erschien 2004
unter dem Titel »The Village Bride of Beverly Hills«
bei Putnam, New York

Besuchen Sie uns im Internet:
www.knaur.de

Sagen Sie uns Ihre Meinung zu diesem Buch unter
frauen@droemer-knaur.de

Deutsche Erstausgabe 2005
Copyright © 2004 by Kavita Daswani
Copyright © 2005 für die deutschsprachige Ausgabe
by Knaur Taschenbuch. Ein Unternehmen der Droemerschen
Verlagsanstalt Th. Knaur Nachf. GmbH & Co. KG, München
Alle Rechte vorbehalten. Das Werk darf – auch teilweise –
nur mit Genehmigung des Verlags wiedergegeben werden.
Redaktion: Kathrin Stachora
Umschlaggestaltung: ZERO Werbeagentur, München
Umschlagabbildung: Corbis
Satz: Ventura Publisher im Verlag
Druck und Bindung: Clausen & Bosse, Leck
Printed in Germany
ISBN-13: 978-3-426-62987-1
ISBN-10: 3-426-62987-9

5 4 3 2 1

Eins

Keine Frau in meiner Familie übte je einen Beruf aus.

Und keine Frau in meinem ziemlich weitläufigen Clan blätterte meines Wissens jemals Stellenanzeigen durch oder rutschte nervös auf einem Stuhl herum, während eine ihr unbekannte Person sie nach ihrer »bisherigen Tätigkeit« befragte. Was sollte sie auch sagen? Dass ihre primäre Aufgabe darin bestand, zunächst Vater und Brüder zu versorgen und später Ehemann und Söhne?

Also war ich einigermaßen bestürzt, als meine Schwiegermutter mir einen hölzernen Kochlöffel in den Bauch drückte, sich beklagte, weil ich ihr noch keine Enkel geschenkt hatte, und schließlich meinte, ich könne mich ja auf andere Weise nützlich machen und mein Glück in der Arbeitswelt versuchen.

»Das Leben in Amerika ist teuer«, sagte sie und presste den Löffel so fest in meinen Unterleib, dass ich mich glücklich schätzen konnte, *kein* Kind unter dem Herzen zu tragen. »Wir sind hier nicht in Indien. In diesem Land arbeitet jeder.«

Da war es egal, dass meine Hochzeit nicht lange zurücklag und ich kaum alle Seidensaris und Silberbecher ausgepackt hatte, die zu meiner kleinen, aber achtbaren Aussteuer gehörten. Es zählte auch nicht, dass ich noch dabei war, mich an das Leben in einem fremden Land und mit einem Mann, den ich letztlich nicht kannte, sowie mit seinen Eltern und seiner jüngeren Schwester zu gewöhnen. Und genauso wenig interessierte es, dass ich, soweit ich das verstand, in dieser Familie als frisch gebackene Ehefrau und Schwiegertochter Haushälterin, Köchin und Mädchen für alles spielen sollte.

All das hatte ich erwartet.

Aber ich hätte nie gedacht, dass jemand – ausgerechnet eine überzeugte Hüterin der Tradition wie meine Schwiegermutter – mir sagen würde, ich solle mir einen Job suchen.

In all den Frauengenerationen meiner Familie würde ich die Erste sein.

Eigentlich hätte ich mich wie eine Pionierin des weiblichen Rechts auf Unabhängigkeit fühlen sollen.

Doch ich hatte Angst.

Ob absichtlich oder zufällig – meine Eltern hatten meinen Schwestern und mir nie viel von der Welt gezeigt. Ihrer Meinung nach gab es in Indien genug zu sehen und zu erleben; man brauchte das, was jenseits der Grenzen unseres Heimatlandes lag, nicht zu erkunden. Ein wenig lässt sich diese begrenzte Welt-

sicht vermutlich mit der vieler Amerikaner verglei-
chen, die ich bald kennen lernen sollte.
Und so empfand ich meine Ankunft im Tom Bradley Terminal des Los Angeles International Airport an einem dunstigen Tag zwei Monate davor als Schock. Den ganzen Flug über hatte ich, obwohl von meiner Hochzeit ein paar Tage zuvor träumend, nur mit Mühe die Sehnsucht nach meiner Familie unterdrückt, von der ich doch gerade erst weggegangen war.
Immer wieder wurde mir gesagt, wie glücklich ich mich schätzen könne, nach Amerika überzusiedeln, und wie viele meiner Landsleute alles dafür geben würden, in ein Land zu gehen, in dem es offenbar möglich war, im Handumdrehen vom einfachen Einwanderer, der in irgendeinem Geschäft arbeitete, zum wohlhabenden Motelinhaber aufzusteigen. Sanjay hatte mir ein Verlobtenvisum besorgt, weil er von unserem ersten Telefonat an überzeugt war, dass ich die Richtige für ihn sei. In Amerika, hatte er mir erklärt, müssten wir uns nur noch standesamtlich trauen lassen.
»Eine schlichte Feier, nichts Großes«, sagte er. »Dann hat alles seine Richtigkeit, und du gehörst zur Familie.«
Jetzt saß ich eingezwängt auf dem mittleren Sitz in einem bis zum letzten Platz gefüllten Flugzeug. Die eine Armlehne hatte mein Mann mit Beschlag belegt, die andere ein kräftiger Sikh mit Turban. Noch vor der Landung fühlte ich mich eingeengt und klein.
Im Terminal war ich dann nicht nur über die Masse

der Menschen erstaunt, sondern auch über ihre Verschiedenheit. Das indische Fernsehen hatte mich nicht auf ihre Vielfalt, ihre fremden Hautfarben, Kleidungsstile und Kulturen vorbereitet: die schwarze Frau mit der knallengen Hose und den langen purpurfarbenen Fingernägeln, die meine Einwanderungsunterlagen überprüfte; der kindlich kleine Chinese mit der winzigen Brille, der darauf wartete, dass seine Mutter durch den Zoll käme; der fette Weiße, der seine Kinder anbrüllte, sie sollten ihm aus dem Weg gehen, damit er das Gepäck auf einen immer wieder wegrollenden Wagen hieven könne.
Schon der Flughafen war eine Welt, die ich nicht kannte und deren Teil ich nie werden würde, das wusste ich.

Eine Woche nach unserer Hochzeit in Delhi landeten Sanjay und ich in Los Angeles, wo er seit zwei Jahrzehnten lebte. In den nächsten paar Wochen würden er und ich allein sein, weil meine Schwiegereltern und Sanjays Schwester Malini in Indien geblieben waren, um herumzureisen und vermutlich auch Ausschau nach einem Ehemann für meine Schwägerin zu halten, die gerade zwanzig geworden war.
»Willkommen«, sagte Sanjay, als er die Tür hinter uns schloss. »Dies ist dein neues Zuhause.«
Das Haus lag in einer ruhigen Straße in Northridge, in einem allgemein unter dem Namen »Valley« bekann-

ten Viertel. Das klingt ländlich klein und ein wenig altmodisch, aber tatsächlich ist die Gegend ziemlich weitläufig. Sanjay ließ das Gepäck auf den Boden fallen und bewegte sich in Richtung Couch, während ich stehen blieb und mich umsah.

Immerhin war es ein hübsches Haus, und dafür konnte ich dankbar sein. Eine meiner Freundinnen in Delhi hatte gerade eine arrangierte Ehe mit einem Mann in Chicago geschlossen, aber, als sie mit der Vorfreude einer jungen Braut dort ankam, feststellen müssen, dass er in einer Garage lebte.

Doch hier gab es genügend Platz: einen offenbar selten benutzten großen Wohnraum mit klobigen Möbeln, Marmortischen und Kristalllüster. Dazu ein getrenntes Esszimmer mit einem langen Tisch, hochlehnigen Holzstühlen und einer Vitrine, darin schimmernde Figurinen. In Indien hätte man dieses Haus einen Palast genannt, und mich hätte man beneidet, weil ich darin leben durfte.

»Komm, ich zeig dir mein ... ich meine *unser* Schlafzimmer«, sagte Sanjay und ergriff meine Hand.

Es handelte sich um das Zimmer eines Mannes, der dem Jungenalter noch nicht gänzlich entwachsen war. Ein Durcheinander aus Kleidungsstücken und Zeitungen bedeckte den Boden, ein Fernseher mit riesigem Bildschirm stand in einer Ecke, und Fernbedienungen für eine ganze Reihe anderer Geräte lagen auf dem Tischchen neben dem Bett.

»Toll, was?«, grinste Sanjay.
»Ein bisschen unordentlich«, erwiderte ich.
»Warum sollte ich denn aufräumen, wenn jetzt meine Frau, meine neue *biwi*, das für mich erledigt?«, meinte er lächelnd.
Ich hatte meine Stimme in seiner Gegenwart noch nie erhoben, deshalb überraschte es mich umso mehr, als ich plötzlich laut wurde.
»Ich bin nicht dein Dienstmädchen!«, rief ich aus und spürte, wie wochenlange Anspannung und Angst meinen erschöpften Körper überwältigten. Ich wusste, dass ich mich wieder in die sanfte, unterwürfige Hindu-Frau der letzten Woche verwandeln sollte, aber dazu war ich einfach zu übermüdet.
»Glaub bloß nicht, dass du mich behandeln kannst wie ein Dorfmädchen, weil ich aus Indien komme und du in Amerika groß geworden bist«, sagte ich verärgert.
Sanjay zuckte zusammen. Offenbar erkannte er die übellaunige Frau vor sich nicht wieder. »Es war ja nur ein Scherz«, meinte er. »Warum führst du dich so auf?«
Ich ging zurück ins Wohnzimmer, wo ich einen Stapel Zeitungen von der Couch auf den Boden schob. Sobald ich saß, kamen mir die Tränen. Ich hatte noch Ohrensausen von der Landung, und meine Lippen waren rissig von der kalten Luft im Flugzeug. Was machte wohl meine Familie zu Hause in Indien? Hatte

mein Vater schon seinen morgendlichen *chai* getrunken? Rügte meine Mutter die *dhobi*, weil sie wieder einmal eines ihrer Kleider ruiniert hatte? Kämmte Radha ihr langes Haar? Kümmerte Roma sich um den Haushalt? Lag Ria, in ein Buch versunken, auf ihrem Bett? Ich wusste, dass ich mich – vorausgesetzt, es gab keine unvorhergesehenen Vorfälle oder Feierlichkeiten – lediglich auf einen Indienbesuch jährlich freuen konnte. Andere Menschen lebten vierzig Minuten oder drei Stunden von ihren Eltern entfernt; ich würde sie ein Jahr lang nicht sehen.

Sanjay setzte sich vorsichtig neben mich aufs Sofa.

»Warum weinst du, Priya? Es war doch nur ein Scherz.«

»Tut mir Leid«, sagte ich. »Deswegen weine ich nicht. Mir fehlt meine Familie. Ich weiß, dass ich deine Eltern als die meinen sehen soll, aber das kann ich nicht. Das hier ist nicht mein Zuhause. Was, wenn diese Entscheidung ein großer Fehler war und wir sie nicht mehr rückgängig machen können?« Ich wandte mich, immer noch weinend, von ihm ab.

Da spürte ich seine Hand auf meinem Rücken und meinem Haar, und ich hörte seinen Atem. Er schien nicht zu wissen, wie er weiter mit mir umgehen sollte.

»*Roh-na*«, sagte er schließlich sanft und bat mich noch einmal, nicht zu weinen. »Die Situation ist für uns beide neu. Wir schaffen das schon.«

Rückblickend halte ich das für den Beginn meines Ehelebens.

Zum ersten Mal litt ich unter Jetlag. Er war mir genauso fremd wie die Seekrankheit oder ein Kater. Und er ließ den Glauben in mir wachsen, dass es durchaus etwas für sich hatte, das ganze Leben in einer einzigen Zeitzone zu verbringen. Obwohl ich den Abend und den Schlaf kaum hatte erwarten können, endete die Nacht abrupt, bereits Stunden vor Sonnenaufgang. In diesem Augenblick fühlte ich mich am einsamsten und verletzlichsten, immer noch schockiert über die plötzliche Veränderung meines Lebens.

Später, als auch Sanjay aufwachte, erklärte er mir, wenn er mir alles zeige, helfe ihm das, Altes mit neuen Augen zu sehen. Er erfreute sich an meinem Staunen über die Billigstpreise für Batterien und Babylotion im Nur-99-Cent-Laden und über die Warenhäuser – mir kamen sie so groß wie Bihar vor –, wo Leute Zwölferpackungen Pizza erwarben. In Indien nahmen amerikanische Supermärkte in Erzählungen fast schon mythische Dimensionen an; sie waren für sich eine Sehenswürdigkeit. Ich fühlte mich wie in einem riesigen beleuchteten Kühlschrank. Apfelmus, das es in Delhi überhaupt nicht gibt, füllte hier eine ganze Regalreihe. Nicht einmal die Hälfte dieser Gläser würde im Jagdish Platz finden, dem Lebensmittelladen in der Nähe meines Elternhauses, wo die Bediensteten Säcke mit Reis und *dals* und Päckchen mit hartem indischem Kaugummi kaufen.

Bei meinem ersten Besuch in unserem örtlichen Supermarkt einen Tag nach meiner Ankunft in Amerika zog ich den Pullover enger um den Leib, als ich mich der Tiefkühlabteilung näherte. Ich holte Eiscreme und Kuchen, Hühnchen und Soße, Erbsen, Kartoffeln und Mais aus den Truhen, höchst erstaunt darüber, dass alles in kleinen Pappbehältern verkauft wurde und man nichts mehr schneiden oder hacken musste.

»Rabatte, Sonderaktionen, Bonuspunkte«, sagte die Frau an der Kasse. »Füllen Sie das Formular aus, und schon sind Sie in unserer Kundenkartei.« Ich lächelte stolz, als ich meine Daten eintrug, und freute mich darauf, meinen Eltern am Telefon zu erzählen, dass ich so schnell Mitglied eines Clubs geworden war.

Am Abend demonstrierte Sanjay mir, wie man Tofu-Burger macht. Drei Stunden verbrachte er damit, mir zu erklären, wie man DVD- und CD-Spieler, Fernseher, Videorekorder und Laptop bedient, und am Ende war mir ganz schwindelig davon. Er zeigte mir alle Lichtschalter, wie man das Garagentor öffnet und was man tut, wenn die Alarmanlage versehentlich losgeht. Am Schluss machte er mich noch mit der Funktionsweise des Müllschluckers in der Küche vertraut und reagierte höchst erstaunt, als ich ihm sagte, so etwas hätte ich noch nie gesehen.

»Habt ihr in Indien denn keine Müllschlucker?«, fragte er.

»Doch«, antwortete ich, »die Straße.«

Noch immer zögerte ich, etwas anzufassen, aus Angst davor, dass das Haus explodierte. Ich fragte ihn, wo ich eine Taschenlampe finden könne.

»Wozu brauchst du die denn?«, erkundigte er sich.

»Für Black-outs.«

»Einen Black-out hast du hier nur, wenn du zu viel trinkst. Wir nennen das Stromausfall, und so etwas passiert so gut wie nie. Du vergisst, dass du nicht mehr in Indien bist«, meinte er lachend.

Als Sanjay am nächsten Morgen zur Arbeit fuhr, begann ich mein Leben als Ehefrau ernsthaft anzugehen. Ich packte meine Sachen aus, angesammelt im Verlauf von fast einem Vierteljahrhundert Leben, reduziert auf das, was sich in zwei Koffern unterbringen ließ. Sanjay hatte einen kleinen Teil seines Schranks freigeräumt, der kaum für meine Aussteuer ausreichte. Die wohlhabenden Bräute in Delhi bekamen mehr als zwanzig Abendroben, Saris und Tageskleider, während die Armen sich mit zweien zufrieden geben mussten. Obwohl es meinen Eltern nicht leicht gefallen war, hatten sie mir jeweils sechs Sets spendiert. Irgendwie musste ich das alles nun in einem Schrankteil unterbringen, der kaum breiter war als ich selbst. Als Sanjay mir stolz zeigte, wie viel Platz er für mich gemacht hatte, fragte ich ihn vorsichtig, ob er sich noch ein wenig mehr einschränken könne, doch er deutete nur stumm auf seine zahllosen Pullover, Anzüge und dicken Winterjacken und erklärte mir, fürs

Erste müsse das reichen, was er mir zur Verfügung gestellt habe.
Meine Schwiegereltern würden in zwei Wochen zurückkommen, und bis dahin sollte ich dafür sorgen, dass das Haus glänzte wie Marmor im Mondlicht. Der Sitte gemäß bestand meine Aussteuer fast ausschließlich aus neuen Kleidungsstücken, doch zum Glück hatte ich daran gedacht, zwei alte Sets für »harte Putztage« einzupacken. Ich schlüpfte in einen fahlgrünen *salwar kameez*, ein traditionelles Hemdblusenoberteil mit weiter Hose, auf dem sich alte Maisöl- und Kurkumaflecken befanden, die die *dhobi* nicht hatte entfernen können.
In dieser bequemen Kleidung rückte ich Sofas, wischte und saugte Staub, schrubbte Toiletten und warf die alten Zeitungen in die Mülltonne. Sogar die Garagenböden säuberte ich. Und die ganze Zeit über fragte ich mich, wie das Haus so schmutzig hatte werden können, wenn doch zwei Frauen darin wohnten. Es war fast, als hätten sie nur auf meine Ankunft gewartet.
Das letzte Zimmer, das ich sauber machte, gehörte meiner Schwägerin Malini. Bei der *sagri*-Zeremonie vor der eigentlichen Hochzeit, wenn die Familie des Bräutigams feiert und die Braut willkommen heißt, hatte sie mir einen Kranz umgehängt, mir einen Kuss auf die Wange gedrückt und mich angesehen, als fände sie mich tatsächlich sympathisch. Als ich den Blick senkte, war mir etwas Glänzendes an ihrem Bauch

aufgefallen. Nun, vielleicht etwas Flitter von meinem Haar, hatte ich gedacht, aber bei genauerem Hinsehen gemerkt, dass Malini einen Ring im Bauchnabel trug. Und sie hatte hastig ihren Sari darübergezogen und sich von mir entfernt.

Malini wäre es sicher nicht recht gewesen, wenn sie gewusst hätte, dass ich mich in ihrem Zimmer aufhielt, und ich muss zugeben, dass es eher meine Neugierde als ihre Schlampigkeit war, die mich hineintrieb. Während ich mich umsah, fragte ich mich, wie es wohl war, als Mädchen in Amerika aufzuwachsen. In dem Zimmer herrschte Dunkelheit; dicke gelbe Vorhänge sperrten das Sonnenlicht aus. An der Wand standen ein schmales Bett, eine dazu passende Frisierkommode und ein Nachtkästchen. Teddybären und Plüschaffen saßen auf der hellorangefarbenen Tagesdecke, und ein ordentlicher Stapel *Teen-People*-Zeitschriften lag auf einem Beistelltischchen. Auf der Frisierkommode entdeckte ich gerahmte Fotos: Malini mit Sanjay beziehungsweise ihren Eltern oder Malini allein in einer Gruppe amerikanischer Mädchen. So hübsch hatte ich sie nicht in Erinnerung. Ihre Haare waren modisch kurz geschnitten und ihre Zähne weiß und glänzend, zweifelsohne mit einer der zahllosen amerikanischen Zahnpastasorten gepflegt. Auf allen Bildern trug sie Jeans und dazu eine kurze Bluse – eine pinkfarbene, eine weiße, eine mit Blümchenmuster. Obwohl ich wusste, dass es nicht richtig war, ihren

Schrank zu öffnen und hineinzuschauen, tat ich es: Dort hingen Jeans und hübsche Tops und Jäckchen, schicke Sachen, die ich bereits an Leuten im Supermarkt und auf der Straße gesehen hatte.

Als ich wieder eine Ladung Müll hinaustrug, stopfte der Postbote gerade etwas in den Briefkasten. Ich hatte ihn früher schon durchs Fenster beobachtet; nun stand ich zum ersten Mal direkt neben ihm.

»Na, wie geht's?«, fragte er. »Wie viele Tage die Woche arbeiten Sie hier?«

»Wie bitte?«

»Ich wusste gar nicht, dass die Sohnis ein Hausmädchen haben. Gute Idee, sie sind immer so beschäftigt. Wie oft kommen Sie?«

»Ich bin nicht das Hausmädchen«, erwiderte ich, »sondern die Ehefrau.«

Zwei

Schon bald wusste ich, was Sanjay meinte, wenn er von Amerikas »Stickermentalität« sprach.

»Siehst du«, sagte er, wenige Tage nachdem wir uns bei einer kurzen, deprimierend unromantischen standesamtlichen Feier die Hochzeitsurkunde geholt hatten, und deutete auf dem Weg zur Führerscheinstelle, wo ich die Fahrerlaubnis beantragen sollte, auf Wagen, die wir passierten.

»Die Amerikaner sind geschwätzig. Sogar die Autos sprechen.« Innerhalb von zwanzig Minuten zählte ich fünfzehn Sticker mit Sprüchen – der eine Fahrer prahlte mit den schulischen Leistungen seines Kindes, ein anderer brachte seinen Stolz darüber, Amerikaner zu sein, zum Ausdruck, wieder ein anderer ermahnte seine Mitmenschen, »Dem Frieden eine Chance« zu geben. Die Leute fuhren allein in riesigen Blechkisten, die die Straßen verstopften, mindestens eineinhalb Parkplätze für sich beanspruchten und deren Inneres größer war als der Lebensraum so mancher vierköpfigen Familie in Indien. Dabei aßen und tranken sie, sahen fern oder führten per Handy Gespräche.

Die Menschen in diesem Land waren alles andere als zurückhaltend und erwarteten von anderen nicht, dass sie sich um ihre eigenen Angelegenheiten kümmerten. Wenn ich im Postamt in der Schlange wartete, um Briefe oder Päckchen an meine Familie in Delhi aufzugeben, hätte ich nach einer Weile eine kurze Abhandlung über meinen Vordermann verfassen können. Ein »Hallo, wie geht's?« in meine Richtung setzte eine über weite Strecken einseitige Unterhaltung in Gang, die sich um seine letzte Scheidung und seinen Leistenbruch sowie dessen Behandlung drehte und zu der ich meist nur ein höfliches Nicken beisteuerte.

Im Fitnessstudio, das ich auf Sanjays Betreiben hin besuchte, weil in Amerika alle etwas für ihren Körper tun, war »Scham« ein Fremdwort. Während ich im Schutz einer Toilettenkabine in meine Sportkleidung schlüpfte, rieben sich draußen nackte Frauen ungeniert die Beine mit Feuchtigkeitscreme ein oder kämmten sich die nassen Haare, während sie über Kardiogramme, Kohlenhydrate und Kalorien diskutierten. Ihre Körperbehaarung befand sich an den richtigen Stellen, anders als bei mir und den Frauen in Indien, die wie ich Salons zur »Ganzkörperenthaarung« besuchten. Zur Aerobicstunde trugen die Amerikanerinnen hautenge Shorts und Bustiers, während ich mich in Jogginghose und oberschenkellangem T-Shirt in der hintersten Ecke bei den Turnmatten abquälte. Ich weigerte mich, im Fitnessstudio zu duschen, weil der Vorhang dort viel zu schmal für die Kabine war.

Jeden Tag fuhr Sanjay zur Arbeit, genauer gesagt zu dem Taschenimportgeschäft, das er mit seinem Vater führte, und ich erledigte die Hausarbeit. Am Nachmittag, eine oder zwei Stunden bevor ich mit der Zubereitung des Abendessens begann, hatte ich Zeit zum Fernsehen. Das echte Amerika lebte wie in den Soaps, da war ich mir sicher, mit wahnwitzigen Zufällen, fröhlichem Lachen, charmanten, faszinierenden Menschen und interessanten Situationen.

Doch anders als die Leute im Fernsehen konnte ich meinem Dasein als frisch Verheiratete keine ekstatischen Gefühle abgewinnen und bewegte mich nicht in einem Nebel der Romantik. Allerdings hatte ich das auch nicht erwartet, also erschienen mir meine Zufriedenheit sowie meine allmähliche Anpassung an das neue Leben schon genug. Meine Großmutter hatte oft gesagt, stetes Glück sei ein Mythos und bringe letztlich Unglück.

»Je mehr du lachst, desto mehr wirst du irgendwann weinen«, erklärte sie gern. »Tragödien suchen immer die Menschen heim, die zu glücklich sind.« Es sei besser, Momente der Langeweile, ja manchmal sogar der Verzweiflung in einem ansonsten bescheidenen und zufriedenen Leben zu akzeptieren.

Und meine Großmutter hat immer Recht.

Der Regen prasselte vom Himmel herab wie Glas. Sanjay hatte mich angerufen, um mir mitzuteilen, dass er eines Kunden wegen länger im Geschäft bleiben würde, sodass ich allein Tee trinken und Zeitschriften lesen musste. Auf der Titelseite einer Illustrierten prangte ein Foto von Jennifer Aniston – die Namen der Akteure, die regelmäßig in Fernsehsendungen auftraten, kannte ich bereits alle. Die Schauspielerin schaute mit laszivem Blick in die Kamera; eine knallenge Jeans umfasste ihre schmalen Hüften. Ich wusste, dass sie mit dem sogar in Indien berühmten Brad Pitt verheiratet war.

Eigentlich hätte ich im Fitnessstudio sein sollen, aber mir war nicht nach den gebrüllten Anweisungen der Trainer: »Auf Oberschenkel- und Bauchmuskulatur achten! Anspannen! Lockern! Anspannen!« Und ich wollte auch andere Muskeln nicht betätigen, deren genaue Lage ich trotz der zwei Jahre Biologieunterricht in der Schule noch immer nicht ergründet hatte. Also verbrachte ich den Nachmittag auf dem moosgrünen Ledersofa im Wohnzimmer, trank den letzten Schluck von meinem *chai* und genehmigte mir noch einen Haferflocken-Rosinen-Keks von dem Teller auf dem niedrigen Glastischchen.

Von draußen war lediglich das Geräusch des Regens zu hören. Bald würde ich mit den Essensvorbereitungen beginnen müssen, dachte ich träge. Vielleicht würde ich nur die Auberginenreste vom Vorabend aufwärmen, dazu Kartoffeln kochen und das Ganze mit Kreuzkümmel würzen, um den Geschmack zu verändern. Einer müden Hindu-Braut mangelt es nie an Einfällen. Dies war der letzte Tag, an dem ich schalten und walten konnte, wie ich wollte, denn am nächsten würden meine Schwiegereltern zurückkommen. Von da an war keine Resteküche mehr erlaubt, und meine Schwiegermutter würde es mir bestimmt nicht gestatten, einfach die Füße hochzulegen. Auch Malini würde mit Sicherheit ihren Senf dazugeben.

Und so beschloss ich, mir ein letztes Nachmittagsschläfchen zu gönnen.

Ich schlummerte so fest, dass ich nicht einmal Sanjay nach Hause kommen hörte. Als ich benommen die Augen aufschlug, merkte ich, dass etwas Speichel aus meinem Mund auf die Armlehne der Couch getropft war, auf der mein Kopf geruht hatte. Wie peinlich, dass Sanjay mich so sah! Ich sperrte ja immer noch die Badtür ab und konnte mich nur über die Leute im Fernsehen wundern, die in Gegenwart des Partners wirklich alles taten.

»Ach, du bist da«, begrüßte ich Sanjay. »Tut mir Leid, ich muss eingenickt sein. Wie spät ist es? Ich mache gleich das Essen fertig.« Noch ein wenig schläfrig schwang ich die Beine über die Sofakante und setzte mich in Richtung Küche in Bewegung.

»Ach was«, meinte Sanjay und ergriff meinen Arm. »Vergiss es. Wir gehen aus.«

»Aber warum? Es hat doch niemand Geburtstag.«
»Egal«, antwortete Sanjay. »Heute Abend lassen wir es uns gut gehen. Morgen sind alle wieder da. Das ist unser letzter Abend allein.«

So kam es zu meiner ersten Begegnung mit einem amerikanischen Büfett. Wenn Freunde oder Verwandte aus den Staaten nach Indien zurückkehrten, erzählten sie immer vom Essen. »Riesige Teller«, sagten sie. »Riesige Portionen. Da wird man leicht dick.« Auf den an einer Wand des Restaurants arrangierten Tabletts lagen feucht schimmernde gelbe Maiskörner neben glänzenden grünen Erbsen. Rote-Bete-Scheiben ruhten neben wie Minibäume zugeschnittenen Brokkolistrünken. Dazu kamen Kidney-, Schwarzauge- und Limabohnen.
»Schau, da drüben geht's weiter«, sagte Sanjay. Plastiktabletts in der Hand, wechselten wir in einen Bereich, in dem große Edelstahlbehälter mit dampfender Minestrone, Erbsen-, Fisch- oder Hühnernudelsuppe warteten. Weiter unten gab es Käsesandwiches und Knoblauchbaguettes, Pizzaschnitten und mit Marmelade gefüllte Muffins. Dahinter entdeckte ich die Nachspeisen: wabbelnde Götterspeise, Kuchen und weiße Creme. Nach all den Keksen zu Hause hatte ich eigentlich keinen großen Hunger, aber diesem Angebot konnte ich nicht widerstehen.
»Erzähl, was hast du heute gemacht?«, fragte Sanjay,

während er Tomatenscheiben auf seinen Teller lud. »Gewöhnst du dich allmählich an das Leben hier?«

Nun wäre ich gern die clevere Lady mit dem noblen englischen Akzent aus der Serie *Cheers* gewesen, der immer eine witzige Antwort einfiel, oder die fröhliche rothaarige Mutter aus *Happy Days*. Da ich weder die eine noch die andere war, begnügte ich mich damit, Sanjay vom Highlight meines Tages, dem telefonischen Kreditkartenangebot einer Dame, zu berichten, die dieses Angebot jedoch hastig zurückzog, als sie hörte, dass ich noch nie eine besessen hatte.

»Ich glaube, ich bin ein bisschen nervös«, gestand ich Sanjay und merkte, dass mir das gerade erst selbst klar zu werden begann. »Ich mache mir Gedanken, weil deine Familie morgen zurückkehrt, und frage mich, ob wir alle … miteinander auskommen werden.«

»Das verstehe ich«, meinte Sanjay mit einem Nicken. »Aber das klappt schon. Sie werden lernen, dich zu lieben«, versuchte er mich zu beruhigen, während er abgepackten Senf auf seine Pommes drückte. Dann sah er mich mit einem aufrichtigen Blick an. »Mach, was sie von dir verlangen, sprich nicht zu viel und lächle, dann wird alles gut.«

Plötzlich bewegte sich der Löffel Erbsensuppe, den ich gerade zum Mund hatte führen wollen, nicht mehr weiter. Theoretisch wusste ich Bescheid über das Verhalten guter Schwiegertöchter, aber dass die Empfehlung meines Ehemannes mit genau dieser

Theorie übereinstimmen würde, hatte ich nicht erwartet.

»Und was ist, wenn sie mir etwas auftragen, das ich nicht kann?«, fragte ich ihn voller Angst. »Was ist, wenn sie, egal was ich mache, nie zufrieden sind?«

»Meine Eltern sind vernünftige Menschen«, erklärte Sanjay. »Solange du dich nicht mit ihnen anlegst, ist alles in Ordnung. Und dafür wird es keinen Grund geben, weil sie, wie gesagt, vernünftige Menschen sind. Halt einfach den Mund und tu, was sie dir auftragen. Bist du fertig? Dann lass uns nach Hause gehen.«

Am nächsten Tag hielt ich am Flughafen bei der Begrüßung von Sanjays Eltern artig den Kopf gesenkt, eine Geste, die sie auch mindestens im ersten Jahr meiner Ehe am Morgen nach dem Aufstehen und am Abend vor dem Schlafengehen von mir erwarten würden.

Meinen Schwiegervater hatten sie in Indien im Rollstuhl herumgeschoben. Normalerweise konnte er sich mithilfe eines Stocks fortbewegen, den er nach einem Sturz in der Badewanne benötigte. (Amerikanischer Sitte folgend hatte er den Bauunternehmer verklagt.) Aber da er Gratisfahrten nie verachtete, nahm er das Angebot mit dem Rollstuhl gern an. Malini und ich umarmten uns verlegen; sie starrte dabei meinen narzissengelben Sari an und ich ihren engen Samtjogginganzug.

Auf dem Parkplatz gegenüber vom Terminal begannen wir die zahllosen Gepäckstücke in den Wagen zu laden. In den Koffern befanden sich Dutzende von Paketen *masala* und *chevda*, ohne die die indische Küche nicht auskommt, sowie Seiden- und Brokatstoffe, die meine Schwiegereltern in Delhi für sich oder als Teil meiner Mitgift erworben hatten.

Ich half meinem Schwiegervater auf den Beifahrer- und meiner Schwiegermutter auf den Rücksitz. Malini stieg auf der anderen Seite ein. Sanjay ließ den Motor an, als ich die letzte Tüte in den Kofferraum quetschte und den Deckel zuschlug. Sobald er geschlossen war, fuhr mein Mann, der wohl dachte, alle seien im Auto, los. Erst als er den Wagen um die Ecke lenken wollte, merkte er, dass ich nicht dabei war, und kehrte um.

»Tut mir Leid, mein Fehler«, sagte er, als ich die Tür öffnete und einstieg. Meine Schwiegermutter wirkte alles andere als begeistert, dass sie für mich Platz machen musste.

Zu Hause schleppte ich das Gepäck in die verschiedenen Zimmer, massierte meiner Schwiegermutter die Füße und begann das Essen aufzuwärmen, das seit acht Uhr im Ofen wartete.

»Weißt du, Ma, Priya hat sich große Mühe gegeben, alles für eure Rückkehr vorzubereiten«, sagte Sanjay, während er an seinem Tee nippte. »Sie war wirklich sehr fleißig. Das Haus ist blitzblank, und sie hat gelernt, die Lebensmitteleinkäufe und alles andere al-

lein zu erledigen. Sie kennt die Marken, die wir verwenden, und benutzt sogar schon Coupons.«
Ich lächelte, erfreut darüber, dass ihm das aufgefallen war. »Haha, sehr gut«, meinte meine Schwiegermutter. »Was gibt's zu essen?«
Zur Feier ihrer Rückkehr hatte ich ein südindisches Gericht zubereitet. Ich stellte die Tabletts mit gedämpftem *idli* und würzigem *sambar* auf den mit weißen Papiersetdeckchen geschmückten Tisch. Das helle Deckenlicht ließ Besteck und Würztöpfchen erstrahlen, sodass alles aussah wie auf einem Foto in einem Lifestyle-Magazin.
Das Essen dauerte nicht lange. Anders als im Fernsehen erlebte ich keine entspannten Gespräche bei Cognac und Pralinen. Der gefürchtete erste Abend mit den Schwiegereltern schien aber alles in allem gut gelaufen zu sein.
Nun musste ich mir nur noch über den Rest meines Lebens Gedanken machen.

Drei

Ich gebe den Leuten Recht, die sagen, die Ehe sei »harte Arbeit«. Immerzu muss man Böden schrubben, Regale abstauben, Spiegel wischen, Zwiebeln schneiden, Gewürze anbraten, Tee kochen. Tagtäglich sind Hunderte von Dingen zu erledigen, die alle, wie mir schon bald klar wurde, nichts mit der eigentlichen Ehe zu tun haben.

Jedenfalls war es bei mir so.

Ich wusste vor der Heirat mit Sanjay, dass wir in einer traditionellen Hindu-Familie leben würden, zwei Generationen unter einem Dach. Meine Eltern und alle anderen, die ich kannte, hatten es so gehalten. Wenn ein Sohn sein eigenes Zuhause hat, deuten viele Hindu-Familien das als Skandal, manche sogar als Tragödie. Söhne müssen ganz für ihre Eltern da sein, und irgendwann heiraten sie eine Frau, von der man erwartet, dass sie »häuslich« ist. In Amerika bedeutet das »nicht attraktiv«. In Indien heißt es, »sich um den Haushalt kümmern und immer daheim sein« – kleine Ausflüge in den Lebensmittelladen ausgenommen.

In meiner Heimat, wo Arbeitskräfte billig sind, sagt man: »Mein Dienstbote holt dich ab.« Als Angehöriger der Mittelschicht kann man dort ein angenehmes Leben führen. In Amerika hingegen wirkt alles wie ein ewiger Kampf; der Staat erhebt schrecklich hohe Steuern, um die man nicht herumkommt; Auto und Strom kosten viel Geld.

Zum Glück hatte meine Mutter meine Schwestern und mich auf das vorbereitet, was sie ein »häusliches Leben« nannte.

»Mädchen, ihr müsst lernen, einen Apfel schnell zu schälen, bevor er braun wird!«, sagte sie gern während ihrer Kartoffelpell- und Petersiliehackstunden.

Was mir jetzt, das muss ich zugeben, zugute kam.

Aber niemand sagt einem, was *wirklich* in einer Ehe passiert, wenn die Hochzeitsfeierlichkeiten vorbei und die Geschenke weggeräumt sind und die junge Frau zu dem jungen Mann zieht – in meinem Fall zu seiner ganzen Familie. Niemand bereitet einen darauf vor. Wie bei einem Hollywoodfilm weiß man nicht, was geschieht, wenn der Abspann vorbei ist und der Morgen nach dem Happy End herandämmert.

Wie bei allen Mädchen meines Alters und meiner Gesellschaftsschicht war meine Einstellung zur Ehe geprägt durch Werbespots und indische Soaps, in denen die Männer ihre Frauen nur makellos erlebten. Sie litten nie unter Akne, ihre Nase lief nicht, und sie rülpsten auch nicht. Mein Zukünftiger wäre immer sauber gewaschen und gut gelaunt und würde lächeln. Meine Beine wären stets frisch enthaart, und ich hätte

makellose Haut. Wir würden uns nie anschweigen. Er würde mich mit Goldkettchen behängen, und ich würde, zerbrechlich, wie ich in seinem viel zu großen Pyjamaoberteil nun einmal wirkte, jeden Morgen sein stoppeliges Kinn küssen.
Aber meine Ehe war, auch wenn sie durchaus ihre zärtlichen Momente hatte, nicht so.
Am Ende blieben ein Mann im Unterhemd, der sich ständig kratzte, und eine junge Frau, die sich immer wieder fragte, was sie kochen sollte. Wir gingen nicht gemeinsam Mahagoni-Bücherregale aussuchen, hängten nicht zusammen Bilder auf und traten dann, die Arme umeinander gelegt, einen Schritt zurück, um unser Werk zu bewundern. Es gab auch keine Schmuseabende mit einer Flasche Wein vor dem offenen Kamin. Vielmehr ging ich ganz und gar im Leben von Sanjay und seiner Familie auf und besaß kein eigenes mehr.
Sanjay hatte mir versprochen, dass er nach der Rückkehr seiner Familie aus Indien eine große Einladung geben würde, um mich allen ihren Freunden vorzustellen. Und ich hatte bereits den Sari für dieses Fest ausgewählt, eine cremefarbene Chiffongabe meiner Tante Vimla, die sich gern in alles einmischte – dieses Geschenk war so ziemlich das Einzige, was ich an ihr mochte. Dazu würde ich den Goldschmuck tragen, den ich zur Hochzeit bekommen hatte, und so anmutig und makellos wirken, dass alle Northridger Freun-

de meiner Schwiegereltern sich bestimmt fragten, wie es Sanjay Sohni gelungen war, eine so hübsche Frau zu finden.

Doch eine Woche nach ihrer Rückkehr erklärte meine Schwiegermutter mir, dass es kein solches Fest geben würde.

»Die Hochzeitsfeier in Indien hat genug Geld verschlungen«, sagte sie. Damit meinte sie wohl die Ausgaben, die mein Vater und ihrer Ansicht nach auch sie gehabt hatten. »Da brauchen wir nicht hier auch noch etwas zu veranstalten. *Bas*, du wirst die Leute schon einen nach dem anderen kennen lernen. Unsere Freunde geben hin und wieder Essens- oder Teeeinladungen. Dort wirst du sie treffen. Außerdem hast du genug mit dem Haus zu tun. Da bleibt keine Zeit zum Feiern.«

Sanjay war in seinem Freundeskreis einer der Letzten, die den Bund der Ehe eingingen, und so gehörten wir immerhin sofort zu einer Gruppe junger Paare. Gelegentlich besuchte Sanjay am Samstagabend, wenn ich das Essen für meine Schwiegereltern zubereitet und die Küche sauber gemacht hatte, mit mir und seinen Freunden laute Lokale, in denen alle jungen Männer Bier tranken. Da waren Rajesh und Naresh und Prakash, verheiratet mit jungen Frauen namens Seema und Dina und Monu, die mich jedes Mal, wenn wir uns sahen, ganz unverhohlen von oben bis unten musterten. Alle Ehefrauen arbeiteten und schienen stolz darauf zu sein. Wenn sie sich nicht gerade über launische Chefs oder Ratenzahlungen fürs Auto unterhielten, tratschten sie über ihre Kolleginnen. Sie trugen schicke westliche Kleidung und schienen die Anfänge ihrer Zeit in Amerika vergessen zu haben, als sie sich noch genauso traditionell anzogen wie ich. Ich wusste sofort, dass wir nie richtige Freunde werden würden, weil ich beim Anblick dieser Inderinnen, die jetzt Amerikanerinnen waren, Sehnsucht nach meinen Schwestern empfand.

Doch ich begleitete Sanjay immer zu solchen Treffen. Zu Hause sagte ich, dass wir Spaß gehabt hätten, und verriet Sanjay nicht, wenn er seine Eltern hinsichtlich der Essensrechnung belog. Am Abend stellte ich den Wecker, damit ich früh genug aufstehen konnte, um den Tee für meine Schwiegereltern zu kochen. Anschließend berührte ich ihre Füße, selbst wenn sie schon zu Bett gegangen waren, und hob die Sachen vom Boden auf, die Sanjay achtlos hatte fallen lassen. Ich war eine gute Hindu-Gattin, pflichtbewusst, ergeben, immer lächelnd.

Tja, und nun sollte ich mir einen Job suchen.

Vier

Vivacious! war zu Hause in Delhi meine Lieblingszeitschrift gewesen. Wenn sie einmal im Monat mit der Post kam, riss ich immer sofort die Zellophanverpackung herunter, setzte mich mit einem Becher *nimbu pani* aufs Sofa und stand erst wieder auf, wenn ich sie von der ersten bis zur letzten Seite gelesen hatte. Darin gab es keine Überschriften wie »Zehn scharfe Tipps für die Liebe«, die ich in amerikanischen Magazinen so peinlich fand, sondern Küchenratschläge, Berichte über Pediküre (beziehungsweise darüber, wie man sie Bediensteten beibrachte), die Bedeutung von Yoga in der Schwangerschaftsvorbereitung und Empfehlungen, wie sich aus alten Seidensaris Vorhänge machen ließen. Prominente aus Delhi wurden zu ihren denkwürdigsten Partys befragt, und Hindi-Filmstars gaben Auskunft darüber, wie »wunderbarrr« ihre Kollegen in den letzten Streifen gewesen waren.

Ich hatte meinen Vater immer fragen wollen, ob ich mich bei *Vivacious!* um einen Job bewerben dürfe, weil mir bei der Lektüre des Magazins – das ich schon einmal an die Nase hielt, um den Duft der Druckerschwärze einzuatmen – klar geworden war, dass ich gern selbst solche Geschichten schreiben würde. Ich hatte für meinen Abschluss in englischer Literatur jede Menge Thesenpapiere verfasst, die immer gut benotet wurden, also stellte ich mich im Umgang mit Sprache wohl nicht allzu ungeschickt an. Allerdings wusste ich, dass mein Vater mir meine Bitte wahrscheinlich abschlagen würde, und zwar mit folgender Begründung: »Keine Frau dieser Familie hat jemals außer Haus gearbeitet, und deine Schwestern sind auch alle daheim, wo sie hingehören.« Das sagte er immer, wenn eine von uns das Thema anschnitt. Und einen Streit wollte ich deswegen nicht vom Zaun brechen.

Tja, und dann passierte die Sache mit der Heirat. Im wahrsten Sinne des Wortes, denn diese einschneidende Veränderung in meinem Leben kam über mich wie der Inhalt der Schmutzwassereimer, der sich bisweilen über die Häupter ahnungslos Kokosnusssaft trinkender oder Reissnacks mit Tamarindengeschmack essender Passanten ergoss.

Als meine Schwiegermutter also meinte, ich solle mich nach einem Job umsehen, dachte ich sofort an meine früheren journalistischen Ambitionen. Meine Großmutter sagte immer: »Nach der Heirat kannst du tun, was du willst. Niemand möchte eine Braut, die arbeitet, aber später wird dir dein Mann vielleicht Träume zugestehen.«

Und so hoffte ich, dass meine Schwiegereltern meinen Fleiß belohnen würden, indem sie mir diese eine kleine Bitte gewährten.
»Nie im Leben!«, rief mein Schwiegervater aus, als hätte ich soeben verkündet, ich wolle Stripperin werden. »Journalistin, pah! Das ist nichts für meine Schwiegertochter. Wir leben hier in einer kleinen Gemeinschaft, und ich möchte nicht, dass die Leute sagen, sie hätten die Frau meines einzigen Sohnes in Gesellschaft fremder Männer gesehen. In dem Beruf musst du ja vielleicht Interviews in Hotelzimmern führen, oder? Und am Ende sogar Alkohol trinken. Was tust du dann? Wenn du Ärztin wärst, irgendetwas *Anständiges*, hätte ich kein Problem. Du wirst mir nicht allein in der Gegend herumfahren, sondern dir eine *weniger komplizierte* Tätigkeit suchen.«
Frisch verheirateten Frauen war ein Streit mit ihren Schwiegereltern nicht anzuraten, also hoffte ich darauf, dass mein Mann sich für mich verwenden würde. Doch der schwieg, den Blick die ganze Zeit auf seinen Teller gesenkt, mit seinem *paratha* herumspielend.
»Gut, Mummy, Papa«, sagte ich schließlich leise. »Wie ihr wollt.«
Was für eine Enttäuschung! Als Trost blieben mir nur die Worte meiner Großmutter: »Die Dinge entwickeln sich immer so, wie sie sollen. Alles geschieht aus einem Grund.«

Fünf

Ihre Worte gingen mir durch den Kopf, als ich in meinem Wagen vor einem glänzenden Chrom-Glas-Bau in Beverly Hills saß, unmittelbar vor meinem fünften Bewerbungsgespräch innerhalb von zehn Tagen. Die Sonne spiegelte sich so grell in den Fenstern, dass ich die Hausnummer nicht genau erkennen und somit nicht sicher sein konnte, ob ich mich am richtigen Ort befand. Verdächtig war auch, dass das Gebäude so luxuriös aussah. Ich war bereits für drei Verkäuferinnenstellen in Einkaufspassagen abgelehnt worden – mit einem Blick auf meine indische Kleidung hatte man mir erklärt, dass der Job schon vergeben sei. Und der Inhaber des örtlichen 7-Eleven-Ladens wollte mich nicht, weil ich »keine Berufserfahrung« hatte, obwohl ich ihm erklärte, dass ich sehr wohl mit einem Besen umzugehen wisse und die Bedienung der Kasse bestimmt im Handumdrehen erlernen könne.

Offenbar war eine Vierundzwanzigjährige, die noch nie zuvor gearbeitet hatte, in Amerika definitiv nicht erste Wahl, und die Tatsache, dass die Wirtschaft im Moment alles andere als boomte, half mir auch nicht gerade. In Indien hätte ich mich überhaupt nur auf die Jobsuche begeben, wenn die Ausschau nach einem Ehemann aus irgendeinem Grund verschoben worden wäre. Dort war es gut, vierundzwanzig zu sein und es sich leisten zu können, dass man nicht arbeitete.

Ich warf einen Blick auf meine Uhr. Es war Punkt neun. Ich atmete tief durch, rief Laxmi an, die Göttin des Wohlstands, und betrat das Gebäude. Hoffentlich würde sie mir Gehör schenken.

»Guten Tag, ich komme wegen des Postens am Empfang«, erklärte ich dem Mann vom Sicherheitsdienst in dem kühlen Marmorfoyer und hielt ihm die Zeitung mit der Anzeige hin. Er erkundigte sich telefonisch und gab mir dann ein Schildchen mit der Aufschrift »Besucher«, das ich mir ans Oberteil steckte.

Im Aufzug überprüfte ich mein Aussehen im Spiegel, glättete mein taillenlanges Haar, wischte das Lipgloss ab, das irgendwie auf meinem Kinn gelandet war, und zog meine Kordelzughose, die ziemlich locker saß, weil ich seit meiner Hochzeit etliche Kilo Gewicht verloren hatte, nach oben, damit die Beine sich nicht mehr ziehharmonikaförmig um meine Knöchel bauschten. Wie alle traditionellen indischen Bräute trug ich roten Puder auf dem Scheitel, um meinen Status als frisch Verheiratete zu signalisieren. Deshalb starrten mich immer wieder Leute an, wohl weil sie dachten, ich blute an der Kopfhaut. Im Neonlicht des Lifts sah das Ganze richtiggehend Furcht einflößend aus. Der

Anhänger mit dem Bildnis der Hindu-Göttin Durga glänzte, und die niedrigen Absätze meiner schon ein wenig abgetretenen beigefarbenen Schuhe ließen mich größer erscheinen.

Als ich aus dem Aufzug trat, sah ich sofort die leuchtend blaue Aufschrift *Hollywood Insider* auf einer Glasdoppeltür. Dahinter saßen zwei junge Frauen auf einem orangefarbenen Sofa im Empfangsbereich, und auf einem Ecktischchen lag ein Stapel Bewerbungsformulare. Ich nahm mir eines und begann es auszufüllen. Die Fragen darauf kannte ich inzwischen fast auswendig.

Die beiden Frauen – offenbar Freundinnen, die sich lebhaft miteinander unterhielten – waren modisch gekleidet.

»Eine von uns bekommt den Job«, meinte die Erste. »Ich muss schon sagen, seit es Zoloft gibt, sieht die Welt ganz anders aus.«

»Ja«, pflichtete ihr die andere Kaugummi kauend bei. »Wen wir hier alles kennen lernen könnten ... zum Beispiel Colin Farrell.« Die beiden verdrehten schmachtend und kichernd die Augen. Wer dieser Colin Farrell wohl war?

Hinter der Rezeption saß eine Frau, die aussah wie im fünfzehnten Monat schwanger. Ich schaute mich um: glänzende Marmorböden, Glastüren, Zeitschriftencover mit Fotos von Berühmtheiten an den Wänden. Die Rezeptionistin, die sich als Dara vorstellte, unterhielt sich getrennt mit den beiden jungen Frauen, während ich mein Bewerbungsformular ausfüllte. Name: Priya Sohni. Alter: 24. Sprachen: Englisch, Hindi, einfaches Französisch. Die Spalte »Berufserfahrung« ließ ich frei.

Kurz darauf war ich an der Reihe.

»Hallo«, begrüßte mich Dara, die offenbar kaum noch in der Lage war, sich zu bewegen. »Sie können sich vermutlich denken, dass es hier um meine Stelle geht«, meinte sie mit einem Blick auf ihren gewaltigen Bauch. »Ich möchte mich ein wenig mit Ihnen unterhalten, bevor ich Sie zu einem zweiten Gespräch in die Personalabteilung schicke. Einverstanden? Gut, schauen wir uns Ihre Unterlagen also einmal an«, fuhr sie fort und überflog den Bewerbungsbogen.

»Sie haben alle nötigen Papiere einschließlich der Aufenthaltsgenehmigung?«, fragte sie, als sie las, dass ich in Indien geboren war.

»Ja natürlich«, antwortete ich und spielte nervös mit einem Taschentuch herum.

»Ihr Akzent gefällt mir«, meinte sie lächelnd. »Können Sie mit einem Computer umgehen?« Sie warf einen neugierigen Blick auf meinen rot gefärbten Scheitel.

»Textverarbeitung beherrsche ich«, sagte ich.

»Und Englisch offenbar auch.«

»Ja, ich habe ein abgeschlossenes Literaturstudium.«

»Wann, glauben Sie, könnten Sie anfangen?«

»Sofort, wenn Sie wollen«, antwortete ich hoffnungsvoll.
»Gut zu wissen«, meinte sie mit schmerzverzerrtem Gesicht. »Soweit ich das beurteilen kann, ist nämlich gerade die Fruchtblase geplatzt.«

Fünf Minuten später, nachdem Dara ihren Mann telefonisch gebeten hatte, sie abzuholen, rief sie mir noch schnell ein »Viel Glück!« zu, und schon wurde ich an die Chefin der Personalabteilung, eine energische Frau namens Hilda mit kurzen schwarzen Haaren, weitergereicht. Sie trug ein strenges Kostüm, das mir für die herrschende Temperatur ein wenig zu schwer erschien, und bot mir einen Platz in ihrem Büro an. Ich versuchte mir nicht allzu große Hoffnungen zu machen, obwohl ich es noch nie weiter als dieses Mal geschafft hatte.
»Sie wissen, worum es in dem Job geht?«, fragte Hilda. »Wir sind ein Hochglanzmagazin. Sie müssten Anrufe beantworten, Sendungen entgegennehmen, Besucher empfangen.« Als ich nickte, warf sie noch einmal einen Blick auf mein Bewerbungsformular.
»Hier steht, Sie kommen aus Indien. Was hat Sie nach Amerika geführt?«
»Die Ehe. Mein Mann ist vor vielen Jahren mit seiner Familie aus Indien ausgewandert.«
Sie hob den Blick und legte den Stift weg.
»Handelt es sich um eine … wie nennt man das? …

arrangierte Ehe«, fragte sie interessiert, »wo die ganze Familie zusammenlebt wie im Discovery Channel?«

»Ja«, antwortete ich, und plötzlich klang mein Akzent in diesem hellen Raum mit den modernen Kunstwerken an den Wänden ziemlich breit. »Die Angelegenheit ging ganz traditionell vonstatten.« Ich war mir meines Englisch sehr bewusst und musste an meine Lehrerin Miss Pereira denken, die mir das Holzlineal über die Handfläche zog, wenn ich Wörter undeutlich aussprach oder Buchstaben wegließ. Auch in Amerika würde ich mich wohl immer eher am britischen Englisch orientieren.

»In der *Marie-Claire* hab ich einen Artikel über frisch Verheiratete gelesen, die bei ihren Schwiegereltern einziehen«, fuhr Hilda fort. »Offen gestanden weiß ich nicht, wie Sie das aushalten. Mir reicht schon das Zusammenleben mit meinem Mann.

Sie haben vergessen, das hier auszufüllen«, meinte Hilda unvermittelt mit einem Blick auf die Spalte »Berufserfahrung«. Mir sank der Mut. An dieser Stelle hatten mich alle anderen Chefs der Personalabteilungen weggeschickt.

»Das habe ich nicht vergessen«, erwiderte ich leise. »Dies wäre mein erster Job.«

Hilda sah mich verblüfft an.

»Haben Sie nicht während des College gearbeitet? Auch nicht Teilzeit oder im Sommer? Schade, denn in der Anzeige heißt es ausdrücklich, dass wir jemanden mit Erfahrung suchen. Tut mir Leid, Sie haben einen weiten Weg zurückgelegt, aber ...«

»Bitte, Miss Hilda«, stammelte ich, den Tränen nahe. Eine weitere Ablehnung, einen weiteren Tag mit leeren Händen, ein weiteres Bewerbungsgespräch würde ich nicht ertragen. Meine Schwiegereltern beklagten sich bereits, wie viel Benzin ich sinnlos verfuhr – als könnte ich etwas dafür, dass niemand mich beschäftigen wollte.

»Ich weiß, dass ich die Arbeit schaffe«, flehte ich Hilda an. »Außerdem lerne ich schnell und bin fleißig. Bitte geben Sie mir eine Chance.«

Hilda lehnte sich auf ihrem Stuhl zurück.

»Sie wollen doch nicht Schauspielerin werden, oder?«, fragte sie argwöhnisch.

»Du lieber Himmel, nein!«, antwortete ich, erstaunt über die Frage.

»Dann ist das so ziemlich das Einzige, was für Sie spricht. Alle anderen, die hier hereinmarschieren, meinen, sie könnten durch den Job einen Fuß in die Tür bekommen und würden entdeckt, wenn sie bei uns an der Rezeption sitzen. Die beiden Mädchen, die vor Ihnen da waren, zum Beispiel: Ich wusste sofort, dass es ihnen nicht ernst ist. So etwas ärgert mich. Wir müssen die Stelle so oft neu besetzen, dass es allmählich lächerlich wird. Dara ist die Einzige, die wirklich einen Grund fürs Aufhören hatte«, sagte Hilda kopfschüttelnd.

Sie musterte mich von oben bis unten, wenig erfreut über meine Kleidung und verwirrt über das, was sie wohl für eine Verletzung an meinem Scheitel hielt. Und bereits zu Hause hatte ich gewusst, dass die Bauchtasche ein Fehler war.

»Sie sind sehr hübsch, sollten sich aber ein paar neue Kleider zulegen«, sagte sie. »Schließlich sind Sie die Erste, die Besucher bei uns zu Gesicht bekommen.«

Ich nickte eifrig, obwohl ich keine Ahnung hatte, wie ich diese Auflage erfüllen sollte. Meine Schwiegereltern betrachteten das, was sie »aufreizende amerikanische Kleidung für billige Mädchen« nannten, mit einem Stirnrunzeln – und in diese Kategorie fiel praktisch alles außer unförmigen Jogginganzügen. Wenn es nach ihnen gegangen wäre, hätte ich die Straßen von Los Angeles nur mit einer Burkha betreten dürfen.

»Sie haben Glück, dass wir sofort jemanden brauchen und ich heute Vormittag keine Zeit mehr für weitere Einstellungsgespräche habe. Ich gebe Ihnen eine Chance – hoffentlich bereue ich das nicht. Willkommen beim *Hollywood Insider*.«

Wenige Minuten später unterzeichnete ich meinen Vertrag und legte meine Sozialversicherungskarte zum Kopieren vor. Dann zeigte mir Lou, Hildas Assistent, die Büros.

»Hier wird der *Hollywood Insider* gemacht. Wir sind

Teil eines großen Medienunternehmens. Der Rest des Gebäudes gehört auch uns«, erklärte Lou, als hätte er das schon Tausende von Malen gesagt.

Es ließ sich nicht vermeiden, dass ich bei dem Rundgang Gesprächsfetzen aus den Büros mitbekam, auf deren mit Papierstapeln bedeckten Tischen sich Flachbildschirme, bunte Eingangskörbe, Stifte und klingelnde Telefone befanden. Und überall waren Fotos von Filmstars – eine Schwarz-Weiß-Aufnahme von Jackie Chan lag auf dem Boden, ein signiertes Bild von Julia Roberts hing an einer Pinnwand. Die Leute telefonierten, machten Notizen oder riefen sich Sätze zu wie: »Harrison Ford auf Leitung zwei.« Ich befand mich im selben Raum wie Leute, die Leute kannten, die mit Harrison Ford zu tun hatten – den man, ähnlich wie Brad Pitt, auch in Indien kannte.

Nach allem, was ich aus Filmen wusste, erwartete ich, vor einer Wand zu sitzen, alle fünf Sekunden »Augenblick, bitte« zu sagen und kleine Kabel umzustecken. Sah so nicht der Job einer Rezeptionistin aus?

Doch ich wurde hinter einen großen runden Schreibtisch gesetzt, an dem ich mir sehr klein vorkam. Jerry, ein junger Mann aus der Technik, wollte wissen, ob ich Fragen zum Telefonsystem hätte.

»Alle hier haben eine Durchwahl, über die die meisten Gespräche hereinkommen«, erklärte er. »Aber manchmal wählen Leute auch die Hauptnummer, also Sie, und die müssen Sie dann weiterverbinden. Ich gebe Ihnen eine Liste der Namen aller unserer Beschäftigten mit Stellenbezeichnung und Durchwahl. Diese Knöpfe hier sind für Sie, wenn Sie mit jemandem im Haus – zum Beispiel mit mir, der Buchhaltung oder dem Sicherheitsdienst – sprechen wollen. Besonders wichtig ist der Sicherheitsdienst«, meinte er. »Glauben Sie, Sie können sich das merken?«

Ich rief Sanjay an, um ihm zu sagen, dass ich einen Job gefunden hätte, sofort zu arbeiten beginnen würde und erst am Abend nach Hause käme.

»Gratuliere, Süße!«, sagte er. So nannte er mich erst seit kurzem – ich hatte ihn im Verdacht, dass er im Büro zu viele Soaps anschaute.

»Ich habe mir schon Sorgen gemacht, weil du dich den ganzen Vormittag nicht gemeldet hast«, meinte er, »und dir auf die Mailbox von deinem Handy gesprochen. Aber egal. Hauptsache, es ist alles in Ordnung.«

»Ja, alles bestens. Ich muss jetzt aufhören«, flüsterte ich. »Ich will nicht gleich am ersten Tag einen schlechten Eindruck machen. Wir reden später weiter, ja?«

Der *Hollywood Insider*, entnahm ich einer Informationsbroschüre, die ich in meinem Schreibtisch fand, war noch ziemlich neu in der Entertainment-Branche. Die Aufgabe des Blatts bestand darin, »korrekte, unterhaltsame und informative Nachrichten und Features über Filme, Stars und ihre Welt« zu liefern. Die Muttergesellschaft »Galaxy Holding« brachte auch das Boulevardblatt *Weekly Buzz* heraus, dessen Büros sich zwei Stockwerke unter den unseren befanden. Und der Kabelsender »Stardom« war eine weitere Neuerwerbung in dem Medienimperium.

Wenn ich zwischen Telefonaten Zeit hatte, blätterte ich die neueren Ausgaben des Magazins durch, in denen ich lange Interviews mit Filmgrößen, kurze Artikel über schief gegangene Produktionen sowie eine Seite fand, die sich ausschließlich damit beschäftigte, wer bei den Premieren der vergangenen Woche was getragen hatte. Alle Leute, die ich von meinem Schreibtisch aus sah, waren attraktiv und wirkten sehr geschäftig. Mein Vater hätte sie in seiner großen Weisheit wohl als »Eindruck machend« beschrieben.

Etwa nach der Hälfte des Vormittags kam eine lächelnde Rothaarige mit einem Wägelchen auf mich zu.

»Hallo, ich bin Deanna von der Postabteilung«, stellte sie sich vor. »Du bist neu hier, stimmt's? Der Posten wird alle paar Wochen frisch besetzt. Er ist wirklich nicht schlecht, aber die Leute bleiben einfach nicht lange. Wie heißt du denn?«, fragte sie.

»Priya«, antwortete ich und erhob mich. »Erfreut, Sie kennen zu lernen.«

»Sagen wir doch du. Soll ich etwas mitnehmen?«, wollte sie mit einem Blick auf meinen Schreibtisch wissen. »Ich komme mehrmals täglich hier vorbei; dies ist meine erste Runde.«

»Nein danke. Gibt's noch etwas, das ich wissen sollte?«

»Hm, da muss ich überlegen. Die meisten hier sind supernett. Aber«, sagte sie mit gesenkter Stimme, »ein paar Leute von denen da unten« – sie deutete mit dem Daumen in Richtung des Flurs mit den Büros der Journalisten – »führen sich wie echte … wie heißt das Wort? … Mobs … auf.«

»Snobs?«, fragte ich.

»Egal«, meinte sie. »Jedenfalls haben einige richtig Angst vor Neuen, dass die ihnen den Job wegnehmen könnten und so. Paranoia!«, stöhnte sie, verdrehte die Augen und spielte an einem der sechs Silberringe herum, die ihr linkes Ohr zierten.

»Woher kommst du überhaupt?«, wollte sie wissen, wölbte die Hand um ihr Kinn und stützte sich mit dem Ellbogen auf dem Schreibtisch ab. »Du hast 'nen echt ungewöhnlichen Akzent. Bist du aus Toledo oder so?«

»Nein, aus Indien«, antwortete ich. »Dürfen wir uns überhaupt so lange unterhalten?«, fragte ich mit einem nervösen Blick über ihre Schulter. »Ich will nicht beim Nichtstun erwischt werden.«

Deanna bedachte mich mit einem ungläubigen Blick und fing an zu kichern.

»Was denkst du denn, wo wir hier sind? Im Internat? Natürlich dürfen wir reden.«

Als ich Lou herannahen sah, schob ich ein paar Zettel auf dem Schreibtisch hin und her, senkte den Blick und verabschiedete mich von Deanna, die kopfschüttelnd noch einmal die Augen verdrehte, bevor sie verschwand.

»Zwischen eins und zwei können Sie eine Stunde Mittagspause machen«, informierte mich Lou. »Aber vergessen Sie nicht, auf die Mailbox umzustellen und sie abzuhören, wenn Sie wieder da sind.«

Plötzlich verspürte ich tatsächlich Hunger – ich hatte am Morgen in der Überzeugung, bald wieder zu Hause zu sein, nicht gefrühstückt – und so fuhr ich um Punkt ein Uhr mit dem Aufzug nach unten. Ich hielt den Blick gesenkt, während die anderen Leute sich ungezwungen über die Ereignisse des Morgens unterhielten oder sich zwischen dem chinesischen Lokal und einem Sandwich zu entscheiden versuchten. Als wir das Erdgeschoss erreichten, stieg ich als Letzte aus, trat durch die großen Glastüren hinaus ins Freie und wusste nun nicht so recht, wohin ich mich wenden sollte, weil alle paarweise losgegangen waren und ich allein dastand. Wegen der starken Sonne musste ich mich blinzelnd orientieren. Es gab Dutzende von Imbissmöglichkeiten in der Gegend; ich brauchte mich nur für eine zu entscheiden. Ich genoss dieses Gefühl der Freiheit und die Gewissheit, dass die nächste Stunde, anders als zu Hause, mir gehörte.

Ein Blick in meine Brieftasche sagte mir, dass ich

noch die zwanzig Dollar hatte, die mir vom Haushaltsgeld der letzten Woche übrig geblieben waren, und die würden fürs Essen reichen. Ein paar Häuser weiter lockte eine leuchtend gelbe Markise. Als ich näher kam, stellte ich fest, dass sie zu einem kleinen italienischen Café gehörte. Ich ging hinein, sagte mutig »für eine Person« und wurde zu einem kleinen Tisch an der Wand geleitet, wo ich Pasta mit Gemüsesoße und ein Wasser bestellte. Ich war die einzige Person in dem Lokal, die allein zu Mittag aß. Zwar erkannte ich einige der anderen Gäste vom Büro, aber sie wussten nicht, wer ich war. Ich hob kaum jemals den Blick von dem Buch, das ich stets bei mir führte – eine meiner Schwestern hatte mich ermahnt, niemals ohne Lektüre aus dem Haus zu gehen –, und wenn irgendjemand an den Nachbartischen lachte, war ich sicher, dass er sich über mich amüsierte.

Obwohl ich mich alles andere als behaglich fühlte, war das immer noch viel besser, als zusammen mit meiner Schwiegermutter zu Hause Kreuzkümmel zu mahlen. Aber das stand mir später sicher auch noch bevor.

Sechs

Nun begriff ich endlich, was gemeint war, wenn die Leute von der »Pendlerhölle« sprachen. Autofahren in Delhi ist in den besten Zeiten chaotisch, in den schlimmsten ziemlich gefährlich. Dort parken die Leute vor Einfahrten, auf dem Gehsteig oder schräg, weil sie sicher sein können, dass ein Abschleppwagen zwei Tage brauchen würde, um dorthin zu gelangen. Strafzettel wegen überhöhter Geschwindigkeit kann man gegen Zahlung von ein paar hundert Rupien getrost zerreißen, und es macht auch nichts aus, wenn man den Führerschein nicht dabeihat – falls man überhaupt einen besitzt.

Doch in Amerika, diesem Land der Regeln und Vorschriften, wo es eigentlich einfach sein sollte, von einem Ort zum anderen zu gelangen, strukturierten die Menschen ihren Tag nach dem geringsten Verkehrsaufkommen, und unter Wegweisern verstand man Autobahnhinweisschilder, die mich nur verwirrten.

Ich hatte den Führerschein erst beim dritten Anlauf geschafft, weil ich die orangefarbenen Hütchen beim praktischen Test immer wieder umfuhr. Als ich dann schließlich rechtmäßig in die fahrende Gemeinde aufgenommen war, versuchte ich Sanjay davon zu überzeugen, dass ich ohne die Benutzung von Autobahnen von A nach B gelangen könne.

»Ich habe Angst vor den Ein- und Ausfahrten«, gestand ich ihm. »Es sind so viele andere Wagen unterwegs; wenn ich schon unbedingt auf der Autobahn fahren muss, bleibe ich immer auf derselben Spur, so viel steht fest.«

»Tja, dann landest du irgendwann in Santa Barbara«, meinte er. »Wenn du hier leben willst, wirst du um die Autobahnen nicht herumkommen.« Jetzt wusste ich, dass ich mich in diesem Land nie zurechtfinden würde. Andere Fahrer wechselten die Spur, als gehörte die Strecke ihnen, egal ob ich darauf vorbereitet war oder nicht. Und ich ließ sie gewähren, weil sie als Einheimische vermutlich das Recht dazu hatten. Lieber würde ich in Santa Barbara landen, als mir mit Gewalt die richtige Ausfahrt zu erkämpfen.

Nach der Heimfahrt auf dem überfüllten Freeway 101 kam ich erst um halb acht Uhr abends nach Hause.

Unser Haus unterschied sich von den anderen in der Straße nur durch das Bündel getrockneter Chili-Schoten über der Eingangstür und die kleine Laxmi-Figur aus Plastik rechts daneben.

Als ich die Tür öffnete, sah ich meine Familie am Esstisch sitzen und gerade zum Besteck greifen.

»Priya, gut, dass du da bist. Wir wussten nicht so genau, wann du heimkommen würdest. Ganz schön viel

Verkehr, was?«, meinte Sanjay und stand auf. Meine Schwiegereltern hoben den Blick, während meine Schwägerin Malini lässig winkte.
»Hallo, *bhabi*«, begrüßte sie mich – das ist die Anrede anständiger Mädchen für die Frau des älteren Bruders. Obwohl ich, da ich den Inhalt ihres Schranks und die Geheimnisse ihres Schlafzimmers kannte, wusste, dass Malini letztlich kein anständiges Mädchen sein konnte.
»Wir haben Pizza und Knoblauchbaguette von Domino's kommen lassen«, meinte meine Schwiegermutter, »weil kein Essen vorbereitet war.«
»Tut mir Leid, Ma«, antwortete ich. »In der Stoßzeit ist der Verkehr höllisch. Ich fürchte, das wird jeden Tag so sein.«
»Keine Sorge, wir finden schon eine Lösung«, sagte sie überraschend verständnisvoll, während sie einen Käsefaden durchschnitt, der an ihrem Teller festklebte. »Vielleicht solltest du die Zutaten am Morgen vorbereiten, bevor du losfährst. Dann müssten Malini und ich später alles nur in die Pfanne geben.«
Meine Schwägerin, die gerade an einem Stück Knoblauchbaguette knabberte, wirkte alles andere als erfreut.
»Irgendwann wirst du's lernen müssen, *beti*«, sagte meine Schwiegermutter zu Malini. »Du bist jetzt zwanzig. Bald werden wir einen jungen Mann für dich suchen, und was machst du dann?«

»Und«, meinte meine Schwiegermutter, wieder an mich gewandt, »am Wochenende können wir alles andere erledigen – das Putzen, Staubwischen und Fegen. Jetzt, wo du einen Job hast, müssen wir flexibel sein.«

Der Vorschlag hörte sich vernünftig an. Lebten in Amerika nicht alle so? Während der Woche arbeiten und zu Hause wieder arbeiten?

»Wie war's überhaupt?«, erkundigte sich mein Schwiegervater, dessen kahle Stelle auf dem Kopf im Licht glänzte und dessen dichte, zottelige Augenbrauen mich an ein Foto des Dschungels von Borneo erinnerten, das ich einmal gesehen hatte. Sein Interesse überraschte mich; normalerweise wandte er sich nur an mich, um mir mitzuteilen, dass der Blumenkohl knackiger sein könnte.

»Alles war wunderbar, Papa«, antwortete ich. »Ich glaube, mir wird es dort gefallen.«

»Und wie viel zahlen sie dir?«

Als ich es ihnen sagte, rechneten meine Schwiegereltern sofort in Rupien um. Das Ergebnis veranlasste sie zu Entzückensschreien. – Bis Sanjay sie daran erinnerte, dass einhundertfünfzigtausend Rupien in Indien in der Tat ein kleines Vermögen waren, während dreißigtausend Dollar in Amerika einfach nicht mehr als dreißigtausend Dollar wurden, nach Abzug der Steuern sogar deutlich weniger.

»Du solltest ein Bankkonto eröffnen«, riet mein Schwiegervater mir. »Darüber, wie viel du sparen

kannst und wie viel in die Haushaltskasse fließt, werden wir uns noch unterhalten. Außerdem dürfen wir nicht vergessen, dass du nicht allzu lange arbeiten wirst. Irgendwann wird ja wohl ein Baby kommen, oder?«
Ich sah meine Schwiegermutter an, die zum Glück gerade keinen Holzlöffel in der Hand hielt, dafür aber einen Pizzaschneider, mit dem sie bedrohlich herumfuchtelte.

»Erzähl mir von der Arbeit«, forderte Sanjay mich später auf, als wir im Bett liegend fernsahen. »Gefällt es dir bis jetzt? Wenn nicht, können wir etwas anderes suchen.«
»Nein, nein, es ist alles bestens. Die Leute scheinen nett zu sein – zumindest die vier, die ich bis jetzt kennen gelernt habe. Und das Gebäude ist toll. Dort sind die Redaktionen mehrerer Zeitschriften untergebracht und sogar ein Fernsehsender. Ich arbeite auf dem Stockwerk des *Hollywood Insider*, einer Illustrierten, die über Stars und Filme berichtet.«
»Wow! Glaubst du, du wirst dort irgendwelchen berühmten Leuten begegnen?«, fragte Sanjay.
»Das bezweifle ich. Ich mache ja nur den Telefondienst am Empfang. Aber das gefällt mir«, antwortete ich und kuschelte mich an ihn, dieses vergängliche Gefühl der Behaglichkeit genießend. In einer Stunde würde mein Schwiegervater mich wie jeden Abend

nach unten beordern, damit ich heiße *pista*-Milch für ihn machte. Und wenn ich erst einmal in der Küche wäre, würde meine Schwiegermutter sicher noch andere Aufgaben für mich finden.

»Hey, ich habe eine tolle Idee!«, rief Sanjay plötzlich aus. »Ich wollte immer schon einen Merchandising-Vertrag, wenn ein neuer Streifen herauskommt, für Handtaschen mit Filmfiguren und so. Jetzt kennst du ja die richtigen Leute. Du könntest mich vorstellen. Soll ich dir morgen ein paar Muster ins Büro mitgeben?«

»Sanjay, ich glaube nicht, dass das angemessen wäre«, sagte ich. »Außerdem kenne ich die Leute nicht. Ich bin nur die Rezeptionistin. Da kann ich nicht einfach Taschen mitbringen. Das sieht doch aus, als wollte ich sie verkaufen, oder?«

Sanjay überlegte einen Augenblick.

»Tja, vielleicht hast du Recht«, sagte er. »Wir warten noch ein paar Monate. Hoffentlich arbeitest du dann immer noch dort.«

»Das hoffe ich auch«, pflichtete ich ihm bei. »Eins wollte ich dich übrigens noch fragen: Es ist erst mein erster Arbeitstag, aber ich denke, ich werde etwas Neues zum Anziehen brauchen. Die dort Beschäftigten kleiden sich ziemlich schick. Ich muss mir ja keine topmodischen Sachen kaufen, doch ein bisschen besser sollten sie schon sein als das, was ich im Augenblick habe. Meinst du, das wäre in Ordnung?«

»Ich glaube schon«, antwortete Sanjay und schlang die Arme um mich. »Wir bitten Mummy und Papa um Erlaubnis. Du weißt ja, was sie von westlicher Kleidung halten. Aber vielleicht stimmen sie zu. Und wenn wir nächstes Wochenende Zeit haben, gehen wir einkaufen.«

Am nächsten Morgen war ich bereits um sechs Uhr auf, um Tee zu kochen, den ich in eine Thermoskanne gab, damit er warm blieb, bis alle anderen aufstanden, und legte Weißbrotscheiben zum Toasten zurecht. Dann bereitete ich das Abendessen vor, das erst vierzehn Stunden später serviert werden würde, schnitt das Gemüse und stellte es zugedeckt in den Kühlschrank, sodass meine Schwiegermutter es nur noch zu kochen brauchte. Anschließend räumte ich die Spülmaschine aus, machte die Küche sauber und hastete hinauf, um zu duschen, als Malini aus ihrem Zimmer trat.

Sie trug einen weißen Pyjama mit einem Muster aus kleinen roten Lippen; das Oberteil wurde von zwei schmalen Riemchen an Ort und Stelle gehalten, und ihre Brustwarzen zeichneten sich unter dem Stoff ab. Sie konnte sich nur deshalb so auf den Flur wagen, weil ihre Eltern noch schliefen. Sobald sie wach wären, würde sie etwas überziehen müssen. Als sie sich gähnend streckte, kam der winzige Silberring in ihrem Bauchnabel zum Vorschein. Ich fühlte mich in mei-

nem hochgeschlossenen Morgenmantel mit Blumenmuster wie ein altmodisches Chintzsofa.
»Viel Spaß in der Arbeit, *bhabi*«, sagte sie. Ich hatte mich von Anfang an des Eindrucks nicht erwehren können, dass sie sich kleidete, dass sie aussah und klang wie eins der Mädchen aus der Serie *Beverly Hills 90210*. Und möglicherweise verhielt sie sich auch so, wenn sie sich unbeobachtet glaubte.
»Danke, Malini«, antwortete ich, als ich zurück ins Schlafzimmer hastete. »Dir auch einen schönen Tag.«

Ich fand um neun Uhr siebzehn einen schattigen Parkplatz unmittelbar vor dem Gebäude des *Hollywood Insider*, holte ein Erfrischungstuch aus dem Handschuhfach und entfernte damit die *sindoor*-Farbe von meinem Scheitel. In meiner Handtasche befand sich eine kleine Silberdose mit Puder, den ich vor der Heimfahrt wieder auftragen konnte.
Da die Bürozeiten von halb zehn bis halb sechs dauerten, war ich ein wenig zu früh dran, und ich hatte sogar noch Zeit, das zu tun, was alle anderen Frühankömmlinge taten: einen Kaffee sowie ein Gebäckstück an dem Stand vor dem Gebäude kaufen.
Nachdem ich hinter meinem Schreibtisch Platz genommen hatte, wartete ich auf die ersten Anrufe, Besucher und Sendungen, die am Empfang abgegeben würden. Pünktlich um halb zehn schien das Büro zum Leben zu erwachen. Plötzlich klingelten überall Tele-

fone, und auch die Knöpfe an meiner Anlage begannen zu blinken. Alle paar Minuten ging die Tür auf, und Journalisten, Rechercheure und Fotografen kamen angeregt plaudernd mit Laptop- und Umhängetaschen herein. Manche von ihnen bedachten mich mit einem kurzen Lächeln. Ich versuchte Blickkontakt mit allen herzustellen und jedes Mal mit dem Kopf zu nicken.

»Guten Morgen«, sagte ich, wenn sie meinen Schreibtisch passierten. Die Einzigen, die auf einen kurzen Plausch stehen blieben, waren Lou und Jerry, die mich beide fragten, ob ich mich schon eingewöhnt habe und ob ich etwas benötige.

»Alles bestens, Sir«, erklärte ich Lou, der mich bereits viermal gebeten hatte, das »Sir« wegzulassen.

Hinter meinem Schreibtisch fiel es mir nicht schwer, mich unsichtbar zu fühlen; den ganzen Tag über unterhielten sich Leute in meiner Gegenwart, als wäre ich gar nicht da.

»Hast du deine Tage jetzt schon bekommen?«, fragte eine junge Frau mit kurzem weißem Rock und schwarzen Stiefeln eine andere. »Allmählich wird die Sache brenzlig, was? Wirst du's ihm sagen, oder wartest du, bis du ganz sicher bist? Ich meine, du willst doch nicht, dass er dich bloß heiratet, weil du schwanger bist, oder?«

Obwohl ich mich hinter meinen Schreibtisch duckte, konnte ich nicht umhin, jedes Wort mitzubekommen.

»Wahrscheinlich gibt er mir sowieso den Laufpass«, antwortete die andere Frau. »Ich glaube nicht, dass er sich schon binden möchte. So eine Scheiße«, meinte sie und wurde noch blasser, als sie ohnehin schon war. »Aber egal – wie geht's dir und Patrick?«

»Wunderbar. Er will Urlaub machen; ich soll aussuchen, wo wir hinfahren. Ich liebäugle mit China, bloß von Sushi wird mir immer schlecht.«

Später sah ich die beiden Frauen im Aufzug immer noch ins Gespräch vertieft. Als ich einstieg, schwiegen sie einen Moment, musterten mich von oben bis unten und redeten dann weiter. Offenbar kamen sie zu dem Schluss, dass ich ihrer Aufmerksamkeit nicht würdig war. Ich stand in der Ecke und betrachtete meinen hellblauen *salwar kameez* mit dem schwarzen Ziersaum, eines der hübschesten Stücke meiner Aussteuer. Ich fand, dass ich gut aussah, und hoffte, dass die beiden Frauen eine Bemerkung über meinen exotischen Kleidungsstil machen würden, doch sie unterhielten sich weiter über die ausgebliebene Periode der einen und die Abneigung der anderen gegen Fisch.

Deanna war meine einzige Verbindung zu der schillernden Welt jenseits meines Schreibtischs. Während ihrer vier täglichen Besuche erzählte sie mir Geschichten über Leute, die ich nicht kannte, und über Kollegen, die ich vermutlich nie kennen lernen würde.

»Aimee, die über die Nachtclubszene schreibt, die große Schlanke mit den blonden Haaren … die hat ihren Freund hier reingeschmuggelt und wurde dabei erwischt, wie sie's mit ihm auf dem Schreibtisch des Fotoredakteurs trieb. Und der findet das so widerlich, dass er das Büro wechseln will. Ist das zu fassen?«, meinte sie, als ich sie verständnislos ansah.

»Und«, meinte sie nach einer kurzen Pause, »der fette Filmkritiker, du weißt schon, der furchtbar Ernste, dieser Besserwisser … den werden sie bald vor die Tür setzen, weil er von einem Studio Geld für gute Besprechungen der Filme genommen hat. Ist das nicht der Wahnsinn?«, fragte sie.

»Ach was«, erwiderte ich, denn ich kam allmählich in Stimmung. »In Indien wäre man wahnsinnig, wenn man es nicht täte!«

Sieben

Wenn alles mit rechten Dingen zugegangen wäre, sprich: im Sinne der Hindu-Tradition, hätte ich nun nicht in Amerika gelebt. Ich wäre nicht einmal verheiratet gewesen.

Ich bin die jüngste von vier Schwestern – manche würden das allein schon als Unglück bezeichnen. Aber bis vor ein paar Monaten war ich sogar die jüngste von vier *unverheirateten* Schwestern. Nervenschwächere Eltern als die meinen hätten in einer vergleichbaren Situation vermutlich ein Antidepressivum benötigt.

In meiner Heimat pflegen die Dinge chronologisch zu geschehen: Die älteste Schwester heiratet zuerst, die jüngste zuletzt.

Aber als ich vierundzwanzig wurde und meine Schwestern immer noch nicht verheiratet waren, konnten meine Eltern den Antrag für mich nicht mehr ablehnen.

Meine Mutter hörte einfach nicht hin, wenn jemand sagte, ein Fluch liege auf ihr. So viele Töchter und kein einziger Sohn, meinten die Leute gern, als hätte sie das selbst noch nicht gemerkt. Sie zuckte nur lächelnd mit den Achseln, schüttelte den Kopf, tätschelte unsere Häupter und nannte uns ihre »kleinen Laxmis«.

»Ihr werdet schon sehen«, erklärte sie allen, die sie ob ihres Unglücks bedauerten, »meine Mädchen werden uns noch Glück und Freude bringen.«

Sie hatte Recht und Unrecht. Das Glück bestand darin, dass das kleine Bauunternehmen meines Vaters florierte und er in der Lage war, uns bescheidenen Wohlstand zu bieten. Doch die Freude ließ nach, als wir älter wurden, niemand um unsere Hand anhielt, wir uns nicht verliebten und unsere Aussteuer jahrelang auf den Richtigen wartete.

Wir sind alle in der letzten Dezemberwoche geboren, jeweils zwei Jahre auseinander, was die Planung der Geburtstagsfeiern unkompliziert, ihre Durchführung aber chaotisch machte.

Laut Aussage meiner Großmutter riet der Hindu-Weise meinen Eltern ab, uns mit einem »R« beginnende Namen zu geben.

»Das würde nicht zu Ihren eigenen Anfangsbuchstaben passen«, sagte er nach einem Blick in sein Buch, »und irgendwann mit Sicherheit Unglück bringen.«

Doch meine Mutter, die nichts auf Aberglauben gab, setzte sich durch. Ihr gefiel der Gedanke, jedes Mal, wenn sie eine ihrer Töchter rief, ein sattes »R« über die Zunge rollen zu lassen.

Als ich, ihre vierte Tochter, dann auf die Welt kam, folgte meine Mutter allerdings dem Rat des Weisen. »P«, empfahl er ihr mit ruhiger Stimme. »Pooja, Payal, Pinky – das wären alles passende Namen.«

»Priyanka«, verkündete meine Mutter. Sie hatte beschlossen, mich nach der einzigen Tochter von Rajiv Gandhi, dem beliebten Premierminister, der einem Attentat zum Opfer fiel, und seiner hellhäutigen Frau Sonia zu nennen. Als ich größer wurde, sah allerdings niemand eine Ähnlichkeit zwischen mir und der charmanten, willensstarken Dame, und so wunderte es mich nicht, dass aus »Priyanka« irgendwann das weichere und weit weniger Ehrfurcht gebietende »Priya« wurde.

Mit Sicherheit ist mein Name der Grund, warum ich heute verheiratet bin, meine Schwestern aber noch immer auf einen Mann warten.

Der Brief stammte von einem Freund in Bombay, und darin war die Rede von einer Familie in Los Angeles mit einem Sohn meines Alters, der sich mit Heiratsgedanken trage. Andere Eltern als die meinen hätten ein solches Angebot auf eine der älteren Schwestern bezogen, aber meine Großmutter meinte, ich sei die Einzige, die zu dem jungen Mann passe.

»Vom Alter, von der Größe und allem anderen her kann es nur Priya sein«, beharrte sie.

»Ich weiß nicht so recht, Chandru«, sagte meine Mutter zu meinem Vater. »Priya ist unser Nesthäkchen, unsere Jüngste.«

Doch meine Großmutter, die alle nur »Kaki« nannten – eine liebevolle Bezeichnung für »Oma« –, widersprach sofort. (Eigentlich hieß sie Kiku, aber es hätte einiger Zungenfertigkeit bedurft, sie »Kaki Kiku« zu nennen.)

»Saras, unsere Priya ist vierundzwanzig Jahre alt, wohl kaum ein Baby. Soweit ich weiß, hat die Familie, die auf der Suche nach der Braut ist, einen guten Ruf und ein eigenes Geschäft. Ich finde, wir sollten ernsthaft über das Angebot nachdenken.«

Später hörte ich, wie meine Großmutter den Vermittler in Bombay telefonisch von meinen Vorzügen zu überzeugen versuchte. Dabei sah ich ihren kleinen, grauhaarigen Kopf voller Begeisterung auf und ab wippen, wobei die schmale Brille ihre perfekt geformte spitze Nase hinunterrutschte.

Kakis Meinung nach vereinten sich in mir die besten Charakteristika aller Schwestern. Radha war eine Schönheit, Roma zeichnete ein sanftes Wesen aus, und Ria besaß ein gerüttelt Maß an Willenskraft. Kaki behauptete, diese Eigenschaften fänden sich in destillierter Form in mir wieder.

»Außerdem ist unsere Priya ziemlich hübsch«, hörte ich sie schwärmen, »und optimistisch; sie lächelt immer. Langes Herumreden schätzt sie nicht. Sie ist eher ruhig, aber wenn es darauf ankommt, sagt sie ihre

Meinung. Ich kann nur noch einmal betonen: Sie ist wirklich ein liebenswertes Mädchen.« Kaki berührte das Beistelltischchen aus Teakholz mit der Hand. Das tat sie oft, in jeder wichtigen Situation, zum Beispiel wenn sie jemandem mitteilte, dass mein Vater sich einen neuen Bauauftrag gesichert habe. »Gott meint es gut mit ihm, unberufen, toi, toi, toi.« Sie hatte uns allen beigebracht, dass Prahlerei unweigerlich Katastrophen verursacht, wenn man nicht vorsorglich gegen Holz – egal ob Mahagoni, Eiche oder irgendeine andere Art – klopft.

»Es ist allgemein bekannt«, sagte sie immer zu mir, »dass man das Glück mit Demut zum Bleiben verführen muss. Egal was das Leben dir beschert: Prahle nie damit.«

Während Kaki ihre gesamte großmütterliche Energie darauf verwendete, mich an den Mann zu bringen, gingen meine Mutter und ich mit einem Krug Limonenwasser in den kleinen Garten hinterm Haus, wo die Wäsche vom Vortag zum Trocknen hing. Meine Mutter ließ die Hand durch ihr langes, dichtes Haar gleiten, während sie beobachtete, wie ich träge mit der alten rostigen Schaukel auf und ab schwang. Meine Mutter war in vielerlei Hinsicht ziemlich modern. Sie trug zu Hause keine Saris, sondern Hosen und lange Oberteile, und statt *lassi* trank sie Gin-Tonic, wenn sie sich unbeobachtet fühlte. Doch im Hinblick auf die Erziehung von uns Mädchen herrschte stillschweigendes Einverständnis zwischen ihr und meinem Vater, dass wir uns züchtig kleiden und keine ausschweifenden Gedanken haben sollten. Sie nickte, wenn mein Vater sagte, die einzige Möglichkeit, unsere »Unverdorbenheit« zu bewahren, bestehe darin, uns vor der Welt draußen vor Delhis Defence Colony, in der sich unser Haus befand, zu schützen. In der Stadt gab es natürlich die Partyluder, die in knappen Tops in Discos herumhüpften. Sie wohnten in Häusern an den baumbestandenen Straßen von Nizamuddin East und in den großen Anwesen von Jangpura Extension. Und sie saßen in ausländischen Autos, die Fenster ein Stück heruntergekurbelt, eine Zigarette zwischen den manikürten Fingern. Sie waren indische Mädchen wie wir und wirkten doch wie von einem anderen Planeten.

Trotz dieses Schutzes – vielleicht auch gerade deswegen – waren wir allein geblieben. Da unsere Eltern uns später in der Nähe wissen wollten, hatten sie am Anfang ausschließlich junge Männer aus Delhi ins Auge gefasst. So hätten wir jederzeit mit unseren Babys bei unseren Eltern vorbeischauen, an sonntäglichen Mittagessen teilnehmen und zu einem bunten Allerlei aus Schwiegersöhnen und Enkeln beitragen können. Erst nach einer Weile hatte Kaki darauf bestanden, den Radius auf ganz Indien und einige Jahre später auf andere Teile von Asien auszudehnen – zum Beispiel Bangkok oder Hongkong, jedenfalls Orte, die sich mit dem Flugzeug innerhalb weniger Stunden und ohne allzu schlimmen Jetlag erreichen ließen.

Als dann der Brief von einem Freund meines Vaters in Bombay eintraf, in dem von einem jungen Mann in *Amerika* die Rede war, wollte mein Vater ihn ignorieren, doch Kaki stimmte ihn um.

»In Amerika sind die Häuser groß«, sagte sie. »Und es gibt alles. Stromausfälle und Rationierung wie bei uns kennt man dort nicht. Ja, natürlich ist es weit weg, aber Priya könnte in dem Land ein angenehmes Leben führen. Lass sie wenigstens Fotos austauschen.«

Als ich Sanjays Bild zum ersten Mal sah, wirkte er auf mich wie jemand, den ich auch in meiner Straße hätte kennen lernen können. Sein Lächeln gefiel mir, eine Haartolle fiel ihm jungenhaft in die Stirn, er war attraktiv. Ich nickte anerkennend, und so rief er mich eines Tages zu einer vorher vereinbarten Zeit an. Ich wurde rot, als ich – meine Schwestern und Eltern um mich versammelt – seine Stimme, fast übertönt von Rauschen und Widerhall, hörte. Sanjays Schilderung seines Alltags in Kalifornien erschien mir anständig und verlockend. Er war seit seinem fünften Lebensjahr dort, also eher Amerikaner als Inder.

Ich wusste nicht so recht, was ich denken oder wie ich reagieren sollte. Als vierundzwanzigjährige Jungfrau ohne Beruf besaß ich einfach nicht die richtige Ausbildung für so schwer wiegende Entscheidungen und auch nicht die Fähigkeit, Wunschträume von Realität zu unterscheiden. Aber alle anderen waren so aufgeregt – meine Schwestern beschlossen, sich neue Saris zu kaufen, meine Mutter wollte zur Feier des Tages Körbe mit Süßigkeiten verschicken, und meine Großmutter sprach im Tempel Dankgebete –, dass ich mich von ihrer Stimmung anstecken ließ. Und ohne es wirklich geplant zu haben, war ich plötzlich verlobt.

Sanjay und ich sahen uns zum ersten Mal eine Woche vor der Hochzeit, bei der Verlobungsfeier. Er kam geradewegs vom Flughafen, eine Baseballmütze auf dem Kopf und leuchtend rote Socken an den Füßen, und wirkte glücklich und aufgeregt, als freute er sich auf einen Tag in Disneyland. Sofort ergriff er meine Hand, schüttelte sie und betrachtete aufmerksam mein Gesicht.

»Du bist sehr hübsch«, sagte er erleichtert, »noch hübscher als auf dem Foto.« Ich lächelte, angetan von seinem Aussehen und seiner lockeren Art. Vor einer großen Marmorstatue von Shiva und Parvati tauschten wir Kränze aus, und ich fand, dass wir ein ähnlich schönes Paar abgaben wie die beiden. Obwohl wir uns gerade erst kennen gelernt hatten, war ich sicher, dass ich ihn schon bald lieben würde.

Die sechs Tage zwischen unserem ersten Treffen und der Hochzeit verliefen zum größten Teil erfreulich. Scheu mieden wir Küsse, aber hinter den Säulen in unserem Haus berührten sich hin und wieder unsere

Finger, während meine Familie zuckersüße *jalebis* goldgelb herausbriet und Blumenhändler die Räume schmückten. Die Kinder der Nachbarschaft kamen zu uns, um sich Schokolade und in Folie gewickelte harte Bonbons zu sichern, die bei Hochzeitsfeiern immer großzügig verteilt wurden. Und bevor sie sich mit Taschen voller Süßigkeiten aus dem Staub machten, stimmten sie die bei solchen Gelegenheiten üblichen Spottlieder an: »Sanjay und Priya küssen sich im Baum; zuerst kommt die Liebe, dann die Ehe, dann die Wiege!« Doch Sanjay und ich hielten uns an die Tradition und mieden offene Beweise der Zuneigung. Nichtsdestoweniger sagten uns alle, wir wirkten glücklich wie zwei an einem Sommernachmittag im Park spielende Kleinkinder.

Nur die Anwesenheit von Sanjays Mutter trübte meine Freude. Offenbar war ich die Letzte, die ihre Verbitterung bemerkte. »Ach, sie heiratet *Nitas* Sohn?«, fragten die Leute meine Eltern, bemüht, ihr Erstaunen zu verbergen. »Der Junge sieht sehr gut aus, ja. Und die Familie ist wohlhabend, soweit wir wissen. Aber die Mutter …« Ich hörte die Warnungen einiger Tanten an meinen Vater, dass sich Nitas Übellaunigkeit irgendwann auch in ihren Kindern manifestieren würde.

»Die Milch aus ihren Brüsten war sicher bitter«, sagte eine Tante. »Im Magen des armen Sanjay muss sie gegoren sein wie schlechter Quark. Vielleicht wird er später wie seine Mutter. Für Priya wird es nicht leicht werden, ihm sein angenehmes Wesen zu erhalten.«

Mir gegenüber verhielt sich meine Schwiegermutter oft gemein. Ein paar Tage vor der Hochzeit rügte sie mich, dass meine Kleidung zu »freizügig« sei und man mein Schlüsselbein sehen könne.

»Meine Eltern sind sehr konservativ«, hatte Sanjay zu mir gesagt. »Sie wollen, dass du nur indische Kleidung trägst.«

Zwei Tage vor der Hochzeit, als wir mit Freunden feierten, aßen, tanzten und tranken (mein Zukünftiger entschied sich für Bier, ich wählte alkoholfreie Cocktails), verkündete Sanjay, er müsse früh nach Hause, weil er es seiner Mutter versprochen habe. Und in der Woche rief sie immer wieder an, um die Mitgift, für die meine Eltern den Gürtel ohnehin schon enger geschnallt hatten, in die Höhe zu treiben.

Das hätte ich als schlechtes Omen verstehen sollen.

Aber das konnte ich nicht.

Meine Familie hatte mit ihren vier unverheirateten Töchtern genug durchgemacht, und ich wollte nicht noch mehr Schande über sie bringen.

Außerdem hatten die Kinder mit ihren Liedern Recht. Ich glaubte, Sanjay zu lieben. Und auf die Liebe folgte unweigerlich die Ehe.

Wie meine Tante Vimla gern sagte: »Alle indischen Familien sind gleich. Mütter wollen immer das Beste für ihre Söhne. Wenn du häuslich und artig bist, gibt es keine Probleme. Nach der Hochzeit wird alles besser.«

Hindu-Bräute nehmen nicht nur den Familiennamen des Mannes an, sondern auch neue Vornamen, also ging ich davon aus, dass aus der Priyanka Chandru Mehta, die ich bisher gewesen war, etwas völlig Neues werden würde. Mein zweiter Vorname entsprach dem meines Vaters und sollte durch den meines Mannes ersetzt werden. Kaki hatte mir erklärt, dies sei ein wichtiger Hinweis darauf, dass eine junge Hindu-Frau »direkt vom Haus ihres Vaters in das ihres Mannes überwechseln soll, ohne Zwischenstation«. Und der Verzicht auf meinen ersten Vornamen symbolisierte, dass meine Identität – das Bisschen, was davon noch übrig war – sich zusammen mit meiner Jungfräulichkeit verabschieden würde. Durch den schmalen Goldring an meinem Finger und die schwarze *mangal-sutra*-Perlenkette um den Hals, die alle Hindu-Bräute erhalten, sollte ich eine völlig neue Person werden.

Als Sanjay und ich vor dem Feuer saßen, den grauen Rauch über unseren Köpfen, wartete ich darauf, dass der Weise mir meinen neuen Namen ins Ohr flüstern würde. Doch das tat er nicht, denn wie sich herausstellte, war »Priya« namensmäßig die ideale Ergänzung zu »Sanjay«. Ich würde künftig Priya Sanjay Sohni sein. Wenigstens einen der drei Namen behalten zu dürfen, war doch gar nicht schlecht.

Nach der Hochzeitsfeier wartete vor dem Tempel die

dholi auf mich. Ich hatte immer davon geträumt, in so einer Sänfte in mein neues Leben mit meinem Mann getragen zu werden. Allerdings war ich davon ausgegangen, zuvor meine Schwestern darin zu sehen. Nun umarmten sie mich alle nacheinander mit tränennassen Wangen. Tante Vimla, eine entfernte Cousine meiner Mutter und notorische Besserwisserin, bahnte sich mit Ellbogen einen Weg zu mir und flüsterte mir ins Ohr: »Etwas wird dir widerfahren, wenn ihr beide allein seid. Weine nicht, auch wenn es wehtut. Wir haben das alle erlebt. Und vergiss nicht: Du hast nicht nur Sanjay geheiratet, sondern seine ganze Familie. Du musst alles tun, um sie zufrieden zu stellen. Nur dann wird das Schicksal dir gewogen sein.«

Meine Mutter schob Vimla beiseite und schlang ihre starken Arme um meinen Hals. »Liebes, du bist meine erste Tochter, die heiratet, doch hoffentlich nicht die letzte. Mögest du immer glücklich sein. Und falls nicht: Du kannst jederzeit zu uns zurückkommen.« Dann schwieg sie einen Moment, wölbte eine Hand um meinen Nacken, sah mir in die Augen und sagte: »Aber Priya, bitte versuch glücklich zu sein.«

In der *dholi* zog ich die Knie an und zupfte an den Goldfäden meines Sari herum. Dann schob ich die Jasmin-Girlanden beiseite, die in der warmen Abendbrise erzitterten, und nahm ruhig die guten Wünsche der Hochzeitsgäste entgegen. Vimla und ihre Begleiterinnen sollten eigentlich weinen, aber sie freuten

sich, winkten und jubelten, als hätte man sie von einer gewaltigen Last befreit.
Wenig später erreichte ich das Haus, das Sanjay und seine Familie für die Hochzeit gemietet hatten. Als sie mein Herannahen hörten, traten seine Eltern und andere Angehörige der Familie aus der Wohnung im Erdgeschoss, um mich zu der nächsten Zeremonie willkommen zu heißen. Meine Schwiegermutter überreichte mir ein mit Wasser gefülltes Kupfergefäß. Ich tauchte eine Hand in das klare, kühle Nass und schnippte Tropfen in den Raum, während ich über die Schwelle trat. Frisch getraute Frauen, heißt es, besitzen die Macht, Wohnungen und Haushalte zu segnen, und werden deshalb wie Göttinnen behandelt. Aber das ändert sich schnell.
Meine Schwiegereltern führten mich zu einem Stuhl für die *datar*-Zeremonie, bei der mit jedem Mitglied der Familie, in die man gerade eingeheiratet hat, eine Hand voll Salz ausgetauscht wird – ein symbolischer Akt des Gebens und Nehmens.
Schon während ich das Salz von meinen geröteten Handflächen wischte, begann mir klar zu werden, dass auch dieses Geben und Nehmen nicht lange währen würde.

Letztendlich waren es ein Paar Schuhe und eine Taubenfigur aus Plastik, die mich davon überzeugten, dass ich heiraten sollte.

Jahre zuvor hatte mein Vater von einem reichen Verwandten, der gerade aus einem Urlaub in der Schweiz zurückgekehrt war, ein Paar Bally-Schuhe bekommen. »Die werde ich zur Hochzeit meiner ersten Tochter tragen«, hatte er gesagt und die glänzenden schwarzen Schuhe hochgehalten, als handelte es sich um eine Trophäe.

Doch sie lagen fünf Jahre lang unbenutzt in ihrer Schachtel, und allmählich bildete sich eine dünne Staubschicht darauf. Bei jedem offiziellen Anlass versuchte meine Mutter ihn dazu zu überreden, sie anzuziehen.

»Nein«, meinte er ein ums andere Mal. »Diese Schuhe wurden mir zu einem bestimmten Zweck gegeben, und ich werde warten, bis dieser Zweck sich erfüllt.«

Kaki hatte in ihrem Haus auf dem Esstisch eine Figurine, bestehend aus vier Tauben – zwei davon auf dem Boden, zwei im Begriff, sich in die Lüfte zu erheben.

»Diese Vögel sind wie ihr Schwestern«, sagte sie immer zu uns. »Manche sind noch Kinder« – dabei strich sie Ria und mir über den Kopf –, »andere wollen bereits das Nest verlassen«, meinte sie mit einem traurigen Blick auf Radha und Roma. »Wann, o wann, werden meine kleinen Vögel zu ihren eigenen Nestern fliegen?«, rief sie dann theatralisch aus und schluchzte in den Stoff ihres Sari hinein.

Bei meiner Hochzeit trug mein Vater seine polierten Schuhe, offenbar genauso stolz auf diese Schuhe wie auf die Familie, die er für mich ausgewählt hatte. Und Kaki streichelte unterdessen die kleinste der Tauben – vielleicht, um sicherzustellen, dass ich niemals zurückkehren würde.

Acht

Nach weniger als einer Woche an meinem Arbeitsplatz wurde mir klar, dass Lynette Dove die wichtigste Person dort war. Sie hatte die Filmberichterstattung unter sich, bestimmte, welche Interviews geführt, welche Fotos verwendet wurden und wie viel Raum alles erhielt. Also bekam sie von den Studios die größten Geschenkkörbe und von den Presseleuten die üppigsten Blumengestecke, die auf der Ablage über meinem Schreibtisch standen, bis Lynettes Assistentin herauskam, um sie zu holen. Der Post nach zu urteilen, die tagtäglich für sie eintraf, wurde sie zu sämtlichen wichtigen Ereignissen der Stadt eingeladen. Man konnte den Eindruck haben, dass sich bei der Zeitschrift alles um sie drehte.

Zum ersten Mal sah ich Lynette Dove an meinem dritten Arbeitstag, an dem sie – ihre Assistentin, eine atemberaubend schöne junge Schwarze, die aussah wie eine Sängerin von Destiny's Child, im Schlepptau – in ihr Büro marschierte. Deanna plauderte zu diesem Zeitpunkt wie so häufig mit mir, und als Ms Dove – so nannten die jüngeren Angestellten sie – eintraf, erzählte Deanna mir die »Legende der Lynette«.

»Sie ist vom ersten Tag an hier«, flüsterte Deanna mir zu. »Lynette hat dieses gewisse Etwas, ist unglaublich klug und kultiviert. Jeder will sie kennen lernen. Ich arbeite seit zwei Jahren für den *Hollywood Insider* und bin noch nie wirklich in die Nähe dieser Frau gekommen.«
Lynette sah auch aus wie eine gute Journalistin. Sie wirkte energiegeladen und zupackend, als würde in ihrem Büro nie Unordnung herrschen, als wüsste sie immer, wo ihre Schlüssel sich befanden, als weinte sie nachts niemals, egal wie einsam sie sich fühlte.
Sie trug ihr glänzendes, gerades dunkelbraunes Haar ein bisschen länger als bis zu den Schultern, war mit einer engen Hose aus einem wunderschönen Seidenstoff sowie hochhackigen Schuhen, einer legeren Bluse mit einem Buddha-Bild auf der Vorderseite und einem teuren Blazer bekleidet.
Ich betrachtete sie voller Bewunderung, denn diese Frau konnte offenbar nicht nur schreiben, sondern wusste sich auch zu kleiden.
Sie huschte an meinem Schreibtisch vorbei zu ihrem Büro, doch ihre Assistentin blieb bei mir stehen, um sich nach eventuellen Mitteilungen zu erkundigen.
Ich reichte ihr einige Zettel mit Nachrichten, die ich erhalten hatte, weil Lynettes Mailbox voll war, und zwei Blumensträuße, die ein Lieferservice im Verlauf des Morgens gebracht hatte.
»Danke«, sagte sie mit einem breiten Lächeln. »Bis später.«

Und sie hielt Wort. In der Mittagszeit, als nicht so viel los war, kam die Assistentin tatsächlich noch einmal zu mir an den Empfang.

»Ich hatte vorhin keine Zeit, mich vorzustellen«, meinte sie mit einem freundlichen Lächeln. »Ich heiße Shanisse. Sie sind neu hier, stimmt's? Ich möchte immer alle unsere Rezeptionistinnen persönlich kennen lernen, auch wenn sie nach ein paar Monaten wieder aufhören. Hoffentlich bleiben Sie länger!«

»Das habe ich vor«, sagte ich und erhob mich. »Mein Name ist Priya. Freut mich, Sie kennen zu lernen.«

»Danke, dass Sie auf die Sachen aufgepasst haben. Ich weiß, manchmal sammelt sich eine ganze Menge hier an. Lynette arbeitet oft zu Hause, also stauen sich die Mitteilungen und Blumen für sie gelegentlich.«

»Kein Problem«, sagte ich. »Das ist schließlich mein Job. Sie scheint sehr beschäftigt zu sein.«

»Allerdings. Sie hat das Steuer fest in der Hand. Hier geschieht nichts ohne Lynettes Wissen.«

Ich nickte.

»Es ist schon nach eins, und ich hatte noch keine Zeit zum Essen«, meinte sie. »Wollen wir gemeinsam gehen?«

Ich hatte etwas von zu Hause mitgebracht, weil ich es mir nicht wie die anderen leisten konnte, in jeder Mittagspause Geld auszugeben. Aber nun fragte mich zum ersten Mal eine Angestellte hier, ob ich sie be-

gleiten wolle, und da ich fürchtete, dass mich nie wieder jemand fragen würde, sagte ich Ja.
Wir waren ein merkwürdiges Gespann, wie wir zusammen die Straße entlanggingen – sie mit ihrer hautengen Hose, dem tief ausgeschnittenen Top, unter dem ein schwarzer Spitzen-BH hervorlugte, und den hochhackigen Schuhen; ich mit einem senffarbenen *salwar kameez* mit winzigen roten Tupfen und den Dr.-Scholl-Imitaten an den Füßen, die ich auf einem Markt in Delhi entdeckt hatte. Erst nach einer Weile wurde mir bewusst, dass Shanisse die erste Afroamerikanerin war, mit der ich ein richtiges Gespräch führte; in Indien gibt es nicht viele Schwarze.
»Ihre Kleidung gefällt mir«, sagte Shanisse, als wir uns dem italienischen Café näherten, in dem ich an meinem ersten Arbeitstag gegessen hatte. »Sie ist ungewöhnlich und sieht bequem aus. Ich muss aufpassen – meine Hose sitzt so eng, dass sie wahrscheinlich beim ersten Nieser platzt.«
Ich beschränkte mich auf einen kleinen Salat, während Shanisse eine *focaccia* bestellte und der Kellnerin sagte, sie solle sich beeilen.
»Ich habe einen Bärenhunger«, erklärte sie. »Lynette hält mich auf Trab. Zwischendurch ist kaum Zeit, um aufs Klo zu gehen. Wo kommen Sie eigentlich her? Sie haben einen tollen Akzent. Der ist britisch, stimmt's?«
»Ja, könnte man sagen«, antwortete ich. »Ich stamme

aus Indien und habe eine Klosterschule in Delhi besucht. Daher dieser merkwürdige angloindische Akzent.«

»Ich war noch nie in Indien. Würde gern mal hinfahren. Wie lange sind Sie schon in Amerika?«

Ich erzählte Shanisse die Geschichte von meiner arrangierten Ehe mit einem Mann, den ich erst eine Woche vor der Hochzeit kennen gelernt hatte, und ihr blieb beim Essen der Mund offen stehen. Ich zeigte ihr sogar das Foto von Sanjay und mir an unserem Hochzeitstag, das ich in der Brieftasche mit mir führte, und ihre Augen begannen zu glänzen.

»Tolle Klamotten«, meinte sie mit einem Blick auf meinen burgunderrot-goldenen Sari und Sanjays cremefarbene Brokatjacke mit dem hohen Kragen. »Wow, hat er Grübchen? Ist der süß! Den würde ich auch sofort heiraten! Aber dass die Familie im selben Haus wohnt … ich weiß nicht so recht. Für mich wäre das Selbstmord. Unter diesen Umständen würde meine Ehe keine fünf Minuten halten.«

»So schlimm ist es auch wieder nicht«, beruhigte ich sie. »Meine Schwiegereltern sind schon manchmal anstrengend, und hin und wieder würde ich mir wünschen, dass Sanjay und ich eine echte Privatsphäre hätten. Nicht einmal streiten können wir in Ruhe«, sagte ich lächelnd. »Aber immerhin funktioniert die Familie als System des gegenseitigen Beistands.«

»Nun, wenn Sie öfter aus dem Haus wollen, könnten

Sie sich ja nach einem Jahr oder so um eine Praktikantenstelle beim *Insider* bewerben und sich zur Redaktionsassistentin hocharbeiten. Die meisten Rezeptionistinnen wollen Schauspielerin werden, aber ein paar versuchen's auch mit einem Praktikum. Das ist eine gute Möglichkeit, einen Fuß in die Tür zu bekommen.«

»Nein, bei mir geht das nicht«, sagte ich und aß den letzten Bissen Salat. »Ich wollte immer Journalistin werden, aber meine Schwiegereltern sind ziemlich streng. Gegen meine Arbeit am Empfang haben sie nichts einzuwenden, doch etwas anderes würden sie mir nicht erlauben. Ihrer Ansicht nach ist es für eine frisch Verheiratete nicht angemessen, allein in der Stadt herumzufahren und sich mit fremden Leuten zu treffen. Nun, vielleicht im nächsten Leben.«

»Möglicherweise haben sie gar nicht so Unrecht«, meinte Shanisse. »Mein Freund Michael und ich, wir streiten uns ständig, weil ich so lange arbeiten und immer verfügbar sein muss. Der Job ist ziemlich stressig. Immerhin gibt es jetzt feste Arbeitszeiten. Aber Lynette und ich wissen oft nicht, wo wir am nächsten Tag landen. So kann man einfach nicht leben, wenn die Familie auf einen zählt.«

Shanisse war nicht nur Lynette Doves Assistentin; offiziell lautete ihr Titel »Entertainment Correspondent – Film«. Und sie überbrachte ihrer Vorgesetzten auch nicht nur Mitteilungen und gelieferte Blumen, sondern verfasste selbst Artikel, interviewte Leute in Hollywood, besuchte Premieren und Probeaufnahmen. Kurz: Sie erledigte die Dinge, zu denen Lynette Zeit oder Lust fehlte.

»Hier ist so viel los, dass Lynette nicht überall dabei sein kann«, erklärte Shanisse. »Besuche am Drehort, Bankette, Premieren, Wohltätigkeitsveranstaltungen, die mit Filmen zu tun haben. Sie werden bald sehen, wie die Dinge laufen.«

Shanisse verlangte die Rechnung und bestand darauf, mich einzuladen. Sie würde den Betrag, wie sie sagte, auf die Spesenrechnung setzen.

»Lynette hat mich angewiesen, alle neuen Rezeptionistinnen und Redaktionsassistentinnen in Augenschein zu nehmen«, meinte sie. »Es erleichtert das Leben in der Abteilung ungemein, wenn wir alle am selben Strang ziehen.«

Das Wochenende kam schneller als zu meiner Zeit als Nur-Hausfrau, in der letztlich jeder Tag wie der andere war. Im Handumdrehen wurde es Freitagabend, und obwohl es sich sehr schwierig gestaltete, vor dem Abendessen zu Hause zu sein, weil das in Los Angeles offenbar alle wollten, freute ich mich auf mein freies Wochenende. Nun, vielleicht nicht wirklich »frei«, weil eine ganze Menge Hausarbeit liegen geblieben war. Die allein stehende Shanisse hatte eine Putzfrau, die einmal die Woche ihre Zweizimmerwohnung sauber machte. Doch meine Schwiegermutter wehrte sich strikt gegen – wie sie es nannte – »Hilfe von außen«, auch wenn ich jetzt den ganzen Tag arbeitete.

»Solche Leute stehlen wie die Raben«, erklärte sie mir. »Und sie machen nichts richtig. Wenn wir wollen, dass unser Haus in Ordnung ist, müssen wir uns selbst darum kümmern«, sagte sie, während Malini sich wieder einmal mit einer Illustrierten in ihr Zimmer verdrückte. Meine Schwägerin hatte soeben einen Schminkkurs absolviert – ihr Traum war, Filmstars noch schöner aussehen zu lassen. Doch mein Schwiegervater beurteilte diese Art von Arbeit für ein anständiges Mädchen als unangemessen und schlug vor, sie solle sich Zeit zum Überlegen lassen – offenbar in der Hoffnung, dass eine Ehe sich für sie genauso leicht ergeben würde wie für mich. Was bedeutete, dass Malini den größten Teil ihrer Zeit wegen – wie sie es nannte – »Recherchen« in Kosmetiksalons und Nagelstudios verbrachte. Und immer sehr attraktiv aussah.

Als ich am nächsten Morgen mit dem Haushalt fertig war, weckte ich Sanjay.

»Süße, wie spät ist es denn?«, fragte er verschlafen.

»Schon nach elf. Komm, steh auf. Wir könnten auswärts essen und dann einkaufen gehen. Jetzt arbeite ich schon fast eine Woche und ich komme mir wirklich merkwürdig vor als Einzige mit indischer Kleidung. Hast du deine Eltern gefragt, ob sie einverstanden sind, wenn ich mir ein paar westliche Sachen kaufe?«

»Noch nicht«, antwortete er und schlug das Oberbett zurück. »Fragen wir sie doch jetzt.«

Als wir geduscht, uns angezogen und ein Gebet vor dem kleinen Tempel im Flur gesprochen hatten, war es bereits kurz vor Mittag, und meine Schwiegereltern und Malini versuchten sich darüber einig zu werden, was ich kochen sollte.

»Wo wollt ihr hin?«, fragte meine Schwiegermutter.

»Wir hatten vor, einkaufen zu gehen. Priya braucht ein paar neue Sachen zum Anziehen für die Arbeit«, erklärte Sanjay.

»Welche Sachen?«, erkundigte sich mein Schwiegervater und legte die Zeitung weg. »Du bist unsere Schwiegertochter und musst dich angemessen kleiden. Wir wollen nicht, dass die Leute über uns reden.«

»Natürlich, Papa«, sagte ich. »Aber ich dachte, vielleicht könnte ich etwas dezentes Westliches finden.«

»Ich weiß nicht, was dir an der indischen Kleidung nicht gefällt«, meinte mein Schwiegervater. »Doch wenn du dich unbedingt umsehen willst, meinetwegen. Allerdings werden wir mitkommen. Zuerst gehen wir essen, dann in die Kleidergeschäfte.«

Zehn Minuten später saßen wir zu fünft in Sanjays Wagen. Ich hätte Lust auf chinesisches Essen gehabt, aber die anderen wollten indisches. Da ich vier zu eins überstimmt wurde, gab es schließlich *paneer* und *pakora*. Mir wäre nach einem Bummel durch die Einkaufspassage gewesen, die ich mir nach einem Lebensmitteleinkauf ein paar Wochen zuvor kurz angeschaut hatte, weil ich wusste, dass Malini dort all die sexy Kleider erwarb, die sie selbst im Hochsommer unter langen Mänteln verbarg. In den Boutiquen gab es hautenge dunkelrote Lederröcke, winzige Tops und Jeans, die so viel vom Bauch der Trägerinnen enthüllten, dass ich mich fast schämte.

Doch meine Schwiegermutter hatte andere Vorstellungen. Während wir noch das indische Fastfood verdauten, hielten wir vor Ross, einem Ramschladen mit heruntergesetzten Artikeln.

»Hier kann man durchaus Schnäppchen entdecken, wenn man Geduld zum Suchen mitbringt«, sagte Malini. »Keine Sorge, *bhabi*, bald wirst du nicht mehr wie ein indisches Dorfmädchen aussehen.« Sie wich mir nicht von der Seite, als mein Schwiegervater in Richtung Damenbekleidungsabteilung steuerte und eine blaue Hose mit elastischem Bund auswählte.

»Wie gefällt dir die, Priya?«, fragte er. »Schlicht und geschäftsmäßig. Ich glaube, die würde dir gut stehen.«

»Bitte, Papa, das Ding schaut ziemlich traurig aus«, meinte Malini. »Die Hose ist ungefähr so aufregend wie ein Gartenschlauch. Wir sollten uns nach etwas Bunterem umsehen.«

Meine Schwiegermutter hatte inzwischen ein knöchellanges, schürzenähnliches Kleid mit gelben und orangefarbenen Blumen gefunden.

»Nicht übel«, sagte ich zu Malini, die es ihrer Mutter aus der Hand riss und ausrief: »Das ist so hässlich, dass nicht einmal eine farbenblinde Hochschwangere es anziehen würde. Komm mal mit, *bhabi*«, meinte sie und schickte ihre Eltern in die Haushaltswarenabteilung.

Zusammen mit Sanjay schlenderten wir die Gänge entlang, wühlten uns durch Hunderte von Jacken und Röcken und Tops und Jeans. Malini füllte einen blauen Einkaufswagen mit Sachen, die ihrer Meinung nach Potenzial besaßen und mich an das erinnerten, was ich in ihrem Schrank gesehen hatte, und präsentierte sie ihren Eltern. Doch sie wurden alle verworfen, weil sie »zu weit ausgeschnitten«, »zu kurz«, »zu eng« oder »zu auffällig« waren.

»Mum, Papa, nun übertreibt mal nicht«, sagte Malini. »Ein bisschen Spaß soll die Sache doch auch machen. Wo ist das Problem?«

»Priya ist unsere Schwiegertochter«, meinte ihr Vater streng. »Was du uns da zeigst, tragen amerikanische Mädchen der Unterschicht.«

Vermutlich hatten er und seine Frau schon länger keinen Blick mehr in Malinis Schrank geworfen.

Wenig später gaben wir auf und kehrten nach Hause zurück. Resigniert stellte ich mich auf eine weitere Woche als Aschenputtel ein.

Neun

Sonntag war für gewöhnlich der Tag, an dem meine Schwestern immer etwa zur gleichen Zeit abends aus Delhi anriefen. Ich zog mich zum Telefonieren ins Schlafzimmer zurück, damit meine Schwiegereltern nicht jedes Wort mitbekamen, was sie im Wohnzimmer unweigerlich taten, obwohl sie vorgaben, sich auf die *Simpsons* im Fernsehen zu konzentrieren. Das Gespräch mit meiner Familie war der Höhepunkt einer jeden Woche. Wir erzählten einander von den wichtigen Ereignissen der vergangenen Tage: Meine Mutter lobte das Rezept für *sag paneer*, das ich gerade ausprobiert hatte, mein Vater wollte wissen, wie Sanjays Taschengeschäft lief, meine Schwestern waren neugierig auf alles, was in meinem neuen Leben geschah, und ich erkundigte mich nach unseren alten Bediensteten, nach den Büchern, die ich hatte zurücklassen müssen, und danach, ob mein Schwingseil immer noch an meinem Lieblingsbaum im Garten hing.

»Na, wie findest du's?«, fragte Radha in unserem ersten Gespräch nach meiner Ankunft in Amerika. »Das Land, das Haus, dein Leben?« Seit meiner Hochzeit kam ich mir manchmal vor wie die Älteste, weil man eine Reife und Erfahrung von mir erwartete, die ich gar nicht besaß. »Und die Ehe? Wie ist die?«

»Das Beste daran ist wohl, dass ich mir jetzt nicht mehr den Kopf darüber zerbrechen muss, was ich am Silvesterabend mache«, antwortete ich. Früher hatten wir Mädchen am Jahresende immer sehnsüchtig durch das Fenster beobachtet, wie die festlich gekleideten jungen Paare in unserer Straße in ihre Autos stiegen, um zu einer Party zu fahren, und uns insgeheim gewünscht, zu ihnen zu gehören.

»Ein bisschen mehr dürfte schon dran sein«, meinte Radha. »Vielleicht erkennst du das jetzt noch nicht, aber du kannst dich glücklich schätzen, jemanden zu haben, den du dich wenigstens bemühen kannst zu lieben.«

Dann kamen Roma und Ria ans Telefon, und ich wiederholte für sie meine Beobachtungen über dieses merkwürdige neue Land.

»Die Frauen hier haben keine Angst, riesige Autos zu fahren, die fast wie Lastwagen aussehen«, erzählte ich. »Und sie trinken Bier. Außerdem habe ich neulich gelesen, dass sie manchmal … andere Frauen … heiraten.«

Als ich meinem Vater bei unserem letzten Gespräch meine Jobsuche gestand, war er nicht allzu erfreut. Doch dann erklärte ich ihm, dass in Amerika jeder arbeite.

»Was für eine Familie habe ich da bloß für dich ausge-

sucht?«, meinte er. »Dass sie dich zwingen, eine Arbeit anzunehmen.«
»Ach, Daddy, das macht mir wirklich nichts aus«, erwiderte ich. »Ich suche mir etwas Anständiges. Arbeit gehört hier nun einmal zum Leben.«
Und jetzt führte ich mein erstes Gespräch mit ihnen, seitdem ich die Stelle angetreten hatte. Ich wollte ihnen alles so schnell erzählen, dass sich meine Worte überschlugen und meine Mutter nicht so ganz begriff, was ich machte.
»Liebes, das Einzige, was ich verstanden habe, ist irgendetwas mit Harrison Ford und dass du Anrufe entgegennimmst. Arbeitest du für den Schauspieler? Wie aufregend!«, meinte sie, ohne auf meine weiteren Erklärungen zu achten. »Radha, Mädchen, kommt einmal her und hört euch das an!«, rief sie aus. »Eure kleine Schwester arbeitet für Harrison Ford!«

Noch immer schüttelten die Leute den Kopf, wenn sie über Radha sprachen. Auch an diesem Abend fragte meine Schwiegermutter mich nach dem Anruf, wie es Radha ginge.
Als wäre alles erst kurz zuvor passiert.
Als sich die Geschichte ereignete, war Radha erst zwanzig, atemberaubend schön und schlank wie eine Zuckerrohrstange auf dem Feld, und ihr Lächeln erhellte jeden Raum. Kein Wunder, dass meine Mutter sie die »strahlende Radha« nannte.

Sie hatte sie nach der lebenslangen Geliebten und Gefährtin von Krishna, einem der beliebtesten hinduistischen Götter, benannt. So überraschte es niemanden, als sie einen fast göttlichen Verlobten fand. Er hieß Nishant und stammte aus einer Kriegerfamilie, die sich im zwanzigsten Jahrhundert ein Vermögen mit Immobilien, Holz und Eisdielen im ganzen Land erworben hatte. Er und sein jüngerer Bruder Nayan waren die begehrtesten Junggesellen der Gegend.

Radha und Nishant lernten sich bei einer Abendeinladung kurz nach Radhas neunzehntem Geburtstag kennen. Er war vier Jahre älter und zehn Zentimeter größer als sie und stark und edel und sanftmütig. Als die beiden einander vorgestellt wurden, drehten sich alle nach dem Paar um. Meiner Mutter stockte der Atem, als sie Zeugin der Begegnung ihrer ältesten Tochter mit diesem modernen Prinzen wurde. Es war, sagte sie später, als hätte Radha in Nishant die andere Hälfte ihrer Seele gefunden.

Ihre Verlobung wurde drei Wochen später bekannt gegeben, und das Ereignis machte Schlagzeilen in Delhi. Dies würde die romantische Verbindung zweier junger Menschen reinen Herzens werden, in der eine wohlhabende Familie sich für ein hübsches, bescheidenes Mädchen interessierte, nicht für seine Mitgift.

Meine Schwestern und ich nannten Nishant *jijaji* – »großer Bruder« –, und genauso liebten wir ihn auch. Kaki, die es gern sah, wenn mehrere Schwestern in dieselbe Familie einheirateten, ließ Nishants Eltern gegenüber immer wieder mehr oder minder deutliche Hinweise fallen, dass Roma vielleicht eine gute Partie für Bruder Nummer zwei sein könnte.

Am Abend vor der Hochzeit erreichten die Feierlichkeiten in Nishants Haus ihren Höhepunkt. Dreihundert Menschen tanzten auf dem grünen Rasen zwischen riesigen goldgeschmückten Zelten. Meine Mutter stand auf einem mit Samt überzogenen Podium und sang ein Lied für ihre geliebte älteste Tochter – ein Abschiedslied, in dem es um Sehnsucht und Hoffnung ging. Radha weinte, lachte aber gleich wieder, als Nishant die Arme um sie legte und sie auf die Stirn küsste. Die Gäste wirbelten in einer Wolke aus magentafarbenen Saris, perlengeschmückten Brokatstoffen, Musik und Feuerwerkslichtern umher.

Radha war trunken vor Freude, Nishant von Champagner.

Um zwei Uhr morgens brachte Nishant Radha nach Hause, wo sie sich in ihr Zimmer zurückzog, um vor der Hochzeit am nächsten Tag noch etwas Schlaf zu bekommen. Als ich ihr eine gute Nacht wünschte, küsste sie ein gerahmtes Foto von Nishant, drückte es an ihre Brust und schlief damit ein.

Etwa eine Stunde später, genau um drei Uhr elf, klingelte das Telefon. Ich war damals vierzehn Jahre alt und beobachtete erschrocken vom oberen Ende der Treppe aus, wie mein Vater den Hörer abhob, einen

Moment lang schweigend lauschte und dann den Hörer fallen ließ, der klappernd auf dem kalten Boden landete. In seine *kurta* weinend schlich er an mir vorbei zum Schlafzimmer, um meine Mutter zu informieren, die einen Schrei ausstieß. Kurz darauf traten sie beide leichenblass auf den Flur und gingen zu Radhas Zimmer. Von dort hörte ich Schluchzen, Klirren von berstendem Glas, Selbstmorddrohungen. Ein Arzt kam, die Bediensteten huschten vorbei, meine Schwestern und ich standen – zu schockiert, um etwas zu sagen – auf der Treppe.

Er war mit dem Wagen gegen einen Baum gefahren, sofort tot gewesen, hätte nicht leiden müssen, erklärte man uns, als könnte uns das trösten.

Radha trug einen Monat lang Weiß, die Farbe der Witwen und der Trauer. Obwohl sie und Nishant noch nicht getraut und mit Kränzen behängt worden waren, kam es allen so vor, als wären sie bereits verheiratet gewesen.

Danach wurden ihre zuvor so leichten Schritte schwer, ihr Gesicht bleich und ihr Lächeln matt.

Und sie sagte, sie würde nie heiraten.

Zehn

Der rote Koffer mit den verrosteten Schlössern hatte offenbar jahrelang unberührt im Speicher meiner Schwiegereltern gelegen.
Sobald ich das Gespräch mit meinen Schwestern und meiner Mutter beendet hatte, zerrte Sanjay das staubbedeckte, nach Mottenkugeln riechende Ding herein.
»Wofür ist denn dieser Koffer, Mummy?«, fragte ich meine Schwiegermutter, die gerade die Küche betrat.
»Ich kam auch einmal neu in dieses Land«, antwortete sie. »Ich war bereits fünf Jahre verheiratet, als wir nach Amerika zogen, aber kaum älter als du. Und ich machte all das durch, was du jetzt erlebst.«
Als sie mein erstauntes Gesicht sah, meinte sie, ich solle mit dem Koffer nach oben gehen.
»Mach ihn ruhig auf«, sagte sie dort mit stolzem Blick. »Ich glaube, du wirst dich über das freuen, was du darin findest.«

Polyester war vor zwanzig Jahren der letzte Schrei gewesen, und offenbar befand sich der gesamte Weltvorrat davon in diesem verstaubten roten Koffer.

Meine Schwiegermutter erzählte mir, dass sie zwei Jahrzehnte zuvor die neugierigen Blicke von Fremden nicht mehr ausgehalten und sich eine westliche Garderobe gekauft habe.

»Es war damals nicht leicht, als junge Frau in Amerika nur Saris zu tragen. Ich musste ja im Supermarkt einkaufen und zur Bank gehen. Wie soll man das machen, wenn einen alle Leute anstarren?«, sagte sie, während sie die Sachen einzeln aus dem Koffer holte. »Seinerzeit war ich genauso schmal wie du.«

Sanjay saß auf der Bettkante, beeindruckt von der Großzügigkeit seiner Mutter. Auch mich rührte ihre Geste, mit der sie mir zeigen wollte, dass sie sich in mich einfühlen konnte.

»Eine sehr hübsche Spitzenbluse«, meinte sie, ein Kleidungsstück mit Puffärmeln hochhaltend, das wie das Oberteil eines Hochzeitskleids aussah. »Und glänzende Gürtel waren damals sehr modern. Sie sind jetzt auch wieder in«, fuhr sie fort, während sie mir einen engen schwarzen Lackledergürtel mit schimmernder Schmetterlingsschnalle zeigte.

»Das kannst du alles haben«, sagte sie und umarmte mich. »Du bist ja fast so etwas wie meine Tochter und sollst auch hübsche westliche Kleidung tragen. *Chalo*, wenn du morgen ins Büro gehst, wirst du schick und modern aussehen, wie ein völlig neuer Mensch.«

Es dauerte fast den ganzen Vormittag, bis ich merkte, dass die Leute nun über mich lachten.

Am Morgen hatte ich das Marmorfoyer stolz betreten, weil ich nicht nur westliche, sondern sogar Kleidung trug, die man, wie Malini mir erklärte, »Vintage« nannte.

»Total cool«, hatte sie gesagt. »In der Zeitschrift *Lucky* war grad ein großer Artikel drüber. Alte Sachen sind jetzt wieder modern. Weißt du, solche Klamotten kosten in den Läden an der Melrose ein Vermögen.«

Ich glaubte ihr, wenn sie sagte, »Vintage« sei in und die Sachen meiner Schwiegermutter fielen in diese Kategorie, obwohl ich keine Ahnung hatte, wovon sie sprach.

Aber ihr Kichern, als ich das Haus verließ, hätte mich stutzig machen sollen. Statt mir wie sonst »Schönen Tag, *bhabi*« nachzurufen, war sie in die Küche gerannt, das Gesicht hinter einem Taschentuch verborgen. Vielleicht, hatte ich gedacht, wollte sie ein Niesen unterdrücken.

Erst Stunden später an meinem Schreibtisch begriff ich, was sie so fröhlich gestimmt hatte.

»Wow, du siehst echt … interessant … aus«, meinte Deanna. »Ist das wieder so ein Kostüm wie die Sarongs und die anderen Sachen, die du sonst trägst?«

»Saris«, berichtigte ich sie. »Aber das sind genauso wenig Kostüme wie das hier.«

In der Toilette begegnete ich später Shanisse, die bei meinem Anblick verlegen die Hand vor den Mund hielt.
»Entschuldigung«, meinte sie, als sie sah, dass ich ihre entsetzte Miene bemerkt hatte.
»Was ist denn los?«, fragte ich verwirrt. »Heute scheinen mich alle auszulachen. Warum nur?«
»Tja, das liegt wohl an deinem ... Outfit«, antwortete Shanisse, die sich ein Lachen verkneifen musste. »Es ist ziemlich ungewöhnlich.«
Ich betrachtete mich in dem Ganzkörperspiegel an einer Wand und konnte nicht verstehen, was an meiner Erscheinung so lustig war. Von den Sachen meiner Schwiegermutter hatte ich einen langen, leuchtend roten Jerseyrock ausgewählt, den ich sehr hübsch fand, dazu eine cremefarbene hochgeschlossene Bluse mit Glitzersteinchen an der Vorderseite sowie einen breiten roten Gürtel mit glänzendem Goldherz, der auf meinen Hüften saß. An den nackten Füßen trug ich wie immer beigefarbene Ledersandalen, obwohl meine Schwiegermutter mir geraten hatte, eine Strumpfhose anzuziehen, um dem Ganzen »noch mehr Klasse« zu geben. Am Abend lieh sie mir sogar ihre Schaumstoffwickler, die ich vor dem Schlafengehen in die Haare drehte. Das Ergebnis war ein Krauskopf, der so aussah wie der von Drew Barrymore auf dem Umschlag des *Hollywood Insider* von der Vorwoche. Und um meine Frisur noch peppiger zu machen,

schenkte meine Schwiegermutter mir eine rote Samtschleife.
Alles in allem fand ich, dass ich wirklich hübsch aussah.
»Was ist los?«, wiederholte ich, abwechselnd einen Blick in den Spiegel und auf meine Kleidung werfend. »Passen die Schuhe nicht dazu?«
»Schätzchen, das ist das geringste deiner Probleme«, meinte Shanisse. »Versteh das jetzt bitte nicht falsch, aber mit dem ganzen Rot und Glitzerzeugs siehst du aus wie 'ne Zigeunerin auf Speed. Das ist einfach *too much* für diese Tageszeit. Noch 'ne langhaarige Perücke dazu, und wir haben Cher. Begreifst du, was ich meine?«
Ich schüttelte verwirrt und den Tränen nahe den Kopf.
»Ich wollte doch nur nicht auffallen«, sagte ich.
»Mädchen, nimm dir für die Mittagspause mal nichts vor«, erklärte Shanisse mit einem mitleidigen Blick. »Wir gehen einkaufen.«

Auf dem Weg zum nächsten Einkaufszentrum, das sich nur zehn Autominuten vom Büro entfernt befand, erzählte ich ihr, wie meine Schwiegereltern mir verboten hatten, mich wie eine normale amerikanische Frau anzuziehen.
»Kaufen wir erst mal die Klamotten«, sagte Shanisse. »Hinterher fällt uns schon was ein, wie du die tragen

kannst, ohne dass deine Familie einen Herzschlag kriegt.«

Ich hatte noch nie erlebt, dass jemand Kleidung so schnell auswählte. Shanisse warf die Sachen in einen Korb, sah sich die Etiketten an, verglich Preise, hielt mir einzelne Stücke hin. Sie wartete vor der Kabine, während ich alles anprobierte – eine Jeans ganz ähnlich wie ihre, eine Hose, die mich an die von Lynette erinnerte, eine schicke Jacke aus Waschleder, bonbonfarbene Tops mit hübschen Mustern. Wenn ich heraustrat, nickte sie sofort oder schüttelte ohne zu zögern den Kopf. Während ich an der Kasse wartete, brachte sie mir Döschen mit Rouge und Lidschatten, zwei Paar Schuhe und eine kleine Umhängetasche, legte alles vor mich und sagte: »Das zahle ich.« Hinterher zerrte sie mich zu Supercuts gleich nebenan, wo ich zusammenzuckte, als sie die Friseurin anwies, mir Stufen zu schneiden und meine Haare um etwa fünf Zentimeter zu kürzen. Im Wagen befestigte ich sofort wieder meine große rote Samtschleife, und Shanisse verdrehte die Augen.

An jenem Abend machte ich auf dem Nachhauseweg einen Zwischenstopp im Fitnessstudio, zahlte eine Monatsgebühr für einen Schrank und verstaute die beiden Kleidertüten darin. Shanisse hatte mich überzeugt, dass meine Schwiegereltern nichts davon erfahren mussten – jedenfalls noch nicht. »Sieh zu, dass du morgens und abends genug Zeit hast, dich im Fitnessstudio umzuziehen«, riet sie mir. »An dem Haarschnitt werden sie sicher nichts auszusetzen haben, der ist dezent. Und ansonsten gilt: Je weniger sie wissen, desto besser.«

Elf

Es heißt, wer gut aussieht, fühlt sich gut. Das kann ich bestätigen. Zuletzt hatte ich dieses Gefühl an meinem Hochzeitstag gehabt.

Als ich nun das Marmorfoyer des Gebäudes betrat, fühlte ich mich so attraktiv wie Malini, vielleicht sogar wie Brooke Shields. Ich hatte mich für einen dunklen Rock und ein zartrosa Top mit beigem Muster sowie cremefarbene Sandalen entschieden. Dazu trug ich winzige Goldcreolen aus meiner Aussteuer, die ich noch nie angelegt hatte. Lippenstift und Rouge passten zu meiner Kleidung, und meine frisch geschnittenen und gewaschenen Haare wippten im Takt mit meinen beschwingten Schritten.

Morgens hatte ich das Haus mit einem lockeren, oberschenkellangen blauen Oberteil und einer weiten weißen Hose aus dem roten Koffer sowie hochgesteckten Haaren verlassen. Meine Schwiegermutter hatte mir zum Abschied gesagt, ich sähe »hübsch« aus. Dank Shanisse wusste ich es nun besser.

Lou kam durch die Tür, als ich gerade die Post sortierte.

»Guten Morgen, Priya«, begrüßte er mich, bevor er stehen blieb, mich anschaute und meinte: »Sie sehen aber erholt aus.«

»Erholt.« Das erste Kompliment des Tages.

Dann kam Deanna, die, wie nicht anders zu erwarten, bedeutend enthusiastischer reagierte.

»Priya, du siehst fantastisch aus! Was hast du bloß gemacht?«, fragte sie und bat mich aufzustehen und eine Pirouette zu drehen. »Tolles Outfit, toller Look. Du passt einwandfrei zu diesem schicken Schreibtisch.«

»Sensationell!« Kompliment Nummer zwei.

Auch den anderen Angestellten, die an meinem Schreibtisch vorbeikamen, schien ich nun im Gegensatz zur vergangenen Woche aufzufallen. Sie begrüßten mich mit einem Lächeln und einem Kopfnicken und dem einen oder anderen »Hallo«.

Um elf stürmte Lynette, das Handy am Ohr, herein und kritzelte etwas auf die Rückseite einer Aktenmappe.

»Gut, die beiden Toms, Brad, Denzel, Mel ... Wunderbar. Und wer kommt noch?«, sprach sie ins Telefon, während sie sich weiter Notizen machte. Ohne mich eines Blickes zu würdigen, hastete sie in Richtung Büro. Fünf Minuten später folgte ihr Shanisse.

»Ich musste doch glatt ihren Wagen parken. Mein Gott, ist die gestresst. Ich hab ’nen Abschluss von der Columbia University, bin ich Parkwächterin oder was?«, meinte sie ziemlich erregt. »Einmal kann sie das mit mir machen, aber wenn so etwas noch mal passiert … Wow, Priya, du siehst toll aus!«, rief sie aus. »Was für ein Unterschied! Das haben wir gut hinbekommen, Mädchen. Jetzt gehörst du wirklich hierher.«

»Du gehörst wirklich hierher.« Kompliment Nummer drei. Bislang das beste.

Nach meinen ersten drei Monaten beim *Hollywood Insider* wollten Hilda und Lou feiern, weil es abgesehen von Dara keine Rezeptionistin vor mir so lange ausgehalten hatte.

»Es wäre schön, wenn du für immer bleiben würdest«, sagte Lou und reichte mir eine Schachtel Pralinen. »Toll, wie gut du deine Arbeit erledigst.« Ich strahlte vor Freude.

Mittlerweile hatte sich mein Aufgabenbereich erweitert. Shanisse, die letztlich immer in Zeitnot war, bat mich gelegentlich, für sie telefonisch Fakten zu überprüfen, Pressemappen anzufordern oder zu recherchieren.

»Du bist aber ganz schön höflich«, sagte sie einmal zu mir, als sie mitbekam, wie ich ein Gespräch mit einem Studiovertreter folgendermaßen begann: »Guten Morgen, Sir. Wären Sie wohl so freundlich, mir …«

»Wir sind der *Hollywood Insider*«, erklärte sie. »Die Leute sollten dankbar sein, wenn wir uns mit ihnen beschäftigen, nicht umgekehrt. Also, Schätzchen, lass sie ruhig auf Knien zu dir rutschen!«

Ich verstand, was sie meinte, schaffte es aber nicht, ihren Rat in die Tat umzusetzen.

Als die anderen Journalisten merkten, dass ich Shanisse hin und wieder half, baten auch sie mich um Unterstützung. Die blonde Aimee, die die Nachtclub-Besprechungen verfasste und es auf einem fremden Schreibtisch mit jemandem »getrieben« hatte, fragte mich, ob ich für sie die Einladungen zu den Eröffnungsfeiern beantworten könne, die sie bekam. Laut Aussage von Shanisse war Aimee zu jung für eine eigene Assistentin, also erledigte ich deren Aufgaben. Roberto, ein ausgesprochen leutseliger, ursprünglich aus Rom stammender Rechercheur, der seine Kolleginnen gern mit einem Morgenküsschen begrüßte, spannte mich privat ein – zum Beispiel, wenn es galt, anlässlich seines Umzugs Karten zu verschicken oder seinen Urlaubsflug nach Neapel zu buchen. Ich wusste, dass ich zu alledem nicht verpflichtet war, aber wenn er mich »bella« nannte, konnte ich einfach nicht Nein sagen, wurde rot und nickte lächelnd. Seine Zufriedenheit mit mir formulierte Roberto folgendermaßen: »Wenn ich doch nur auch so eine nette asiatische Frau finden würde.«

Diese Leute standen in der Hierarchie über mir und besaßen deshalb das Recht, mir zu sagen, was ich tun sollte. Und weil ich ihnen half, kannten sie irgendwann alle meinen Namen. Zwar fragten sie mich nie, ob ich mit ihnen zum Mittagessen gehen oder einen Kaffee in der Cafeteria trinken wolle, aber immerhin begrüßten sie mich und erkundigten sich, wie mein Wochenende gewesen sei – auch wenn sie nicht auf meine Antwort warteten.

Im Großen und Ganzen gefiel mir mein Job – bis auf die fünfundvierzig Minuten, die ich einmal weinend in der Damentoilette verbrachte, sicher, dass ich meine Stelle verlieren würde. Joey, ein selbst in besten Zeiten ziemlich übellauniger Fotograf, erwartete dringend eine Sendung, die zwei Tage lang unter den Ausgaben der *US Weekly*, Deannas Lieblingsfreizeitlektüre, auf deren Postwägelchen begraben lag. Als sie sie endlich fand, hatte Joey den Absender bereits am Telefon zusammengestaucht, auf meinem Schreibtisch das Unterste zuoberst gekehrt und sich noch mürrischer verhalten als sonst. Deanna reichte mir das Päckchen bleich vor Angst, und ich legte es auf meinen Schreibtisch, als wäre es gerade erst eingetroffen.

»Da ist es ja!«, brüllte Joey, als er es sah. »Das Ding sollte per Boten von Westwood geschickt werden. Wieso hat das verdammt noch mal zwei Tage gedauert?«

»Es tut mir Leid, Mr Joey«, antwortete ich. »Vermutlich wurde es falsch ausgeliefert.« Aus den Augenwinkeln sah ich, wie Deanna sich hinter ihrem Wägelchen versteckte.

»Für solche Dinge sind Sie zuständig, also mache ich Sie dafür verantwortlich!«, schrie er mich an, sodass die Leute stehen blieben, um uns anzustarren. »Sorgen Sie dafür, dass so etwas nicht noch einmal passiert!«

Später schenkte mir Deanna, den Tränen nahe, eine Topfpflanze.

»Ich hätte nicht zulassen dürfen, dass du die Schuld auf dich nimmst«, meinte sie, klumpiges Mascara an den Wimpern. »Das war ziemlich feige von mir. Aber Joey hat's schon lange auf mich abgesehen, und ich kann es mir nicht leisten, den Job zu verlieren. Entschuldigung, Entschuldigung, Entschuldigung und danke, danke, danke.«

»Schon in Ordnung«, antwortete ich, immer noch ein wenig benommen von Joeys Vorwürfen. »Alles geschieht aus einem Grund.«

Zwölf

An dem Tag, an dem sich mein Leben veränderte, hatte ich gerade zehn Minuten lang mit einem freien Autor telefoniert, der mich fragte, mit welchem der Redakteure er reden müsse, wenn er eine Idee zum Thema »Neueste Trends in der Schwulen-Kultur« verkaufen wolle. Er erklärte mir seine Gedanken, als besäße ich irgendeinen Einfluss, und verwendete dabei Ausdrücke wie »Zeitgeist« oder »unerbittliche kulturelle Verdammung«. Ich nickte nur immer wieder höflich und meinte schließlich: »Ja, natürlich, das klingt wunderbar – schauen wir einmal, mit wem Sie darüber sprechen könnten.« Danach stellte ich ihn zu der zuständigen Redakteurin durch und nahm mit erleichtertem Seufzen das nächste Gespräch entgegen. Es war Shanisse.

»Gott sei Dank«, begrüßte sie mich mit verheulter Stimme.

Sie bat mich nachzusehen, ob einer ihrer Kollegen da sei. »Ich hab's bei allen mit der Durchwahl probiert, aber es meldet sich niemand«, meinte sie.

Ich musste feststellen, dass nun, zur Mittagszeit, tatsächlich niemand am Platz war.

»Verdammt. Michael – mein Freund – und ich haben uns heute Morgen fürchterlich gestritten, und ich bin völlig durch den Wind«, meinte sie schniefend. »In zehn Minuten habe ich einen Interviewtermin, aber den schaffe ich nie im Leben. Ich hatte gehofft, dass jemand von den andren ihn für mich übernehmen könnte.«
»Tut mir Leid, die Sache mit deinem Freund«, sagte ich. »Soll ich einen neuen Interviewtermin ausmachen?«
»Das geht nicht«, antwortete Shanisse frustriert. »Das Gespräch ist mit Rex Hauser, und mit dem verschiebt man keine Termine. Wenn ich den heutigen nicht schaffe, und noch dazu aus einem so dämlichen Grund, ist die Story futsch, und Lynette setzt mich vor die Tür.«
Ich wusste, dass Lynette gerade ein Filmset auf Tahiti besuchte. Und selbst ich hatte schon einmal von Rex Hauser gehört, der im letzten Jahr den Oscar als bester Hauptdarsteller erhalten hatte und nirgendwohin gehen konnte, ohne dass die Frauen ihm »sexy Rexy« nachriefen.
»Wenn ich dir nur irgendwie helfen könnte, Shanisse«, sagte ich. »Du klingst wirklich verzweifelt. Sag mir, was ich tun soll.«
»Tja«, meinte sie und schnäuzte sich. »Es bleibt mir wohl nichts anderes übrig, als dich zu bitten, dass du das Interview für mich übernimmst.«

Der Telefonhörer wäre mir fast aus der Hand gefallen.
»Was?!«, rief ich aus. »Shanisse, hast du den Verstand verloren? So etwas kann ich nicht!«
»Du musst nur den Kassettenrekorder von meinem Schreibtisch holen, auf den Aufnahmeknopf drücken und ihn einfach reden lassen. Er macht gerade eine Promotion-Tour für seinen neuen Film *Constantinople*, da ist es in seinem eigenen Interesse, so viel wie möglich zu quasseln. Wenn du gleich gehst, bist du in zehn Minuten dort und vor dem Ende der Mittagspause wieder zurück. Bitte!«
Dann gab sie mir noch einige Instruktionen: Hauser quartiere sich immer unter dem Namen seines Gärtners Miguel Gomez in Hotels ein, und nach dem solle ich fragen. Die Notizen, die sie sich ein paar Tage zuvor bei der Pressevorführung des Films gemacht habe, befänden sich ebenfalls auf ihrem Schreibtisch, und es würde mir helfen, wenn ich sie überflöge, aber unbedingt nötig sei es nicht.
»Shanisse, bitte, ich kann das nicht«, sagte ich leise. »Was ist, wenn mir etwas Dummes herausrutscht oder wenn ich keine Ahnung habe, wovon er redet? Ich kenne die Branche nicht, bin nur die Rezeptionistin. Und außerdem weißt du, dass meine Schwiegereltern mir verboten haben, so etwas zu machen.«
Einige Sekunden Schweigen, dann wieder ein Schnäuzen.
»Glaub mir, Priya, die Sache ist wirklich kinderleicht.

Die meisten Leute würden sonst was dafür geben, jemanden wie Rex Hauser kennen zu lernen. Und deine Familie erfährt nichts davon – du brauchst es deinen Leuten nicht zu erzählen, und wie sollten sie es sonst herausfinden? Das ist genau wie die Sache mit den Klamotten. Aber ich habe jetzt keine Zeit, dich zu überreden. Wenn du nicht hingehst, tut's keiner, und ich verliere höchstwahrscheinlich meinen Job. Es liegt an dir.«
Ich schwieg. »Und wo muss ich hin?«, erkundigte ich mich schließlich.
»Ins W.«
»W was?«, fragte ich.
»Ins W-Hotel! Mein Gott, Priya, jetzt lebst du doch schon seit Monaten in Los Angeles! Sag bloß, du kennst das W-Hotel nicht!«
»Nein«, antwortete ich leise. Woher auch? In meiner Familie war das Lunch Special für vier Dollar neunundneunzig im Tandoor Palace in Canoga Park ein großes Ereignis.
»Bitte mach dich auf den Weg«, flehte sie mich an. »Ich komme so schnell wie möglich ins Büro und bastle einen Artikel aus deinen Notizen. Ich zahle dir auch etwas dafür.«
»Nicht nötig«, sagte ich. »Ich hoffe, du weißt, was du da von mir verlangst. Meiner Ansicht nach tust du nicht das Richtige, aber wenn du meinst, gehe ich eben hin.«

Als hätte ich es geahnt, hatte ich meine Waschlederjacke mitgenommen, die ziemlich schick aussah und in die ich jetzt schlüpfte. Mit wild klopfendem Herzen ging ich zu Shanisses Schreibtisch, packte die Pressemappe und das Aufnahmegerät ein, vergaß auch die leere Kassette nicht und hastete in Richtung Aufzug. Beim Ausparken hätte ich fast eine Delle in das Auto hinter mir gefahren, weil ich gleichzeitig mein Makeup im Rückspiegel überprüfte. Ich zwang mich, ein paarmal tief durchzuatmen, warf noch einen Blick auf mein Make-up und fuhr dann auf den Wilshire Boulevard. Was für ein alberner Name »W« doch für ein Hotel war (warum nicht »B« oder »Q« oder »Best & Beautiful Guesthouse« wie das in unserer Straße in Delhi?), dachte ich, als mir bewusst wurde, dass ich immer noch keine Ahnung hatte, wo es sich befand. Also zückte ich mein Handy, um mir den Weg erklären zu lassen. Für Los Angeles war es nur einen Katzensprung entfernt, sodass ich tatsächlich zehn Minuten später dort eintraf. An der Rezeption ließ ich mich mit dem Zimmer von Miguel Gomez verbinden. Wenig später hörte ich eine tiefe Stimme am anderen Ende der Leitung.

»Ja?«, fragte sie.

»Guten Tag, Mr Hauser, Sir«, sagte ich. »Ich bin vom *Hollywood Insider*.«

»Kommen Sie rauf«, meinte er und gab mir seine Zimmernummer.

In dem winzigen dunklen Aufzug, der mich ein wenig an die handbetriebenen zu Hause in Indien erinnerte, bekam ich mit jedem Stockwerk, das mich der sicheren Katastrophe näher brachte, mehr Schmetterlinge im Bauch. Oben angekommen klopfte ich an die Tür der Suite und war verblüfft, als Rex Hauser mir persönlich aufmachte. Zwar hatte Shanisse gesagt, dass ich es nur mit ihm zu tun haben würde, aber beschäftigten Leute wie er keine Butler und andere Bedienstete? Wieso öffnete ein Superstar wie Rex Hauser selbst die Tür?

Er war größer als erwartet, trug eine Jeans und ein fahlblaues Hemd und streckte mir die Hand hin.

»Kommen Sie herein«, begrüßte er mich. »Ich bin Rex Hauser.«

»Erfreut, Sie kennen zu lernen«, antwortete ich mit zittrigen Knien.

»Meine Agentin Sandy lässt Ihnen ausrichten, dass sie zu einer Lunch-Verabredung musste, aber mich bei Ihnen in guten Händen weiß.« Als er mich in seine Suite führte, roch ich seinen Whisky-Atem, obwohl das doch nicht sein konnte, weil erst Mittag war. In dem Raum, in dem sich lediglich ein paar schlichte Möbelstücke in dezenten Farben befanden, herrschte Düsternis wie in dem Aufzug. Vermutlich war es das, was die Zeitschriften »minimalistischen Chic« nannten. Es erstaunte mich, dass jemand wie Rex Hauser nicht den Stil des Sultans von Brunei bevorzugte:

antike Möbel, Kristalllüster, Goldstatuen. Alle Leute, die ich kannte, hätten mit Reichtum und Luxus all das assoziiert.

»Wie geht's Lynette?«, erkundigte er sich, während er sich auf einem Stuhl mir gegenüber niederließ. »Soweit ich weiß, ist sie bei dem Filmset auf Tahiti. Sagen Sie ihr doch schöne Grüße von mir«, meinte er. Woher sollte er auch wissen, dass ich nie ein Wort mit ihr gewechselt hatte?

Er starrte mich mit glasigem Blick an, als wäre er gerade erst aufgestanden oder hätte ein Schläfchen bitter nötig.

»Nun, Mr Hauser, ich bin hier, um mich mit Ihnen über Ihren Film *Constantinople* zu unterhalten«, sagte ich in der Hoffnung, dass er nun einfach losplappern würde. Zwar hatte ich an den wenigen roten Ampeln auf dem Weg zum Hotel Shanisses Pressenotizen überflogen, wusste aber nur, dass der Streifen im alten Rom spielte und sich um einen dekadenten Kaiser – der Mann, der jetzt vor mir saß – sowie die Frauen in seinem Leben drehte. Besonders um eine Frau, nämlich Tamara Divan, die berühmteste Schauspielerin Hollywoods.

Ich drückte auf den Aufnahmeknopf des Kassettenrekorders und wartete darauf, dass Rex Hauser zu reden anfinge. Doch das Schweigen zog sich endlos dahin; offenbar fragte er sich, was für eine unfähige Person sie ihm da zum Interview geschickt hatten.

»Augenblick«, meinte er schließlich, stand auf und ging zu einem Wandschrank, aus dem er zwei winzige Fläschchen Wodka holte.

»Möchten Sie auch einen?«, fragte er.

»Danke, nein«, antwortete ich. Es war doch erst zwanzig nach eins. – Definitiv nicht die beste Tageszeit für harte Sachen.

»Das hilft mir zu entspannen«, erklärte er und goss den Alkohol und etwas Orangensaft in ein Glas, das er mit Eis auffüllte. »Wollen Sie wirklich keinen?«

»Nein, Sir, danke.«

»Nennen Sie mich Rex«, sagte er, kippte den Drink und mixte sich den nächsten.

Während der folgenden zwanzig Minuten blieb er an den Wandschrank gelehnt stehen und leerte nicht nur zwei weitere Wodka pur, sondern auch ein Fläschchen Gin. Während er redete und trank, riss er drei Packungen mit honigglasierten Erdnüssen auf und verspeiste sie. Nach einer Weile wurde sein Gesicht rot, seine Aussprache undeutlich und sein Blick noch glasiger. Ich versuchte ihm zuzuhören und Notizen zu machen, doch das fiel mir angesichts seines Alkoholkonsums schwer.

Trotzdem blieb ich höflich, denn ich war ja hierher gekommen, um eine Aufgabe zu erledigen. Anfangs sprach Rex über die Dreharbeiten, das tolle Set, das riesige Budget und den wunderbaren Regisseur. Doch nach einer Weile, als Wodka und Gin sich vermischten, begann er über das – so seine Worte – »niederträchtigste, ordinärste Weibsbild auf Gottes Erdboden« zu fluchen.

»Ich kann gar nicht sagen«, meinte er und markierte dabei mit Daumen und Zeigefinger einen Abstand von kaum einem Zentimeter, »wie knapp ich davorstand, ihr den dürren Hals umzudrehen. *Ich will, ich will, ich will!* Das ist das Einzige, was man die ganze Zeit von ihr hört. Ihre Szenen in der Vorschau mussten länger sein als meine, und ihre Rolle ist natürlich wichtiger als meine. Jeden Tag bekommt sie mindestens drei Anfälle und bringt alle mit ihren Capricen durcheinander. Und dabei bin *ich* der Star des Films!«, brüllte er. »Sie spielt bloß mit, weil ich mich für sie eingesetzt habe.«

Er sprach von Tamara Divan, der Schauspielerin, die sich ein Image als »Mädchen von nebenan« aufgebaut hatte: das Herz am rechten Fleck, bescheiden. Ich beugte mich vor, um den Kassettenrekorder auszuschalten; es war mir peinlich, ihm nur zuzuhören. Meine Großmutter pflegte zu sagen, Lauscher kämen im nächsten Leben als Eidechsen zur Welt.

Irgendwann hörte Rex dann auf zu reden. Ich hatte den Eindruck, dass ihm die Luft ausging. Ein bisschen erinnerte mich das an einen Achterbahnwagen am Ende der Fahrt.

Nachdem ich den Kassettenrekorder in meine Handtasche gesteckt hatte, lächelte ich freundlich und sagte: »Wunderbar, Mr Hauser … ich meine, Rex. Ich denke, ich habe alles, was ich brauche. Herzlichen Dank, dass Sie mir Ihre Zeit geopfert haben. Viel Glück mit dem Film; ich bin sicher, er wird ein großer Erfolg. Schönen Tag noch.« Dann erhob ich mich. Er stolperte auf mich zu, und ich hielt vor Schreck den Atem an, doch er streckte mir nur die Hand hin und öffnete mir die Tür, um mich hinauszulassen.

»Schöne Grüße an Lynette«, sagte er noch einmal wie am Anfang, während ich den Flur fast hinunterrannte.

Dreizehn

Fünf Minuten später saß ich in meinem Wagen. Die vergangene Stunde war so ziemlich das aufregendste Erlebnis seit meiner Hochzeit und Umsiedelung nach Amerika gewesen. Und nach meinem überstürzten Aufbruch aus dem Büro hatte ich zum ersten Mal Zeit, über alles nachzudenken. Kopfschüttelnd fuhr ich zum Gebäude des *Hollywood Insider* zurück.

Etwa eine Stunde später kam Shanisse völlig außer Atem, als hätte sie an einem Triathlon-Wettbewerb teilgenommen, im Büro an.

»Na, wie war's?«, fragte sie mit besorgtem Blick. »Warst du rechtzeitig dort? Verlief das Interview okay?«

»Hm, ja. Ich habe dir schon eine Nachricht auf den Anrufbeantworter gesprochen«, sagte ich und reichte ihr den Kassettenrekorder. »Er hat ziemlich viel über den Film geredet. Das reicht sicher für einen Artikel. Aber wie geht's dir überhaupt? Habt ihr euch wieder versöhnt?«

»Rex ist toll, was?«, meinte Shanisse, ohne auf meine

Frage einzugehen. »Unglaublich charmant. Und sehr professionell.«

»Shanisse, ich muss dir etwas sagen«, gestand ich mit gesenkter Stimme. »Er hat sich einen Schwips angetrunken, eher schon einen ausgewachsenen Rausch.«

Shanisse blinzelte verständnislos.

»Was? Am helllichten Tag?«, fragte sie.

Ich nickte. »Er war so betrunken, dass er nicht mehr wusste, was er sagt. Und er hat kein gutes Haar an Tamara Divan gelassen, bezeichnete sie als niederträchtiges, ordinäres Weibsstück und als die schlechteste Schauspielerin, mit der er je zusammenarbeiten musste.«

Plötzlich lächelte Shanisse.

»Weißt du, was wir hier haben?«, fragte sie. »Pures Gold. Nicht dass der *Hollywood Insider* so etwas veröffentlichen würde – jedenfalls nicht, ohne die Geschichte auf ›Set-Rivalitäten‹ reduziert zu haben –, aber da gibt's ja noch den *Weekly Buzz* zwei Stockwerke unter uns. Und der würde sich sofort auf so eine Geschichte stürzen. Die Leute da bekommen sowieso die Hälfte ihrer guten Storys von uns, weil sie sich über die Leckerbissen auslassen können, über die wir nicht schreiben dürfen, und obendrein kassieren sie geschenkte fünfhundert Dollar dafür. Normalerweise berufen sie sich auf eine ›Quelle aus dem Umfeld des Stars‹, was heißt, dass dein Name nirgendwo auftaucht. Du musst nur Folgendes machen: Schick dem

Nachrichtenredakteur eine E-Mail – die Adresse gebe ich dir noch – und erklär ihm darin genau, was Hauser über die Divan gesagt hat, dann kommt die Sache mit ziemlicher Sicherheit in die nächste Ausgabe, vielleicht sogar aufs Cover. Das wäre das perfekte Timing zum Filmstart!«

»Ich weiß nicht so recht, Shanisse«, meinte ich und fingerte an den Goldcreolen in meinen Ohren herum. »Ich glaube nicht, dass er wusste, was er sagt.«

»Das tun sie selten«, meinte sie. »Den Schauspielern nutzen solche Storys nur. Der *Weekly Buzz* hat eine Riesenauflage, und wenn er zum Filmstart einen Artikel über Streitereien zwischen den beiden Stars veröffentlicht, gehen alle hin. Es gibt nichts Besseres als schlechte Publicity.«

»Ich überleg's mir«, sagte ich, weil mir bewusst wurde, dass ich fünfhundert Dollar gut gebrauchen konnte nach den Ausgaben für meine neue Garderobe. »Aber erst einmal gebe ich dir meine Aufzeichnungen. Lass es mich wissen, wenn du weitere Informationen benötigst.«

»Danke, Priya. Du bist ein Schatz.«

Es war bald Büroschluss, und so beschloss ich, vor der langen Heimfahrt – die vermutlich im Stau stattfinden würde – noch einmal die Toilette aufzusuchen. Ich würde später nach Hause kommen, weil meine Schwiegermutter mich angerufen und gebeten hatte, in dem indischen Laden in unserem Viertel eine Packung Korianderpulver für das Kartoffelcurry am Abend zu besorgen.

Auf dem Weg zur Toilette kam ich an Shanisses Schreibtisch vorbei. Sie verfasste gerade mit dem Rücken zu mir eine E-Mail. Normalerweise hätte ich ihr nicht über die Schulter geschaut, aber die Wörter »Rex«, »Tamara«, »Fiasko« und »Wutanfall« fielen mir ins Auge. Als Shanisse mich hörte, wirbelte sie auf ihrem Drehstuhl herum.

»Ach, du bist es«, meinte sie erleichtert.

»Ich habe gesehen, was du machst, Shanisse«, sagte ich. »Wem erzählst du die Geschichte?«

»Die schicke ich dem Redakteur des *Weekly Buzz*, wie ich es dir empfohlen habe. Du scheinst zu beschäftigt oder schüchtern zu sein, also nehme ich mir die Freiheit, es für dich zu tun. Das ist leicht verdientes Geld, und außerdem bekommst du so einen Fuß in die Tür bei denen da unten.«

»Shanisse, ich habe nachgedacht und möchte das nicht, weil ich es nicht fair finde. Vielleicht hat er es ja nicht ernst gemeint. Die Menschen plappern schon einmal dummes Zeug, wenn sie betrunken sind.« Sanjay zum Beispiel hatte am Abend vor unserer Hochzeit nach dem Genuss von zu viel Wein gesagt, seine Mutter mache ihn *pagal*, sie treibe ihn zum Wahnsinn.

»Er wusste doch, dass er es mit einer Journalistin zu

tun hat. Er kann nicht davon ausgehen, dass du den Mund hältst«, meinte sie trocken.

»Aber er war betrunken«, wiederholte ich. »Vermutlich dachte er sich überhaupt nichts dabei. Bitte, lass die Sache auf sich beruhen. Jedenfalls fürs Erste. Okay?« Mit Sicherheit kam die Weitergabe von Klatsch auf der von meiner Großmutter angelegten Liste der Dinge, die »das Karma in alle Ewigkeit verderben«, gleich nach dem Lauschen. Wenn man sich dazu hinreißen lasse, hatte sie mir einmal erklärt, würde man im nächsten Leben als Kakerlake geboren.

Da sagte eine Frauenstimme im Empfangsbereich ziemlich laut: »Ihren Namen weiß ich nicht.« Und anschließend hörte ich noch eine andere Stimme, die von Rex Hauser. Sie klang müde.

»Sie hat mir keine Visitenkarte gegeben«, meinte er gerade. »Sie war zierlich, hübsch, Inderin oder Pakistani, irgendwo aus der Gegend, sprach ausgezeichnetes Englisch mit einem tollen Akzent wie aus einem Merchant-Ivory-Film. Mein Gott, Sie müssen doch wissen, von wem ich rede!«

Ich ahnte, dass er mich meinte, also trat ich hinaus, bevor Shanisse sich einmischen konnte. An der Rezeption stand tatsächlich der Mann, den ich zuvor interviewt hatte, mit roten Augen, aber um etliches nüchterner als mittags. Begleitet wurde er von einer rundlichen dunkelhaarigen Frau. Sie sprachen mit der

Putzfrau aus Guatemala, die gerade dabei war, ihre Runde zu machen.

»Da ist sie!«, rief Rex erleichtert aus, als er mich entdeckte.

»Können wir uns hier irgendwo ungestört unterhalten?«, fragte mich die Frau in seiner Begleitung und legte die Hand auf meinen Ellbogen.

Ich ging ihnen voraus zu einem Sitzungszimmer in einem anderen Flur. Die Frau stellte sich mir als Sandra Krugman, Rex' Agentin, vor, während sie die Tür hinter uns schloss.

»Hier drin kann uns niemand hören, oder?«, erkundigte sie sich mit einem argwöhnischen Blick, als wären irgendwo Videokameras angebracht.

»Mein Gott, Sandy, wir sind hier in einer Zeitschriftenredaktion, nicht in Langley«, mischte sich Rex Hauser ein.

»Pass auf, was du sagst«, fauchte Sandra ihn an. »Du steckst schon tief genug in der Scheiße.«

Plötzlich wirkte Rex zerknirscht und längst nicht mehr so männlich wie noch ein paar Stunden zuvor.

»Was kann ich für Sie tun?«, fragte ich die beiden.

»Als Erstes könnten Sie mir Ihren Namen sagen«, meinte Sandra.

»Priya. Priya Sohni.«

»Wie lange arbeiten Sie schon hier? Wieso haben wir uns bisher nie gesehen? Und warum haben Sie das

Interview mit Mr Hauser geführt, das eigentlich Shanisse Taylor machen sollte?«

Nun bekam *ich* es mit der Angst zu tun. Shanisse hatte mir nicht gesagt, dass sich aus der Sache Probleme für mich ergeben könnten.

»Sie hätte es nicht geschafft und bat mich in letzter Sekunde, für sie einzuspringen«, antwortete ich nervös.

»Wer ist Ihre unmittelbare Vorgesetzte?«, erkundigte sich Sandra. »Lynette?«

Ich bekam feuchte Hände und mir wurde fast schwindelig. Nun würde ich dieser Angelegenheit wegen meinen Job verlieren. Doch bevor ich ihr antwortete, musste ich wissen, was sie von mir wollte.

»Natürlich beantworte ich Ihnen Ihre Fragen gern«, sagte ich. »Aber ich muss bald nach Hause, weil mein Mann auf mich wartet. Verraten Sie mir doch bitte, was ich für Sie tun kann.« Dabei umklammerte ich den Durga-Anhänger um meinen Hals, wie immer, wenn ich mich unsicher fühlte oder Angst hatte. Meine Worte klangen allerdings ruhig und klar, was mich überraschte.

Sandra bedeckte die Augen kurz mit der Hand und schüttelte den Kopf, bevor sie mich wieder ansah.

»Bei dem Treffen mit Mr Hauser heute Mittag war er nicht gerade in bester Form«, begann sie. »Möglicherweise hat er Dinge über seine Kollegin gesagt, die nichts mit der Realität zu tun haben. Er stand in letzter Zeit unter großem Stress, drehte einen Film nach dem anderen und hatte keine Gelegenheit, sich zu entspannen.« Sie schwieg, während ich mit einem Kopfnicken signalisierte, dass ich ihr lauschte. »Vor Ihrem Eintreffen hatte er Antihistamine genommen, und die könnten seine Ausführungen verzerrt haben«, meinte sie, offenbar um Beherrschung bemüht.

»Sandy, bitte überlass das mir«, sagte Rex nun und wandte sich mir zu.

»Prayer«, begann er, »ich habe heute ein paar Dinge über Tamara gesagt, die ich nicht hätte sagen sollen. Eigentlich ist sie eine tolle Frau. Die meiste Zeit gibt's bei der Zusammenarbeit mit ihr keine Probleme. Nur über ein paar Fragen sind wir uns nicht einig. Meine Klagen waren also aus dem Zusammenhang gerissen.

Bitte verwenden Sie die Informationen nicht. Ich weiß, dass solche Geschichten oft im *Buzz* oder wie das Blatt heißt landen, dass ihr Journalisten natürlich alle Kontakt miteinander habt und sich so etwas herumspricht. Aber wenn das, was ich über sie gesagt habe, an die Öffentlichkeit dringt, ist das für uns beide ziemlich peinlich. Wer weiß, wann ich wieder mit ihr zusammenarbeiten werde, und ich möchte nicht, dass dann von vornherein böses Blut herrscht. Bitte. Ich hoffe, Sie verstehen meine Lage.«

Er sah aus, als wäre er den Tränen nahe. Sandra kaute

nervös an einem Fingernagel herum und ließ mich nicht aus den Augen.

»Sagen Sie mir, was Sie wollen. Sie können alles von mir haben«, meinte Rex und gab Sandra ein Zeichen, die sofort in ihre Handtasche griff, um ihr Scheckheft herauszuholen.

»Wie viel Geld wollen Sie? Oder möchten Sie etwas anderes? Eine Kamera vielleicht? Oder einen DVD-Player?«

Ich sah ihn ungläubig an. Rex Hauser, einer der berühmtesten Filmstars der Welt, klang wie jemand, der einen Zollbeamten am Flughafen von Delhi anbettelt. Einen Moment lang geriet ich in Versuchung, das muss ich zugeben. Für Mr Hauser war der Verlust von ein paar tausend Dollar vermutlich nicht schlimmer, als hätte er einen Becher Orangensaft verschüttet. Für mich hingegen bedeuteten sie den Gegenwert von Flugtickets für meine Familie in Indien, die mich besuchen kommen konnte. Doch Erpressung würde mir nach Aussage meiner Großmutter im nächsten Leben ein Dasein als Nacktschnecke einbringen.

»Mr Hauser«, sagte ich ganz ruhig und wieder so förmlich wie am Anfang unserer Bekanntschaft, »das ist nicht nötig. Ich weiß, dass Sie unter großem Stress stehen. Sie hätten sich nicht die Mühe machen müssen, mich hier aufzusuchen und mir Geld anzubieten, damit ich das Material nicht verwende. Das wollte ich ohnehin nicht. Was mich angeht, ist die Sache nicht nur vergessen, sondern nie passiert.«

Rex Hauser und seine Agentin sahen einander erleichtert an. Zum ersten Mal seit Beginn des Besuchs lächelte er. Dann trat er mit ausgestreckter Hand um den Tisch herum. Ich erhob mich, wollte sie ergreifen, doch er umarmte mich. Ich war zu erschrocken, um seine Umarmung zu erwidern, und hatte genug damit zu tun, mein Gesicht aus seiner Achselhöhle zu befreien.

»Wusste ich's doch«, meinte er, als die beiden den Raum verließen. »Ich hatte gleich ein gutes Gefühl bei Ihnen. Sie sind ein Schatz.«

Nach Shanisse bezeichnete mich an diesem Tag schon die zweite Person so.

Vierzehn

Als ich Shanisse alles erzählt (»Was? Rex Hauser war hier, um mit dir zu reden?«) und ihr das Versprechen abgenommen hatte, dass sie keine Informationen an den *Weekly Buzz* weitergeben würde, war es bereits nach sechs. Länger hatte ich mich noch nie im Büro aufgehalten. Ich rief meine Schwiegermutter vom Wagen aus an, um ihr mitzuteilen, dass ich später kommen würde, und sie erinnerte mich an die Gewürze fürs Abendessen.

In dem indischen Laden fühlte ich mich wie daheim in Delhi, wo Kundenservice noch immer ein Fremdwort ist. Der Verkäufer weigerte sich, seinen Platz hinter der Kasse zu verlassen, um mir das Regal mit dem Koriander zu zeigen.

»Da drüben!«, brüllte er in Hindi und deutete irgendwo hinter meine linke Schulter. »Da, direkt hinter Ihnen! Nein, ein bisschen weiter rechts.«

Zehn Minuten später trat ich, nach *masalas* riechend, wieder hinaus auf die Straße, stieg in meinen Wagen und fuhr nach Hause. Dort überprüfte ich hastig mein Äußeres: flache Schuhe statt der Pantöffelchen mit den kleinen Absätzen und eine weite Hose statt der hautengen, die ich den ganzen Tag über getragen hatte. Ich wischte die Lippenstiftreste weg, die ich noch an meinem Mund entdeckte, streute ein wenig *sindoor* auf meinen Scheitel und steckte den Schlüssel ins Schloss.

Das Abendessen war fast fertig; ich musste nur noch die Gewürze dazugeben, umrühren und den Tisch decken. Als ich nach oben hastete, um mich zu waschen, bedauerte ich es, meiner Familie nichts von den Abenteuern des Tages erzählen zu können. Die meisten Menschen hätten sich die Geschichte wohl gern angehört.

Doch sie entsprach genau den Vorurteilen meines Schwiegervaters gegen meine Tätigkeit als Journalistin: Nicht nur traf ich mich allein mit einem Mann in einem Hotelzimmer, sondern er trank Alkohol und bot mir auch welchen an. Entpuppte sich mein Schwiegervater etwa als Hellseher?

Aber letztlich bestand keine Veranlassung, etwas zu erzählen, denn am nächsten Tag würde ich wieder von halb zehn bis halb sechs hinter meinem Schreibtisch sitzen und das tun, was man von mir verlangte, nicht mehr und nicht weniger.

Nach dem Essen, dem Abwasch und dem Aufräumen der Küche setzte ich mich mit den anderen vor den Fernseher, um ein Video in Hindi anzuschauen. Meine Schwiegermutter öffnete eine Packung *After Eights* und drängte mir vier Stück auf. (»Wie sollst du je ein

Baby bekommen, wenn du so dünn bleibst?«, fragte sie, und ich senkte verlegen den Kopf.) Mein Schwiegervater döste auf dem Sofa ein, und Malini breitete eine Decke über ihn. Ich ließ meinen Kopf zufrieden lächelnd auf Sanjays Schulter ruhen. Seine Eltern waren schwierig und verlangten eine ganze Menge, doch sie hatten auch auf ihre eigene merkwürdige Weise versucht, mich bei sich willkommen zu heißen. Ich wurde zwar nicht gerade verwöhnt, war aber eine (einigermaßen) gleichberechtigte Angehörige des Clans. Viele Hindu-Bräute hätten mich beneidet. Schließlich hatten meine Schwiegereltern bisher weder gedroht, mich anzuzünden, noch mich zu Brei zu schlagen, Dinge, über die ich früher hin und wieder in einer monatlichen Kolumne von *Vivacious!* las.
Verglichen mit diesen armen Frauen konnte ich mich fühlen wie eine Prinzessin.
Während wir darauf warteten, dass das Band zurückspulte, sahen wir einen Werbespot für den Film *Constantinople*. Tamara Divan füllte mit ihren Kurven, ihrem flachsblonden Haar und den strahlend blauen Augen den Bildschirm aus.
»Sie ist wirklich sehr schön, *ha?*«, meinte meine Schwiegermutter.
»In irgendeiner Zeitschrift, vielleicht in *People*, habe ich gelesen, dass sie Wohltätigkeitsorganisationen unterstützt«, sagte Malini. »Sie soll ein richtiger Engel sein.«

»Wie bitte – die?!«, entschlüpfte es mir. »Sie ist egoistisch und unberechenbar, eine echte Diva! Ihr solltet einmal hören, was man über sie erzählt.« Als ich merkte, dass ich zu viel verraten hatte, schwieg ich. Alle sahen mich erstaunt an.

»*Beti*, woher willst du denn das wissen?«, fragte meine Schwiegermutter.

»Ach«, antwortete ich hastig, »das erzählt man sich so im Büro.«

Als ich am nächsten Tag in die Arbeit kam, wartete dort ein schmales, in Geschenkpapier eingeschlagenes Päckchen auf mich. Es war so hübsch, dass ich es fast nicht übers Herz brachte, es zu öffnen. Das Papier sah aus, als wäre es aus gesponnenem Gold, und zusammengehalten wurde es von einem dazu passenden Band. Auf der winzigen Karte stand: *Für deine Hilfe. Danke. Alles Liebe, Shanisse.*

Ich wickelte das Päckchen vorsichtig aus, um das Papier aufbewahren zu können, und fand darin ein flaches Lederkästchen. Als ich es öffnete, fiel mein Blick auf ein bordeauxrotes Samtkissen mit einem Armband, so fein, dass es mich an einen Seidenstrang erinnerte. Ich legte es an und machte mich sofort auf den Weg zu Shanisse.

Sie ging gerade an ihrem Schreibtisch einen Stapel Post durch und begrüßte mich mit einem breiten Lächeln.

»Wunderschön«, sagte ich und hielt mein Handgelenk mit dem Goldarmband hoch. »Vielen, vielen Dank. Das wäre nicht nötig gewesen. Ich habe dir gern geholfen.«

»Die Arbeit hier ist zwar toll, aber in der Branche findet man nicht allzu oft jemanden, auf den man sich verlassen kann. Also noch einmal herzlichen Dank für deine Hilfe. Das Ganze hat sich ja als richtiges Abenteuer entpuppt, was?«

»Ja, doch ich glaube nicht, dass ich bald wieder so etwas erleben möchte. Egal. Jedenfalls muss ich zurück an meinen Schreibtisch. Vielleicht sehen wir uns ja zum Mittagessen.«

Kurz nachdem Deanna auf ihrer morgendlichen Runde bei mir vorbeigekommen war, traf ein uniformierter Bote mit einem Blumenarrangement ein, das so riesig war, dass es aussah, als hätte jemand einen Teil des brasilianischen Regenwaldes herausgeschnitten und mit dem Flugzeug nach Kalifornien geschickt.

»Gibt's hier jemanden, der Prayer heißt?«, erkundigte er sich. »Blöder Name, was?«, fügte er grinsend hinzu.

»Nun, das bin ich«, sagte ich, und sofort verschwand das Grinsen aus seinem Gesicht. »Und der Name lautet nicht Prayer, sondern Priya.«

»Egal«, meinte er. »Unterschreiben Sie bitte hier.« Dann stellte er das Orchideenarrangement, an dem ein Kärtchen hing, auf dem Boden neben mir ab. Ich hätte auch ohne einen Blick darauf gewusst, von wem es war.

Liebe Prayer, Ihr Name entspricht dem englischen Wort für »Gebet«, und es wundert mich nicht, dass Ihre Eltern Sie so genannt haben. Meine »Gebete« wurden von Ihnen erhört. Rex.

Offenbar hatte er beim Verfassen dieser Zeilen wieder dem Alkohol zugesprochen, aber die Grundaussage fand ich rührend. Allerdings wäre es schön gewesen, wenn Rex Hauser endlich begriffen hätte, wie mein Name wirklich lautete.

Die Blumensendung verursachte den ganzen Tag über Entzückensschreie – insbesondere deshalb, weil ich behauptet hatte, sie stamme von meinem Mann.

»Wie romantisch!«, rief Deanna aus, als sie wieder mit ihrem Wägelchen an meinem Schreibtisch vorbeikam. »Wenn heute weder dein Geburtstag noch euer Hochzeitstag ist, musst du vergangene Nacht wirklich etwas geleistet haben«, kicherte sie, und ich errötete.

»Das sieht ja aus wie ein Teil vom Hyde Park«, meinte Lou. »Fehlt bloß noch der Karpfenteich.«

Shanisse, die natürlich die Wahrheit ahnte, war erstaunt über die Großzügigkeit von Rex Hauser.

»Die Titelseitenberichte über ihn versetzen ihn nie in solche Spendierlaune«, sagte sie. »Du musst wirklich Eindruck auf ihn gemacht haben.«

Während ich am nächsten Tag Bleistifte spitzte – egal wie viele Computer und andere technische Geräte ein Unternehmen hat: Bleistifte müssen immer noch gespitzt werden –, flatterte eine Notiz auf meinen Schreibtisch.

Bitte kommen Sie in der Mittagspause zu mir, stand handschriftlich auf der beigefarbenen Visitenkarte mit dem Aufdruck »Crispin Bailey – Chefredakteur«. Vermutlich war die Karte für jemand anders bestimmt. Ich drehte den Umschlag um, in dem sie steckte, und las: *Ms Priya Sohni, Rezeption*. Als Lou ein paar Minuten später bei mir vorbeikam, hielt ich ihn auf.

»Hallo«, begrüßte ich ihn und zeigte ihm die Karte. »Hast du eine Ahnung, was das soll?«

»Nein«, antwortete er. »Der Assistent von Mr Bailey hat telefonisch angefragt, wie du heißt und wie man deinen Namen schreibt, aber mehr weiß ich auch nicht. Er will dich also sprechen?«

»Ja. Warum bloß? Und wer ist er überhaupt? Ich glaube nicht, dass ich ihn hier schon einmal gesehen habe.«

»Er ist einer der Inhaber des Ladens hier und leitet ihn praktisch allein. Trotz seiner Macht ist er ein echter Gentleman geblieben. Du hast ihn nur deshalb noch nicht gesehen, weil sein Büro sich ein Stockwerk über uns befindet, auf der Chefetage.«

Den Rest des Morgens fiel es mir schwer, mich zu konzentrieren. Shanisse hatte einen Außentermin, was bedeutete, dass ich nicht nur die Telefonate von Lynette, die nach ihrem Besuch beim Filmset in Thailand Urlaub machte, sondern auch die von Shanisse entgegennehmen musste. Tausend Dinge waren zu erledigen, und mir gingen alle möglichen Fragen durch den Kopf: War der Chefredakteur wütend auf mich, weil ich Shanisse vertreten hatte? Durfte ich wegen meiner unbedeutenden Stellung im Unternehmen keine Geschenke von Interviewpartnern entgegennehmen? Die Vorladung zum Gespräch konnte viele Gründe haben, keiner davon war positiv.

Um vier Minuten nach eins war ich die Einzige meines Stockwerks, die mit dem Aufzug nach oben fuhr. Als ich die Chefetage erreichte, die einen eigenen Empfang hatte, fragte ich nach Crispin Bailey. Die Rezeptionistin kündigte mich an, und ich wurde von einem adrett gekleideten Mann mit Brille und Nadelstreifenanzug abgeholt, der sich mir als »James St. Clareau, der Assistent des Chefredakteurs«, vorstellte.

»Folgen Sie mir«, meinte er und glitt mir voran über den dicken Teppich den Flur entlang. Schließlich öffnete er eine Tür, und dahinter saß, an einem Schreibtisch so groß wie Litauen, mein oberster Chef.

»Hallo«, begrüßte der Mann mich und trat um seinen Schreibtisch herum – was der Größe wegen eine ganze

Weile dauerte. »Ich bin Crispin Bailey. Schön, dass Sie gekommen sind. Nehmen Sie doch Platz.«
Sprachlos setzte ich mich in einen Ledersessel mit hoher Lehne, der aussah, als gehörte er in einen Herrenclub, in dem die Gentlemen Pfeife rauchten und Zeitung lasen.
»Sie fragen sich vermutlich, warum ich Sie zu mir gebeten habe«, sagte er. »Bitte sehen Sie mich nicht so erschrocken an. Ich werde Sie nicht feuern.«
Erst jetzt merkte ich, dass ich das Atmen vergessen hatte. Crispin Bailey war einer der elegantesten Männer, die ich kannte – er hätte gut in einen James-Bond-Film gepasst –, ein Mann, dessen Alter sich nicht schätzen ließ. Er hatte stahlgraues Haar mit Seitenscheitel; die kleine Stirntolle verlieh ihm ein aristokratisches Aussehen. Er war athletisch und trug eine perfekt geschnittene marineblaue Hose, ein gestärktes weißes Hemd sowie eine blau-silberne Krawatte. Sein Sakko hing an einer Standgarderobe neben seinem riesigen Mahagonischreibtisch.
»Sie sind offenbar ein fleißiges Bienchen«, meinte er mit britischem Akzent und lehnte sich gegen die Kante seines Schreibtischs. »Erzählen Sie mir doch ein bisschen von sich.«
»Ja, Sir«, stotterte ich. »Ich stamme aus … äh … Indien, genauer gesagt aus Delhi. Nach meiner Hochzeit vor einem halben Jahr bin ich hierher nach Los Angeles gekommen. Mein Mann lebt seit seiner Kindheit

in Amerika. Für den *Hollywood Insider* arbeite ich seit drei Monaten.«

»Und, gefällt Ihnen die Arbeit?«, erkundigte er sich.

»Sehr, Sir. Der Job ist einfach wunderbar.«

»Sie scheinen Eindruck gemacht zu haben«, meinte er, »auf Rex Hauser.«

Einen Moment lang setzte mein Herzschlag aus. Ich versuchte ruhig zu bleiben. Hatte er nicht gerade gesagt, er würde mich nicht feuern?

»Ich weiß über alles Bescheid«, klärte Mr Bailey mich auf. »Lynettes Assistentin Ms Taylor konnte den Termin nicht wahrnehmen und hat Sie gebeten, das Interview für sie zu führen. Das ist nun wirklich kein Verbrechen. Viel mehr beeindruckt mich da schon, wie Sie das Nachspiel in den Griff bekommen haben. Sandra Krugman, die Agentin von Hauser, ist eine gute Freundin von mir«, fuhr er fort. »Sie gehört zu den mächtigsten Leuten in Hollywood. Ihr Unternehmen vertritt die größten Stars der Welt; um drei kümmert sie sich persönlich, zu ihnen gehört Rex. Sie hat mich gestern angerufen und mir alles erzählt. Offenbar war sie höchst beeindruckt – nicht darüber, dass Sie alle Angebote von Rex ausgeschlagen haben, sondern über Ihre Souveränität.«

Meine Hände zitterten, und es fiel mir schwer, das Gefühl freudiger Erregung zu kontrollieren, das meinen Körper ergriff. Noch niemals zuvor hatte mich jemand »souverän« genannt.

»Jedenfalls scheint Sandra allen, die sie kennt, erzählt zu haben, dass Sie die beste Ansprechpartnerin hier bei dieser Zeitschrift sind. Seit gestern werde ich mit Anrufen von Agenten bombardiert, die wissen wollen, wie sie an Sie herankommen, in welcher Abteilung Sie arbeiten, wem Sie unterstellt sind. Natürlich hatte ich noch nie etwas von Ihnen gehört. Tja, und dann sagte man mir, dass Sie an der Rezeption sitzen und den ganzen Tag Anrufe entgegennehmen.«

Ich senkte verlegen den Blick, als Mr Bailey zu seinem Stuhl zurückkehrte und darauf Platz nahm.

»Aus diesem Grund habe ich Sie zu mir gebeten: Hätten Sie Lust, als Journalistin bei uns anzufangen? Ich denke, Sie würden in der Position eine gute Figur machen.«

Ich sah ihn mit großen Augen an, während ich versuchte, das, was er gesagt hatte, zu verdauen. Souveränität? War die denn etwas so Ungewöhnliches? Hatte ich nicht getan, was jeder tun würde?

»Mr Bailey, ich weiß nicht so recht, was ich sagen soll. Danke. Aber ich habe keine Ausbildung als Journalistin und besitze keinerlei Erfahrung. Außerdem komme ich aus Delhi, und das ist ein bisschen anders als Los Angeles …«

Er fiel mir ins Wort: »Ich bin noch nie ein großer Freund von studierten Journalisten gewesen. Entweder jemand hat, was einen guten Reporter ausmacht,

oder er hat es nicht. Und bei Ihnen würde ich das gern herausfinden.
Hören Sie zu, Priya – spreche ich Ihren Namen übrigens richtig aus? Rex Hauser sagte mir gestern etwas, das Sie, finde ich, auch hören sollten. Er meinte, er habe sich in dem Gespräch mit Ihnen gehen lassen, weil Sie etwas Entwaffnendes besäßen, weil er sich in Ihrer Gegenwart wohl fühle. Das kommt bei einem Star seiner Größenordnung selten vor.«
Ich schloss kurz die Augen. »Darf ich Sie etwas fragen, Sir?«, meinte ich, als ich sie wieder geöffnet hatte. »Was hat *Sie* in diese Branche verschlagen?«
Crispin Bailey bedachte mich mit einem breiten Lächeln.
»Kennen Sie die *Sun*?«, fragte er. »Das Londoner Boulevardblatt?«
Ich schwieg, weil ich keine Ahnung hatte.
»Dort war ich Klatschkolumnist und grub so viele schmutzige Geschichten aus, wie ich nur konnte – damals in den Siebzigern, als Klatsch noch nicht politisch unkorrekt war wie heute. Mein Spitzname lautete Kojote. Kaum zu glauben, was?«
Ich betrachtete seine teure Kleidung und seinen makellosen Haarschnitt und schüttelte den Kopf. Wie ein Kojote sah er wirklich nicht aus. Eher wie ein Jaguar.
»Am Ende landete ich in Amerika und gründete dieses Unternehmen«, sagte er und breitete die Arme

aus. »Hier herrscht ein völlig anderes System. Die Studios diktieren uns fast, was wir über ihre Filme und Stars schreiben dürfen. Manchmal ist das ärgerlich, aber wir halten uns an die Regeln. An der Fleet Street lernte ich damals als Erstes, dass es ein schlechtes Interview war, wenn einem der Gesprächspartner hinterher Blumen schickt. Doch hier bekommen wir jeden Tag Blumen und Geschenkkörbe von den Leuten, über die wir Storys veröffentlichen. Ich habe mich also sozusagen vom Mr Unausstehlich zum Mr Unterwürfig gewandelt, und zwar innerhalb von zwei Jahrzehnten. Allerdings geht's mir dabei viel besser. Ich bin glücklicher und gesünder und kann nachts schlafen.

Aber genug von mir. Wie lautet die Antwort auf meine Frage?«

Ich stellte mir die wütenden Gesichter und erhobenen Stimmen meiner Schwiegereltern vor. Sie würden mir nie erlauben, den Job anzunehmen, also durfte ich ihnen nichts davon erzählen. Doch das bedeutete, dass ich sie und meinen Mann hinterging. Außerdem: Wann hätte ich dann noch Zeit zum Putzen der Fliesenverfugungen? Zum Abtauen des Kühlschranks?

»Wann habe ich dann noch Zeit für die Wäsche?«, rutschte mir heraus.

»Wie bitte?«, meinte Mr Bailey mit fragendem Blick.

»Nun, wenn ich Sie von dem Angebot überzeugen muss, sind Sie vielleicht doch nicht die Richtige für die Aufgabe. Aber eins sollten Sie wissen: So eine Gelegenheit bietet sich nur einmal im Leben. Andere Leute würden sonst was dafür geben. Wie lautet Ihre Antwort?«

»Verzeihen Sie, Sir, aber ich muss erst darüber nachdenken. Und eine Bitte hätte ich noch an Sie: Könnten Sie Mr Hauser sagen, dass mein Name ›Priya‹ lautet – P-R-I-Y-A?«

Fünfzehn

Ich kehrte mit weichen Knien an meinen Schreibtisch zurück. Die wichtigen Dinge schienen immer in der Mittagspause zu passieren. Mr Bailey hatte mit ernster Stimme gesagt, er erwarte bis zum »Ende des morgigen Arbeitstages« eine Entscheidung von mir. Nun rief ich Shanisse in ihrem Büro an und bat sie, sich mit mir in der Cafeteria zu treffen.

Dort erzählte ich ihr von meinem Gespräch mit dem Chef. Ich erwartete, dass sie mich voller Freude in den Arm nehmen und mir raten würde, Ja zu sagen. Aber sie meinte mit ausdruckslosem Gesicht: »Das ist doch der helle Wahnsinn! Priya, bitte nimm mir das nicht übel.« (Eins wusste ich inzwischen: Wenn jemand seine Ausführungen so einleitete, konnte ich sicher sein, verletzt zu werden.) »Aber was verstehst du schon von der Medienberichterstattung?«

»Nichts, ich weiß, und dennoch freut es mich, dass Mr Bailey mir ein solches Angebot macht. Er scheint ziemlich clever zu sein, und wenn er ein solches Talent in mir vermutet, sollte ich es vielleicht versuchen, oder?«

Shanisses Gesicht blieb ausdruckslos.
»Aber du hast mir doch erzählt, dass deine Familie dein Leben bestimmt. Wenn du dich auf den Vorschlag einlässt, verärgerst du sie nur. Wie lange könntest du so etwas geheim halten? Hast du dir darüber schon Gedanken gemacht?«
»Natürlich. Ich wollte ja auch nur wissen, was du von der Sache hältst, weil mir deine Meinung wichtig ist. Du bist meine einzige Freundin, nicht nur hier im Büro, sondern in Los Angeles.«
Das schien sie freundlicher zu stimmen.
»Es ist nur, weil mich das Ganze ärgert«, meinte sie. »Ich reiße mir jahrelang für alle möglichen Zeitschriften den Arsch auf, und du tauchst ohne jede Ausbildung und Erfahrung und mit ausgesucht geschmackloser Kleidung hier auf und bekommst innerhalb eines Vierteljahres ein Jobangebot. Das ist einfach nicht fair.«
»Das kann ich verstehen«, sagte ich. Nun war ich froh, dass mein Vater mich in den Dale-Carnegie-Kurs »Wie man Freunde gewinnt und Leute beeinflusst« geschickt hatte, der damals in Delhi Tagesgespräch gewesen war. »Das ist aber alles nicht gegen dich gerichtet, sondern einfach so geschehen. Und ich muss jetzt eine Entscheidung treffen.«
»Mach, was du willst«, sagte Shanisse und wandte sich der Tür zu. »Aber warte nur, was passiert, wenn Lynette Wind davon bekommt.«

Abgesehen von Shanisse hatte ich niemanden, mit dem ich über die Angelegenheit reden konnte. Sparkle, eine meiner Fitnesstrainerinnen, gab sich mir gegenüber immer sehr nett und höflich, und einen Moment spielte ich mit dem Gedanken, auf dem Heimweg bei ihr vorbeizuschauen, doch für sie war ich sicher nur einer von vielen schwitzenden untrainierten Körpern. Sie kannte ja nicht einmal meinen Namen.
Ich dachte daran, eine meiner Schwestern anzurufen, aber meine Welt war inzwischen so anders als die ihre, dass sie vermutlich nicht gewusst hätten, was sie mir raten sollten. Sie führten ein zufriedenes und bescheidenes Leben; ich konnte sie nicht mit solchen Problemen belasten. Außerdem fürchtete ich, dass sie mich als Außenseiterin betrachten würden, nicht mehr als Teil unserer einst so engen schwesterlichen Gemeinschaft.
Nach dem Abendessen warf ich einen Blick auf mein Horoskop in der örtlichen Zeitung. »*Sie werden die Chance erhalten, etwas Wichtiges für sich selbst zu tun*«, stand da. »*Nutzen Sie sie.*«
Ich lächelte. Vermutlich war damit Shanisses Vorschlag gemeint, mit mir zum Friseur zu gehen, der mir Strähnchen machen sollte.
Als ich schließlich ins Bett wollte, fiel meiner Schwiegermutter ein, dass ich den Kronleuchter im kaum jemals benutzten Wohnzimmer sauber machen könnte. Sie stellte mir eine Leiter hin, reichte mir

Putzmittel und Staubtuch und wandte sich zum Gehen.

»Mummy, es ist zehn Uhr abends. Warum soll ich den Kronleuchter jetzt putzen?«

»Weil du gerade da bist, *beti*, und untätig herumsitzt. Ich will das Frauengruppentreffen nächste Woche in dem Zimmer abhalten. Wenn du die Arbeit gleich erledigst, kommst du später nicht wieder ins Gedränge.«

Malini blätterte auf der Couch liegend in einer Ausgabe von *Elle*, während Sanjay in der Mikrowelle Popcorn für einen Steven-Seagal-Film im Fernsehen röstete. Keiner von beiden erbot sich, mir zu helfen.

Als ich so auf der leuchtend gelben Leiter stand, das Tuch in der einen, ein Stück des Kristallleuchters in der anderen Hand, kam ich zu dem Schluss, dass Shanisse Recht gehabt hatte mit ihrer Einschätzung des familiären Zusammenlebens.

Am nächsten Vormittag brachte Lou meine Sachen in eins der Büros mit Glaswänden, die ich am ersten Tag beim *Hollywood Insider* voller Bewunderung betrachtet hatte.

»Lou, ich bleibe gern an der Rezeption, bis ihr eine Nachfolgerin gefunden habt«, sagte ich, als er vorbeikam, um mir zu gratulieren. »Du warst so nett zu mir, da will ich dich jetzt nicht hängen lassen.«

»Ach was«, meinte er. »Mr Bailey möchte, dass du sofort anfängst. Außerdem sind drei Monate an der

Rezeption für dieses Unternehmen ein neuer Rekord – obwohl ich dachte, dass du ein Jahr schaffst. In unserer Abteilung liefen Wetten auf dich.«

»Und wer hat gewonnen?«, fragte ich.

»Hilda, ob du's glaubst oder nicht. Sie sagt, sie hätte von Anfang an gewusst, dass Potenzial für Größeres in dir steckt.«

Wir mussten beide lachen, und ich wiederholte das Angebot, an meinem Schreibtisch zu bleiben, bis eine Nachfolgerin gefunden wäre.

»Nein, mach dir da mal keine Gedanken«, meinte er. »Wir haben bei der Zeitarbeitsfirma angerufen; die schicken uns jemanden. Inzwischen kennen sie uns ja ziemlich gut.«

Dann bat er mich, in sein Büro zu kommen, wo ich einen Vertrag über meine Tätigkeit als »Gesellschaftsreporterin« unterzeichnen sollte. Erst jetzt merkte ich, dass ich auf gleicher Stufe arbeiten würde wie Shanisse, was sie vermutlich so erzürnt hatte. Sie schien mich als Freundin zu schätzen, solange ich hinter meinem Schreibtisch versteckt saß, aber gleichberechtigt wollte sie mich offenbar nicht sehen.

»Natürlich wird dein Gehalt der neuen Tätigkeit angemessen sein«, sagte Lou. Als ich einen Blick auf den Vertrag warf, stockte mir der Atem: Plötzlich verdiente ich nicht mehr dreißigtausend Dollar im Jahr, sondern fünfundfünfzigtausend, mit ziemlicher Sicherheit mehr als Sanjay. In diesem Augenblick schwor

ich mir, dass er nichts erfahren würde, denn von dem Schock würde sich sein Ego nie mehr erholen.
Um drei Uhr nachmittags saß ich schließlich in meinem kleinen Büro, in dem früher ein Reporter gearbeitet hatte, dem gekündigt worden war, weil er einem Interviewpartner ein selbst geschriebenes Drehbuch angeboten hatte.
»Versuch erst einmal, dich einzugewöhnen«, sagte Lou. »Ich schicke später jemanden vorbei, der dir erklärt, was du machen sollst.«
Dieser Jemand war James St. Clareau. Sein Auftauchen verursachte ein Raunen. Offenbar bemühte er sich nicht allzu oft in unser Stockwerk.
»Nun, wie gefällt's Ihnen bis jetzt?«, erkundigte er sich, während er sich die dichten Locken aus dem schmalen Gesicht strich.
»Tja, bis jetzt habe ich noch nichts getan«, antwortete ich. Als erste Amtshandlung im neuen Büro hatte ich meine privaten E-Mails in der Hoffnung überprüft, eine Nachricht aus Delhi vorzufinden, aber ohne Erfolg.
James erklärte mir, dass ich bald mit einem Auftrag zu rechnen hätte.
»Nach Sandra Krugmans Begeisterung über Sie rufen sicher bald die ersten Agenten an. Sie bekommen noch genug zu tun«, meinte er.
»Ja, aber was?«, fragte ich. »Was soll ich machen, wenn sie mich anrufen?«

James bat mich, ihm in eins der kleinen Besprechungszimmer zu folgen, wo er die Tür hinter uns schloss.
»Wahrscheinlich hätte Mr Bailey Ihnen das alles vorher erklären sollen, aber er wollte, dass Sie so schnell wie möglich anfangen«, sagte er.
»Beim *Hollywood Insider* gibt es eine Hierarchie, an deren Spitze Mr Bailey steht. Und im Hinblick auf die Filmbranche und die Storys, die damit zu tun haben, kontrolliert, wie Sie sicher wissen, Lynette so ziemlich alles. Die anderen Reporter sind ihr unterstellt.
Mit Ihnen wollen wir etwas Neues ausprobieren«, meinte er. Plötzlich kam ich mir vor wie ein Versuchskaninchen im Labor. »Wir haben Ihnen diese neue Stelle auf den Leib geschneidert; sie ist völlig unabhängig von dem, was die anderen machen. Sie sind nur Mr Bailey verantwortlich. Ihre Aufträge erhalten Sie von ihm, und wenn Sie selbst Einfälle haben, diskutieren Sie sie mit ihm. Lynette wird das vermutlich nicht gefallen, aber darum kümmern wir uns schon. Damit müssen Sie sich nicht belasten.«
Nach kurzem Schweigen erkundigte er sich: »Noch Fragen?«
»Ich glaube, ich verstehe das nicht ganz«, stotterte ich. »Ms Dove leistet hervorragende Arbeit, und es funktioniert doch wunderbar, warum wollen Sie alles komplizierter machen?«
»Die Leute in dieser Stadt lieben Lynette«, antworte-

te James. »Sie versteht ihr Handwerk, ist ein echter Profi. Wenn es um Fakten aus der Filmbranche, klassische Artikel und Interviews geht, kann niemand ihr das Wasser reichen. Aber«, und nun senkte er die Stimme, »wir sind gerade dabei, neues Potenzial für unsere Zeitschrift auszuloten, und wollen dem Leser einen persönlicheren Zugang zu den Stars und ihrem Leben vermitteln. Offenbar besteht im Moment ein Bedarf an Homestorys. Und Mr. Bailey scheint zu glauben, dass Sie die Richtige für so etwas sind. Ach ja, die sollten Sie übrigens lesen«, sagte er, griff in einen Aktenschrank und holte einen Stapel Illustrierte heraus – *Vogue*, *Harper*'s, *People*, *Daily Variety*, sogar ein paar Boulevardblätter.

»Sie werden sich mit Namen, Filmen, Gesichtern, Modemarken und all den anderen Nichtigkeiten vertraut machen müssen, um die sich die kleine Welt des *Insider* dreht. In diesem Geschäft zählt nicht nur, wen man kennt, sondern auch, was – die heißesten Trends, die angesagtesten Soap-Stars. Sie werden genauso viel lesen wie selbst schreiben. Alles klar?«

Sechzehn

Bevor ich das Büro am Abend verließ, schaute ich bei Shanisse vorbei, doch sie erklärte mir, sie müsse »eine Deadline einhalten« und habe keine Zeit zum Plaudern.

»Bitte, Shanisse, wir müssen reden«, flehte ich sie an.

»Da gibt's nichts zu reden«, sagte sie mürrisch. »Herzlichen Glückwunsch zur Beförderung. Ich habe zu tun, also wenn's dir nichts ausmacht …« Während des ganzen Gesprächs saß sie mit dem Rücken zu mir.

Ich fuhr niedergeschlagen nach Hause, nicht fröhlich, wie ich es angesichts der Situation eigentlich hätte sein sollen. Im Fitnessstudio schlüpfte ich in die weite pinkfarbene Leinenhose und die weiße Polyesterbluse, die ich am Morgen beim Verlassen des Hauses getragen hatte.

Die Autos standen in der Auffahrt, also waren »die Männer« offenbar schon da.

Drinnen lackierte Malini sich am Esstisch die Nägel, während mein Schwiegervater und Sanjay sich unterhielten. In der Küche hörte ich meine Schwiegermutter hantieren.

»Priyaaa!«, begrüßte sie mich mit ihrer singenden Stimme. »*Idir ao! Roti banao!*« Was hieß, dass ich den Teig für die *chapattis* ausrollen sollte, die erste Aufgabe von vielen an diesem Abend. Ob sie mich wohl auch darum gebeten hätte, wenn ihr klar gewesen wäre, dass ich als Gesellschaftsreporterin fünfzigtausend Dollar im Jahr verdiente?
Vermutlich schon.

Bei Tisch unterhielten mein Schwiegervater und Sanjay sich über einen säumigen Kunden. Außerdem hatte ein indischer Lieferant sie hängen lassen, und eine Sendung Lederumhängetaschen war in Purpurrot eingetroffen, nicht wie bestellt in Schwarz.
»Weißt du, wie schwierig es sein wird, purpurrote Handtaschen zu verkaufen?«, fragte Sanjay mich. »Vielleicht an Halloween, passend zu den Kostümen. Aber bis dahin sitzen wir auf dem Zeug.«
Offenbar war ich nicht die Einzige, die einen anstrengenden Tag hinter sich hatte.
»Gut, dass du jetzt dazuverdienst«, meinte mein Schwiegervater. »Ich nehme ja ungern Geld von meiner Schwiegertochter, aber wenn das Geschäft nicht bald anzieht, bleibt mir wohl keine andere Wahl.«
»Bitte, Papa, mach dir deshalb keine Gedanken. Mein Geld ist euer Geld«, sagte ich.

Es war ein seltsames Gefühl, am nächsten Morgen die Büroräume zu betreten und von Sunshine, der neuen Rezeptionistin, eine Nachricht ausgehändigt zu bekommen.

»Haben Sie nicht noch bis gestern hier am Empfang gearbeitet?«, fragte sie mich. »Ein ganz schön rasanter Aufstieg, was?«

Auf dem Zettel, den sie mir reichte, stand die Telefonnummer von Sandra Krugman. Sobald ich in meinem Büro war, wählte ich sie.

»Priya, schön, dass Sie mich anrufen! Gratuliere zum neuen Job. Ich wusste doch, dass Sie dafür wie geschaffen sind. Wie geht's Ihnen?«, erkundigte sie sich, viel freundlicher als bei unserer letzten Begegnung.

»Sehr gut, Ms Krugman. Und Ihnen?«

»Ach, sagen Sie doch Sandy zu mir, das machen alle meine Freunde«, meinte sie. »Ich hätte da ein Anliegen. Sorry, es ist ziemlich kurzfristig, aber meine Agentur hat heute einen Tisch bei einem Wohltätigkeitslunch, und da hätten wir Sie gern dabei. Es beginnt um halb eins. Könnten Sie das schaffen?«

»Ich denke schon«, sagte ich – bemüht, nicht allzu aufgeregt zu klingen. »Worum geht's denn bei der Veranstaltung?«

»Wie bitte?«, fragte sie.

»Zu wessen Gunsten findet sie statt?«

»Hm, gute Frage. Multiple Sklerose, vielleicht war's auch Brustkrebs, so genau weiß ich das nicht.«

»Ich freue mich über die Einladung, muss aber zuerst einen Blick in meinen Terminkalender werfen. Darf ich Sie in ein paar Minuten zurückrufen?«

Ich legte auf und wählte die Nummer von James St. Clareau.

»Hallo, Priya. Haben Sie sich schon eingewöhnt?«

»Ja, danke. Ich hätte da eine Frage. Sandra Krugman hat mich gerade zu einem Wohltätigkeitslunch eingeladen. Ich finde das sehr nett, weiß aber nicht, ob Sie einverstanden sind, wenn ich hingehe.«

»Das ist ja wunderbar, Priya«, sagte er. »Natürlich nehmen Sie die Einladung an. Das Lunch zur jährlichen Parkinson-Spendenaktion ist ein Event hier in der Stadt. Normalerweise geht Lynette hin, aber die ist ja noch in Urlaub. Wenn Sie von der Leiterin der größten Agentur in L. A. eingeladen werden, bedeutet das schon etwas. Sagen Sie auf jeden Fall zu.«

»Und was soll ich dort tun?«, fragte ich.

»Nichts«, antwortete James. »Das ist einfach ein gesellschaftliches Ereignis. Wahrscheinlich werden Sie jede Menge wichtige Leute kennen lernen, also sollten Sie Ihre neuen Visitenkarten mitnehmen – die haben Sie ja inzwischen, oder? Und ansonsten: Viel Spaß!«

Fünfundfünfzigtausend Dollar im Jahr dafür, dass ich zum Essen ging. Der Job begann mir zu gefallen.

Ich rief Sandy zurück und erklärte ihr, dass ich mich sehr über ihre Einladung freue.

»Schön«, meinte sie. »Dann setzen wir Ihren Namen auf die Liste.«

Wenige Stunden später war ich zu der Adresse in Brentwood unterwegs, die Sandy mir genannt hatte. Ich legte eine CD mit dem Soundtrack des neuesten Bollywood-Films ein und ließ meine Gedanken nach Delhi schweifen. Lata Mangeshkar, Indiens beste Playback-Sängerin, schmachtete auf eine Art und Weise von der Liebe, die Celine Dion wie ein Schulmädchen klingen ließ.

Die Gastgeberin des Lunch war Jane Jensen, die Frau von einem der einflussreichsten Regisseure Hollywoods. Laut Aussage von James hatte sie sich bis zu ihrer Heirat als zweitklassige Schauspielerin durchgeschlagen, doch ihr Mann baute ihr dann ein tolles Haus und machte sie in all seinen Filmen zur »Coproduzentin«. Ihr neu erworbener Reichtum, ihr Ruhm und ihre zahllosen Schönheitsoperationen verwandelten die »schlichte Jane«, wie sie bis dahin genannt wurde, in eine »eitle Jane«. Von James wusste ich außerdem, dass die Jensens ihr Haus erst kürzlich völlig neu gestaltet hatten und es in der letzten Ausgabe des *Architectural Digest* abgebildet gewesen war. Seiner Ansicht nach bot der Wohltätigkeitslunch Gelegenheit, es den VIPs vorzustellen.

Kurz nach halb eins parkte ich den Wagen vor einem Herrenhaus im Tudorstil, dessen schmiedeeiserne

Gartentore einladend weit geöffnet waren. Ich stieg aus meinem zerbeulten Toyota – den früher mein Mann gefahren hatte – und war peinlich berührt, weil keiner der Bediensteten sich seiner annehmen wollte. Als sich schließlich einer erbarmte, betrachtete er zuerst mich und dann das Auto mit einem verächtlichen Blick, bevor er es auf den Parkplatz des Anwesens lenkte. Immerhin, dachte ich, würde er sich damit keinen vergnüglichen Nachmittag machen wie vielleicht mit einem Lamborghini.

Vor der Mahagonitür des Hauses saßen an einem Tisch mit Leinendecke drei Blondinen, eine Gästeliste vor sich. Ich nannte ihnen stolz meinen Namen, und eine von ihnen winkte mich durch.

Im Innern hatte Jane das Thema »Sommerbeeren« voll ausgekostet. Die Tischdecken waren erdbeer-, die Teller himbeerrot. Auf jeder Tafel stand eine riesige Kristallschale mit reifen Früchten. Die Kerzen waren genauso schmal wie einige der Frauen auf den fuchsienfarbenen Stühlen. Parfümierte Damen warfen sich lächelnd quer über den Raum hinweg Kusshändchen zu. Ihr Lachen klang wie die Kaskaden der Fontana di Trevi in Rom. Der Champagner Rosé in den zarten hohen Gläsern sah so verführerisch aus, dass ich mir eines nahm. Für mich war das der allererste Schluck Alkohol meines Lebens. Er schmeckte süß und bitter zugleich und prickelte auf der Zunge. Ein bisschen wie Fanta, dachte ich.

Während ich mich nach Sandy umschaute, kam eine junge Frau mit Nasenring und den höchsten Absätzen, die ich je gesehen hatte, auf mich zu.
»Und wer sind Sie?«, erkundigte sie sich, nachdem sie ihr Glas mit einem Schluck geleert hatte.
»Mein Name ist Priya«, sagte ich und reichte ihr die Hand.
»Hallo, ich bin Avery. Ganz schön was los hier, was?«, meinte sie.
»Ja, erstaunlich. Ein bisschen wie in Thackerays *Vanity Fair*«, pflichtete ich ihr bei.
»Tatsächlich? Welche Ausgabe? Die mit Nicole Kidman auf dem Cover?«
Ich nahm lachend einen Schluck von meinem Champagner. Die Leute hier hatten wirklich Humor.
»Sind Sie auch aus der Branche?«, fragte sie, während sie sich eine Satintasche mit Schnappverschluss unter den Arm klemmte.
»Hm, nicht wirklich.«
Ohne ein weiteres Wort drehte Avery sich um und stöckelte davon.
»Auf Wiedersehen«, rief ich ihrem dürren Hinterteil nach.
Schließlich spürte Sandy mich auf und führte mich an ihren Tisch, wo sie mich als die »neue Filmkorrespondentin des *Hollywood Insider*« vorstellte, was bei den Anwesenden große Freude auslöste. An der Tafel saßen einige Frauen aus Sandys Agentur, drei Journa-

listen von anderen Zeitschriften sowie eine junge Schauspielerin namens Cassandra Lucas, die ich von einer neuen Fernsehserie mit dem Titel *Trigger Happy* kannte. Sie war wie alle anderen Frauen hier atemberaubend schön und so dünn, dass ich in ihrer Gegenwart Hemmungen hatte, auszuatmen, weil ich sie nicht wegblasen wollte.

In dem Raum wimmelte es von Frauen, die aussahen, als ließen sie nur Sachen von Chanel an ihre Haut und machten seit ihrer Geburt Pilates-Übungen. Demi Moore war da und Rita Wilson. Sandy zeigte mir die Gastgeberin und versprach, mich ihr später vorzustellen. Die stupsnasige Jane Jensen glitt zwischen den Gästen hindurch wie eine Schlittschuhläuferin, küsste sie zur Begrüßung rechts und links auf die Wange und warf den Kopf mit mädchenhaftem Lachen in den Nacken. Sie trug einen schicken, altrosafarbenen Wildlederhosenanzug und hatte die langen blonden Haare aus dem Gesicht gekämmt.

»Wow, sie sieht schon fast nicht mehr echt aus«, sagte ich zu Sandy.

»Ist sie auch nicht«, meinte diese. »Das einzig Echte an Jane sind vermutlich die Zehennägel, und selbst bei denen bin ich mir nicht sicher. Kennen Sie den Carly-Simon-Song ›You're So Vain‹? Den hat sie bestimmt für Jane geschrieben«, kicherte Sandy.

»Übrigens lässt Rex Sie schön grüßen«, fuhr sie fort, während sie ein Stück Brot entzweibrach.

»Danke«, sagte ich, und mein Herz hüpfte vor Freude. »Richten Sie ihm bitte auch einen schönen Gruß von mir aus.«

»Crispin hat mir erzählt, dass Sie aus Indien stammen. Wie sind Sie denn hier gelandet?«, wollte sie wissen.

Während ich ihr die Geschichte erzählte, wie Sanjay und ich uns kennen gelernt hatten und wie traditionell wir jetzt lebten, hörten immer mehr Leute an unserem Tisch zu reden auf, um zu lauschen.

»Eine Woche? Sie kannten ihn vor der Hochzeit nur eine Woche? Sind Sie wahnsinnig?«, rief die Schauspielerin Cassandra Lucas aus.

»Ganz im Gegenteil. Ich halte das für die vernünftigste Art, solche Dinge zu regeln«, erwiderte ich. »Mein Vater hat sich vorher eingehend über Sanjay erkundigt. Unsere Geburtshoroskope wurden verglichen und sie passten zusammen. Er ist mein *naseeb*, mein Schicksal«, sagte ich und genoss die Aufmerksamkeit aller. »Schauen Sie, hier ist ein Foto von uns.« Ich holte das Bild heraus, das ich immer in der Brieftasche mit mir führte, und die Frauen gaben es mit Entzückenslauten weiter, als betrachteten sie das Porträt eines besonders süßen Kindes.

»Sie beide sehen wirklich glücklich aus«, meinte Katya, eine von Sandys Kolleginnen. »Als würden Sie sich seit Ewigkeiten kennen.«

»Und was sagt er zu Ihrem neuen Job?«, fragte Sandy. »Er ist doch sicher sehr stolz auf Sie.«

Der Champagner löste meine Zunge; plötzlich merkte ich, dass ich die letzten zwanzig Minuten ununterbrochen geredet hatte, und verstummte. Ich wollte den kultivierten Damen am Tisch nicht erzählen, dass ich meine Tätigkeit vor meinem Mann verbergen musste und somit kaum besser war als eine indische Hausfrau, die sich in ihre Fantasien flüchtete, um nicht den Verstand zu verlieren.

Zum Glück kündigte Jane Jensen nun eine Rede an; die Eitelkeit unserer Gastgeberin bewahrte mich vor peinlichen Enthüllungen.

Siebzehn

Schon erstaunlich, was in einer kurzen Mittagspause alles passieren kann.

Als ich zum *Hollywood Insider* zurückkehrte, noch ein wenig beschwipst von dem Champagner und den Geschmack von Blaubeersorbet auf der Zunge, erkannte ich mein Büro kaum wieder.

Ein paar Stunden zuvor hatten sich auf meinem Schreibtisch lediglich eine kleine Messingfigur von Ganesh, dem Beseitiger von Hindernissen, und ein kleiner gerahmter Druck von Laxmi, der Förderin des Reichtums, befunden.

Bei meiner Rückkehr sah er aus, als hätte jemand den gesamten Inhalt des Postwägelchens darauf ausgekippt: große Umschläge und winzige Karten, Post-it-Notizen und Ordner, Pressemappen und kleine Geschenke. Manches war direkt an mich adressiert, auf anderem der ursprüngliche Name ausgestrichen und durch meinen ersetzt. Ich wusste nicht, wo ich anfangen sollte. Noch nie zuvor hatte ich an einem einzigen Tag so viele Sachen bekommen, nicht einmal in Delhi, und das war schließlich mein Zuhause.

Plötzlich tauchte Deanna hinter mir auf.
»Nicht schlecht«, sagte sie, auf meinen Schreibtisch deutend.
»Ja«, pflichtete ich ihr bei. »Ich weiß gar nicht, wie mir geschieht. Ist das alles in den letzten paar Stunden gekommen?«
»Mädchen«, meinte sie mit gesenkter Stimme, »man munkelt, du bist Mr Baileys neue … wie heißt das Wort? … *potage.*«
Ich sah sie fragend an.
»*Potage* ist das französische Wort für ›Suppe‹«, klärte ich sie auf. »Ich glaube, du meinst ›Protegé‹.«
»Genau«, sagte sie. »Soll ich dir helfen, die Sachen aufzumachen? Vielleicht als Erstes die kleinen Geschenke?«
»Nein, nein, darum kümmere ich mich schon«, antwortete ich, weil ich mich selbst darauf freute. So ähnlich musste man sich an Weihnachten fühlen.
Während ich die Sachen durchging – Einladungen zu Premieren und Voraufführungen sowie Drehpläne neuer Filme –, klingelte das Telefon auf meinem Schreibtisch.
»Hallo, Priya Sohni am Apparat«, meldete ich mich – bemüht, professionell zu klingen.
»Hi, Priya, ich bin's«, sagte eine fröhliche Frauenstimme.
»Wer bitte?«, fragte ich.
»Ich, Avery. Wir haben uns heute beim Lunch ken-

nen gelernt. Wissen Sie nicht mehr? Bevor Sie zu Ihrem Tisch gegangen sind.«

Plötzlich erinnerte ich mich: das Nasenringmädchen mit den Kilimandscharo-Absätzen.

»Ach ja, hallo«, sagte ich und fragte mich dabei, warum sie mich anrief.

»Sie fragen sich vermutlich, warum ich anrufe«, meinte sie auch prompt. »Nun, nach unserem Gespräch hat man mir erzählt, dass Sie gerade beim *Hollywood Insider* angefangen haben. Das finde ich sehr beeindruckend für eine junge Frau aus Indien. Es tut mir Leid, dass wir uns nicht ausführlicher unterhalten konnten, aber Sie mussten ja zu Ihrer Gruppe«, fuhr sie fort. »Und nun wollte ich fragen, ob Sie irgendwann Zeit für einen Lunch mit mir hätten, damit wir über alles reden.«

Mit meinem Champagnerschwips begriff ich nicht so recht, was sie mit »alles« meinte. Die letzten vierundzwanzig Jahre?

»Avery, das ist wirklich sehr nett von Ihnen, aber ich bin gerade erst dabei, mich in meinem Job zurechtzufinden, und weiß noch nicht, wie mein Terminplan aussehen wird«, sagte ich, der Wahrheit entsprechend. »Vielleicht könnten wir uns in einer oder zwei Wochen noch einmal unterhalten.«

Ich spürte förmlich, wie sie zusammenzuckte.

»Natürlich, das verstehe ich«, antwortete sie. »Im Moment sind Sie sicher sehr beschäftigt. Aber dürfte ich Sie um etwas bitten, wenn wir schon einmal miteinander reden? Ich bin Schauspielerin, und Ihre Zeitschrift macht diese wöchentlichen Features über viel versprechende Jungstars ... Da will ich schon seit Monaten rein. Glauben Sie, Sie könnten mir dabei helfen? Bitte?«

»Avery, das würde ich wirklich gern, aber ich bin erst seit gestern in diesem Job und weiß nicht, wer die Features macht«, erklärte ich. »Lassen Sie mir ein paar Tage Zeit, damit ich es herausfinden kann, ja? Vielleicht gelingt es mir, den Kontakt mit der betreffenden Person für Sie herzustellen.«

»Gut«, meinte sie dankbar. »Ich wollte Ihnen noch sagen, dass Sie echt nett sind. Sie haben bisher als Einzige vom *Hollywood Insider* bei meinem Anruf nicht aufgelegt.«

Ich beendete das Gespräch und betrachtete das Chaos rund um mich herum. Mit einem Mal wurde mir klar, dass ich mitten unter die bedürftigsten Menschen der Welt hineingeworfen worden war, die offenbar erwarteten, dass ich ständig zu ihrer Verfügung stand.

Und dabei war ich mit ihnen nicht einmal verwandt.

Später rief James an.

»Jane Jensen ist eine richtige Beverly-Hills-Gesellschaftstante, nicht wahr?«, meinte er. »Sie sollten sie sich warm halten, weil sie weiß, was in der Stadt los ist, und weil sie die allerbesten Connections hat. Aber erledigen Sie das lieber telefonisch«, riet er mir. »In dem Körper der Frau stecken so viele Chemikalien, dass es mich nicht wundern würde, wenn sie eines Tages explodiert. Egal. Mr Bailey hat einen ersten Auftrag für Sie. Hätten Sie einen Augenblick Zeit, um ihn zu besprechen?«

Maia Mourtos hatte etwas Außergewöhnliches geschafft: Noch zwei Jahre zuvor war sie als Kellnerin in einem griechischen Restaurant damit beschäftigt gewesen, *dolmas* und *souvlaki* zu servieren, heute kannten Kinogänger auf der ganzen Welt sie. Als Einwanderin hatte sie ihr Englisch perfektioniert, bis es akzentfrei war. Und nun bekam sie hymnische Kritiken für ihre Rolle in *Calling Home*, einer romantischen Komödie, zu der Sanjay mich in der vergangenen Woche eingeladen hatte.

Mr Bailey trug mir auf, mit Maia Mourtos zum Mittagessen zu gehen, und zwar an ihrem früheren Arbeitsplatz, wo sie Geschirr abgetrocknet, Böden gefegt und griechische Gerichte serviert hatte, bevor sie begann, elf Millionen Dollar pro Film zu verdienen. Meine Aufgabe sei es, erklärte er mir, »zusammen mit dem vielleicht einzigen griechischen Filmstar von Weltformat eine nostalgische Reise in die Vergangenheit« zu unternehmen.

Der Fotograf würde bereits am Anfang die Bilder machen, und dann würden Maia und ich uns zwanglos darüber unterhalten (so der Plan von James), wie sie zum Star geworden war und was sie auf dem Weg dorthin gelernt hatte.

»Ich will keine Glamour-Story«, meinte Mr Bailey, »sondern ein sehr persönliches Gespräch mit einer berühmten Frau, die auch ihre Schwächen hat. Glauben Sie, Sie schaffen das?«

Das Interview sollte bereits am folgenden Tag stattfinden, sodass ich nicht viel Zeit haben würde, mich vorzubereiten. Plötzlich kam mir ein schrecklicher Gedanke: Was würde ich anziehen? Konnte ich mich in einem Fünfundvierzig-Dollar-Outfit mit Maia Mourtos zum Essen treffen?

Aber zuerst die Recherche. Mir fiel ein, dass mir Maias Studio eine Pressemappe über ihren neuen Film geschickt hatte, und die lag irgendwo in den Stapeln in meinem Büro. Sobald ich wieder dort war, suchte ich danach.

Irgendwann hörte ich eine Frauenstimme hinter mir alles andere als freundlich fragen: »Was machen Sie da?«

»Einen Moment bitte, ich suche gerade nach etwas«, antwortete ich, in meine Aufgabe vertieft.

»Und *wer* sind Sie?«, meinte sie in noch schärferem Tonfall.

Als ich den Blick hob, sah ich, dass es Lynette Dove war, die mich voller Wut musterte, was allerdings ihr erholtes Aussehen nach dem Urlaub nicht beeinträchtigte.

»Mein Name ist Lynette Dove«, stellte sie sich vor, die Arme vor der Brust verschränkt.

»Ich kenne Sie, Ms Dove. Ich heiße Priya Sohni«, erwiderte ich.

»Es ist mir egal, wie Sie heißen«, sagte sie. »Egal ist mir allerdings nicht, dass sich eine Neue hier einnistet, wenn ich einmal eine Woche weg bin.«

»Ja? Wer ist denn die Neue?«, fragte ich.

»Sie!«, rief sie wütend aus und deutete mit dem Finger auf mich. »Waren Sie nicht letzte Woche noch am Empfang?«, meinte sie mit einem verächtlichen Lächeln. »Mit wem mussten Sie schlafen, um diesen Job zu bekommen?«

Hätte ich am Morgen nicht mein *pranayama* gemacht, wäre ich vermutlich in Tränen ausgebrochen. Ich stützte mich mit den Knöcheln auf dem Schreibtisch ab, atmete tief durch und sah ihr in die Augen.

»Es tut mir Leid, dass Sie so aus der Fassung sind, Ms Dove«, sagte ich ganz ruhig und berührte dabei wieder einmal meinen Durga-Anhänger. »Ich habe mit niemandem geschlafen und mich auch nicht um diesen Job gerissen. Er wurde mir angeboten. Ein glücklicher Zufall. Und da, wo ich herkomme, glauben wir, dass Gott nur einmal im Leben an unsere Tür klopft.«

Sie starrte mich mit ihren dunklen Glutaugen an; ihr

kleiner Mund erinnerte mich an ein aufgerolltes Gummiband.

»Verschonen Sie mich mit diesem Hindi-Zeugs«, sagte sie. »Ich leite hier die Filmredaktion und finde es eine Frechheit, dass Sie den Job bekommen haben, ohne dass ich gefragt wurde.«

»Ms Dove, ich bin mir vollkommen im Klaren über das hohe Ansehen, das Sie genießen. Es würde mich freuen, wenn ich von Ihnen lernen könnte. Sie sind die wichtigste Filmredakteurin dieser Zeitschrift und werden es auch dann noch sein, wenn ich längst nicht mehr hier bin.«

Lynette ließ die Arme sinken und trat einen Schritt zurück.

»Na schön, solange das klar ist«, meinte sie. »Ich weiß, Crispin – der meiner Ansicht nach übrigens den Verstand verloren hat – möchte, dass Sie Ihre Projekte mit ihm besprechen. Aber ich bestehe darauf, dass Sie mich über alle Dinge, die Sie bearbeiten, auf dem Laufenden halten. So bleiben die Kompetenzen eindeutig. Haben Sie das verstanden?«

Fünf Minuten später betrat Shanisse mein Büro, um sich für ihr, wie sie es nannte, »Kleinkindverhalten« ein paar Tage zuvor zu entschuldigen.

»Ich war wohl neidisch«, sagte sie. »Ich musste jahrelang Praktika bei zweitklassigen Zeitschriften absolvieren, bevor ich diesen Job bekam, und dir fliegt er

einfach zu. Aber letztlich freue ich mich für dich. Einer Netteren hätte das kaum passieren können. Wollen wir wieder Freunde sein?«, fragte sie und breitete die Arme aus.
»Ja, gern«, sagte ich und umarmte sie.

Während ich mich zusammen mit zahllosen anderen Berufstätigen nach Hause quälte, begann mein Kopf zu brummen. Als mir einfiel, dass ich noch ins Fitnessstudio musste, um mich umzuziehen, fluchte ich leise. Der heutige war der hektischste, ereignisreichste und bei Weitem stressigste Tag seit meiner Hochzeit gewesen. Und nach der hatte ich immerhin keine Hausarbeit erledigen müssen.
Heute wollte ich mich nicht mit Kochen, Waschen oder Putzen beschäftigen, das wusste ich. Mir war eher nach heißer Suppe, Fernsehen und Bett. Vielleicht, dachte ich, hatte mein Schwiegervater doch nicht so Unrecht gehabt mit seiner Einschätzung, dass ich mich nicht für eine Journalistenkarriere eignete. Wie sollte ich meinen Beruf bewältigen und obendrein für meine Familie da sein?

Zu Hause erwartete mich ein Brief von meiner zweitältesten Schwester Roma, der lange schriftliche Schilderungen auf hübsch geschmücktem indischem Papier immer lieber gewesen waren als das Rauschen von Telefonleitungen. Wieder einmal, erzählte sie mir, hatte sie den dritten Preis bei der Tombola eines örtlichen Volksfests gewonnen, zwei Zugfahrkarten nach Bombay, die sie unseren Eltern schenken wollte. Und in der Woche davor hatte sie eine Hand voll Cola-Kronkorken eingeschickt, von denen einer ein bestimmtes Motiv trug, und dafür ein Radio in Form einer Cola-Dose erhalten. Roma gewann immerzu Sachen.

Radha war Opfer einer Tragödie geworden; bei Roma lag die Sache anders.

Als sie zwölf wurde, war klar, dass es einem Wunder gleichkäme, wenn man einen Ehemann für sie fände.

Nicht, dass irgendetwas mit ihr nicht gestimmt hätte. Unsere Mutter, die so gern die »Rs« in unseren Namen auf der Zunge zergehen ließ, hatte sich den Spitznamen »romantische Roma« für sie ausgedacht.

Roma las Romane von Barbara Cartland und kannte alle Dialoge aus *Love Story* auswendig. Ihre Haut war nicht ganz so hell wie die von Radha, und sie wirkte auch nicht so feminin wie diese. Aber sie war ein hübsches, glückliches Mädchen mit wippenden Locken und einem fröhlichen Gesicht.

In der Pubertät jedoch schoss sie in die Höhe wie die Bohnenstangen im Garten. Mit neunzehn war Roma schließlich einsfünfundachtzig groß.

Damit hatte niemand gerechnet, denn meine Eltern

sind nicht besonders groß und meine Großeltern waren es auch nicht.
Wie Roma also zu diesem Gen kam, war uns ein Rätsel. Sie überragte alle mit strahlendem Gesicht, immer in der Hoffnung, von ihren Mitmenschen akzeptiert zu werden.
In Indien einen Ehemann zu finden ist, das werden mir die Frauen, die es versucht haben, bestätigen, grundsätzlich ein ziemlich schwieriges Unterfangen. Und wenn man als Mädchen so groß ist, dass man in der Mannschaft der Harlem Globetrotters mitspielen könnte, kommt es einem Akt göttlicher Gnade gleich.
»Selbst wenn sie nur Sandalen trägt, finden wir nie einen Mann, der zu ihr passt«, jammerte meine Großmutter. Kakis Sorge war verständlich. Es hatten sich etliche Interessenten gemeldet, die jedoch alle ihre Anfrage zurückzogen, sobald klar wurde, dass der Kandidat vermutlich einen Kopf kleiner war als Roma.
»Und zum Model taugt sie auch nicht«, meinte Kaki. »Sie ist ja ganz hübsch, aber für den Laufsteg reicht's nicht. Was soll nur aus ihr werden?«
Roma focht das alles nicht an, denn sie war überzeugt davon, dass der ihr bestimmte Mann – egal ob groß oder klein – schon irgendwann auftauchen, sich in sie verlieben und sich nicht an ihrer Größe stören würde. Zum Glück besaß sie diese romantische Ader, die ihr die gute Laune erhielt.

Achtzehn

Am Abend vor dem großen Interview hatte ich Mühe einzuschlafen und stand schließlich um drei Uhr früh auf, um im Zimmer hin und her zu laufen. Nach einer Weile fragte Sanjay verschlafen, was los sei.

»Ach, nichts, ich habe nur so ein komisches Gefühl im Magen«, antwortete ich und hätte ihm doch so gern alles erzählt. Er schaltete blinzelnd die Nachttischlampe ein.

»Soll ich dir irgendetwas holen?«, erkundigte er sich. »Ein Glas Milch vielleicht?«

»Nein danke, nicht nötig. Ich wollte mir bloß ein bisschen die Beine vertreten.«

»Prima, ich hätte sowieso keine Lust zum Aufstehen gehabt.«

Den Rest der Nacht verbrachte ich aufrecht sitzend und in die Dunkelheit starrend. Alle möglichen Fragen an Maia Mourtos gingen mir durch den Kopf. Ich stellte mir den schlimmsten Fall vor: dass sie mich als die blutige Anfängerin durchschaute, die ich war, und später Mr Bailey anrief, um sich über mich zu beklagen. Und dass er mich daraufhin wieder an die Rezeption verbannte, was ich als gar kein so übles Schicksal empfunden hätte.

Am nächsten Morgen stand ich ziemlich benommen auf und wollte so schnell wie möglich aufbrechen, um mich auf meinen Lunch mit Maia Mourtos vorzubereiten. Doch bevor ich losfuhr, erinnerte mich meine Schwiegermutter daran, dass *raksha bhandan* war – »Brudertag« –, und sie ermahnte mich, am Abend zeitig zum Feiern nach Hause zu kommen.

Deanna machte bereits ihre Runde, als ich im Büro eintraf, und am Telefon war eine Studio-Agentin, die mich zu einem dreitägigen Besuch von Filmdreharbeiten in Acapulco einladen wollte. »Wir übernehmen natürlich die Kosten«, meinte sie, »für den Flug, das Hotel und alle Mahlzeiten. Wir würden uns über Ihre Zusage freuen. Und wenn Sie hinterher ein paar Tage Urlaub dranhängen möchten, kümmern wir uns auch darum.«

»Herzlichen Dank«, antwortete ich. »Aber im Augenblick kann ich nicht weg. Aus familiären Gründen. Möchten Sie sich vielleicht an jemand anders in der Redaktion wenden?«

Anschließend informierte ich Lynette per E-Mail über das Interview mit Maia Mourtos. Ich formulierte den Text fast wie eine Entschuldigung; ein wenig erinnerte mich das an die Gespräche mit meinen Schwestern über meine Heirat. Dabei war es doch nicht meine Schuld, dass das Glück es gut mit mir meinte.

Ich atmete erleichtert auf, als ein paar Minuten später Lynettes knappe Antwort eintraf: »Gut, machen Sie mal!«

Dann teilte Maias Assistentin mir telefonisch mit, dass ich die Schauspielerin nicht im Restaurant treffen solle, sondern dass sie mich abholen würde.

»So haben Sie mehr Zeit zum Plaudern«, erklärte sie. »Die schwarze Stretchlimousine wartet um zwölf vor dem Gebäude des *Hollywood Insider* auf Sie.«

Den Gedanken an die schwarze Stretchlimousine fand ich noch aufregender als den an das Essen mit dem Star. Ich hatte solche Wagen mit dunkel getönten Scheiben schon auf der Straße und im Film gesehen, wie sie wichtige Leute zu wichtigen Terminen brachten. Ein wenig frustriert betrachtete ich meine Kleidung, die alles andere als limousinenwürdig war.

James rief an, um sich zu vergewissern, dass alles nach Plan lief.

»Stellen Sie sich das Ganze wie einen Plausch alter Freundinnen vor«, sagte er. »Die Atmosphäre sollte entspannt und fröhlich sein; daraus ergeben sich die besten Storys. Ach, und in ein paar Minuten schicke ich Ihnen Ihre Firmenkreditkarte. Begleichen Sie die Rechnung damit, Trinkgeld inklusive.«

Meine eigene Kreditkarte! Bis dahin hatte ich noch nie eine in Händen gehalten.

Ein paar Minuten, bevor ich mich auf den Weg nach unten machte, frischte ich in der Toilette mein Make-

up auf, tupfte ein wenig Parfüm hinter die Ohren und bürstete meine Haare, damit sie schön glänzten. Ich war ganz in hellen Gelb- und Beigetönen gekleidet, hatte ein besticktes Tuch über die Schulter geworfen und trug dazu alten Schmuck aus Radschastan, ein Geschenk meiner Mutter. Besonders trendy war das verglichen mit dem Outfit der anderen nicht, aber etwas anderes besaß ich nun einmal nicht.
Hätte mich doch jemand aus meinem anderen Leben gesehen, wie ich in die Limousine stieg, und wäre es auch nur die Frau vom Bankschalter oder der Mann gewesen, der unseren Swimmingpool reinigte!
Um Punkt zwölf fuhr – ohne dass die Frau von der Bank oder der Swimmingpool-Mann aufgetaucht wäre – ein langer schwarzer Wagen vor, aus dem ein uniformierter Chauffeuer stieg, der mich fragte, ob ich »Ms Sohni« sei, und mir die Tür aufhielt.
Ich kletterte so elegant wie möglich hinein – was gar nicht leicht ist mit einem kurzen Rock und einem langen Tuch, das sich um den Körper schlingt wie eine Schlange – und ließ mich auf den weichen, tiefen Ledersitz sinken. Auf der anderen Seite des Wagens, endlos weit weg, saß eine der schönsten Frauen, die ich je gesehen hatte.
»Hallo, Maia Mourtos«, begrüßte ich sie und reichte ihr die Hand. »Erfreut, Sie kennen zu lernen.«
Am zutreffendsten hätte man das, was sie auszeichnete, wohl als »natürliche Schönheit« beschrieben. Ihr

Make-up war so dezent, dass es überhaupt nicht auffiel. Die langen, fast schwarzen Haare trug sie offen und nach links gekämmt; ihr Gesicht war faltenfrei und absolut makellos. Eine weiße Hose, in der eine gestärkte weiße Bluse steckte, umfing ihre schmalen Hüften. Das Beige des schlichten Ledergürtels wiederholte sich in den Schuhen. Neben ihr lag eine große, ebenfalls beigefarbene Kelly-Tasche, wie ich sie in *In Style* gesehen hatte und von der ich wusste, dass sie Tausende von Dollar kostete und dass selbst Filmstars sich auf die Warteliste setzen lassen mussten, wenn sie eine wollten.

»Man hat mir gesagt, dass Sie gerade erst beim *Insider* angefangen haben. Stimmt das?«, fragte sie, und ihr offener Blick erzeugte sofort ein Gefühl der Unzulänglichkeit in mir. Du lieber Himmel: In der Hektik der vergangenen Wochen hatte ich alle Enthaarungsaktionen vergessen, und so saß ich nun in Gegenwart dieser makellosen Schönheit mit deutlich sichtbarem Schnurrbartflaum.

»Ja, erst vor kurzem«, bestätigte ich und hob die Hand unwillkürlich zum Mund, um die dunklen Haare zu verdecken.

»Und, gefällt's Ihnen?«, fragte sie freundlich.

»Ja danke, sehr«, antwortete ich.

Was machte ich nur für eine traurige Figur! Ich hätte das Heft in die Hand nehmen, Fragen stellen, charmant und geistreich sein sollen. Doch diese Frau raubte mir den Atem. Da war das Gespräch mit Rex Hauser viel einfacher gewesen, weil wir uns immerhin über seinen aktuellen Film unterhalten konnten. Hier jedoch hatte ich kein vorgegebenes Thema, was bedeutete, dass ich die ganze Zeit hellwach, flexibel und einfühlsam sein musste.

Hätte doch bloß Lynette Dove dieses Interview geführt!

»Sie haben mir in *Calling Home* sehr gut gefallen«, sagte ich schließlich in meiner Not. »Ich halte ihn für einen der besten Filme der letzten Zeit.«

»Ach, das freut mich«, meinte sie. »Die Arbeit daran hat wirklich Spaß gemacht. Ein paar Szenen spielen in Korfu, wo ich herkomme, und es war natürlich ein besonderes Vergnügen, die alte Heimat wiederzusehen.«

»Könnten Sie mir davon erzählen?«, fragte ich, während ich in meiner Tasche nach Notizbuch und Stift kramte. Doch nach einer Weile merkte ich, dass ich beides in meiner Aufregung vergessen hatte.

»Hier«, sagte Maia und reichte mir einen Block aus einem kleinen Lederfach im Sitz. »Ich habe immer einen dabei, für den Fall, dass ich mir einen Gedanken notieren möchte.« Vermutlich war das eine höfliche Umschreibung für »falls ich es mit einem Volltrottel wie dir zu tun bekomme«.

»Vielen Dank. Und Entschuldigung ... Nun, was sagten Sie gerade über Korsika?«

»Korfu«, berichtigte sie mich. »Entspannen Sie sich

und genießen Sie die Fahrt. Wir sind schon fast beim Lokal. Dort können wir uns dann ausführlich unterhalten.«

Offenbar hatten die Angestellten des Restaurants allen ihren Freunden und Bekannten gesagt, dass Maia Mourtos heute zu ihnen kommen würde. Jedenfalls warteten, als wir vorfuhren, mindestens hundert Menschen vor dem Lokal, viele mit Autogrammkarten der Schauspielerin zum Signieren in der Hand.
»Du lieber Himmel«, rief ich aus, als ich sie sah. »Was wollen die denn alle hier?«
»Ganz ruhig«, meinte Maia und legte ihre Hand auf meine. Für eine so große Schauspielerin war sie wirklich nett. »Jack weiß, wie man mit solchen Situationen umgeht«, sagte sie mit einem Blick auf den Fahrer.
Als Jack ausstieg, merkte ich erst, wie groß und kräftig er war. Offensichtlich fungierte er auch als Maias Leibwächter.
»Miss Mourtos freut sich sehr, Sie alle heute hier zu sehen«, wandte er sich an die Menge. »Aber sie ist zu einem privaten Gespräch hergekommen und würde Sie bitten, das zu respektieren. Sie wird gern ein paar Autogramme geben und sich fotografieren lassen, doch hinterher möchte sie das Lokal ungehindert mit ihrem Gast betreten können.«
Plötzlich kam ich mir selbst berühmt vor, als die Leute

durch die Scheiben hereinlugten, um zu sehen, in wessen Begleitung Maia sich befand.

Nachdem Maia ihr Make-up im Spiegel ihres schmalen silbernen Puderdöschens überprüft und ihr strahlendstes Lächeln aufgesetzt hatte, stieg sie aus dem Wagen. Die Leute begannen zu jubeln, sie überschwänglich auf Griechisch zu begrüßen, ihr Kusshände zuzuwerfen. Während ich an die Limousine gepresst auf sie wartete, gab sie den Fans, die uns am nächsten standen, Autogramme, küsste zwei Kleinkinder, umarmte eine ältere Dame in Schwarz und stellte sich für Fotos in Pose. Dann bildete die Menge, genau wie Jack es erbeten hatte, eine Gasse, durch die Maia – mich im Schlepptau – das Restaurant betreten konnte. Gerade als wir das Lokal erreichten, tippte mir eine junge Frau von hinten auf die Schulter.

»Sind Sie auch berühmt?«, fragte sie.

»Nein, eher nicht«, antwortete ich. »Ich begleite nur Maia.«

Das Restaurant war sehr viel schicker, als ich erwartet hatte. Der Inhaber, ein Grieche mit fröhlichem Gesicht, der mir als Anatole vorgestellt wurde, wirkte hocherfreut über Maias Besuch.

»Meine Schöne«, begrüßte er sie und umarmte sie. »Wann hast du mich das letzte Mal besucht? Das ist viel zu lange her. Mein Gott, wie schön du bist! Bitte entschuldige die vielen Leute da draußen. Ich habe meinen Angestellten gesagt, sie sollen nichts ausplau-

dern, aber du weißt ja, wie aufregend sie es finden, wenn du kommst.«
Sie unterhielten sich angeregt einige Minuten lang, während ich mich im Lokal umsah. Alle anderen Gäste starrten sie voller Bewunderung an.
»Komm«, sagte Anatole schließlich. »Ich habe ein Separée im hinteren Bereich reserviert.« Dann ging er uns voran einen schmalen Flur entlang, öffnete eine Tür und geleitete uns an den Tisch, der mit glänzendem Silberbesteck, weißen Kerzen und frischen Blumen gedeckt war. Eine Flasche Champagner lag zum Kühlen in einem Eiskübel, zwei Kellner warteten in Habt-Acht-Stellung auf ihren Einsatz.
Maia bedankte sich bei Anatole.
»Wie hübsch«, sagte sie. »Aber weißt du was? Eigentlich würde ich lieber draußen bei den anderen Gästen sitzen. Dort habe ich so viele Stunden verbracht. Ist dir das recht?«
Anatole wirkte überrascht, versicherte ihr jedoch, dass er für sie »alles tun« würde. Also führte er uns in den Hauptraum zurück, zu einem Ecktisch beim Fenster.
»Hier habt ihr eure Ruhe«, flüsterte er uns zu. Als wir Platz nahmen, traf François, der Fotograf des *Hollywood Insider*, ein. Er machte dezent ein paar Aufnahmen von Maia – wie sie Zitronensaft ins Mineralwasser presste, sich mit Anatole unterhielt, die Speisekarte studierte – und verabschiedete sich dann wieder.

Nun gab Maia mir mit einem Nicken zu verstehen, dass ich beginnen könne, Fragen zu stellen. Doch ich hatte nicht die mindeste Ahnung, wie ich anfangen sollte. Anatole schenkte uns ein Glas Champagner ein. Der Alkoholgenuss zur Mittagszeit wurde mir allmählich zur Gewohnheit; meine Schwiegermutter hätte mich wohl als »Trinkerin und Schlampe« bezeichnet, wäre sie hier gewesen. Ich verdrängte den Gedanken an sie, lehnte mich auf meinem Stuhl zurück und holte Maias Notizblock aus der Tasche. Kaum hatten wir einen Schluck vom Champagner genommen, wurde auch schon ein Wägelchen mit einer Auswahl an Gerichten herangeschoben: ein köstlicher kühler Joghurt, der mich an *raita* erinnerte, hier jedoch Tsatsiki hieß; Schälchen mit *tarama salata*, Oliven, dicken Bohnen, Bratkartoffeln, *spanakopita*, die ich aus Angst vor Spinatresten zwischen den Zähnen nicht zu probieren wagte, *moussaka*, die ich des Rindfleischs wegen nicht essen konnte (vielleicht hinterging ich meine Schwiegereltern, aber eine gute Hindu war ich noch), sowie Hühnchen-Kebab.

James hatte gesagt, ich solle die Rechnung mit der Kreditkarte begleichen, aber der Betrag würde Galaxy Holdings in den Ruin treiben, da war ich mir sicher. Je mehr Speisen die Kellner auftrugen, desto unruhiger wurde ich. Wenn ich selbst hätte entscheiden dürfen, wäre meine Wahl auf das billigste Gericht der Speisekarte gefallen.

Doch diesen Gedanken schob ich beiseite, als Maia zu reden begann. Ich machte mir Notizen, hob hin und wieder den Kopf, um »hmm, ja« zu sagen und zustimmend zu nicken. Sie schilderte ihre nostalgischen Gefühle beim ersten Besuch in dem Lokal seit zwei Jahren und beim Anblick des Wirts, der ihr seinerzeit einen Job gegeben hatte, als niemand sonst sie einstellen wollte, weil ihr Englisch so schlecht war. Sie erinnerte sich daran, wie oft sie Bestellungen verwechselt hatte und trotzdem nicht von Anatole gefeuert worden war. Und als sie immer öfter zum Vorsprechen musste, hatte er ihr freigegeben. Damals habe sie sich von den Resten der Gäste ernährt, nur einen kleinen Koffer besessen und immer in der Angst gelebt, ihre bescheidene Bleibe verlassen zu müssen. Sie habe nicht davon geträumt, ein Star zu werden, sondern nur die Freiheit genossen, die sie empfand, wenn sie tat, was sie gern machte: in Rollen schlüpfen, auf der Bühne auftreten, den Zuschauern Freude bereiten.

»Wissen Sie, warum ich Erfolg habe?«, fragte sie mit leiser Stimme, den Blick gesenkt. »Weil ich trotz des Rummels nie vergessen werde, woher ich komme. Kein Tag vergeht, an dem ich den Göttern nicht für dieses Leben danke. Vielleicht habe ich jetzt Jack und die Limousine und die Klamotten und die Kelly-Handtasche«, meinte sie lachend, »aber ich erinnere mich auch noch an das kleine Mädchen, das ich einmal war und das sich so sehr danach sehnte, eine andere zu werden.«

Mir traten die Tränen in die Augen, weil mich nicht nur ihre Schilderungen, sondern auch ihr Erzählstil rührten.

Vielleicht erinnerte mich ihre Geschichte aber auch nur an mein eigenes Leben.

Bevor sie mich wieder vor dem Gebäude des *Hollywood Insider* absetzte, umarmte sie mich im Wagen, und ich stellte erschrocken fest, dass es bereits vier Uhr war.

»Nicht zu fassen, dass ich Ihnen das alles erzählt habe«, meinte Maia, als ich aussteigen wollte. »So habe ich noch nie mit Journalisten geredet. Irgendwie vertraue ich Ihnen. Sie können unser Gespräch in Gänze verwenden, wenn Sie wollen.«

Shanisse kam in mein Büro, als ich gerade meine Notizen in den Computer eingab.

»Na, wie ist es gelaufen?«, erkundigte sie sich.

»Gut, sehr gut sogar. Was für eine nette Frau«, antwortete ich.

»Ja, es ist allgemein bekannt, dass Maia Mourtos die Bodenhaftung nicht verloren hat. Allerdings legt sie großen Wert auf ihre Privatsphäre. Ihr hat noch niemand viel entlockt.«

»Tatsächlich?«, meinte ich. »In ihrer alten Arbeitsumgebung schien sie sich sehr wohl zu fühlen. Vermutlich hat das ihre Zunge gelockert. Aber egal, ich muss jetzt Mr Bailey anrufen. Er hat eine Nachricht auf meiner Mailbox hinterlassen. Alles in Ordnung? Ist die Sache mit Michael wieder im Lot?«

Als Shanisse weg war, erstattete ich Mr Bailey telefonisch Bericht von dem Lunch.

»Es hat so lange gedauert, dass die Sache sehr gut oder sehr schlecht gelaufen sein muss«, sagte er. »Wie war's nun?«

»Sehr gut, Sir«, antwortete ich.

»Könnten Sie Ihre Notizen bis Büroschluss zusammenstellen?«

»Aber der ist gleich«, meinte ich mit einem Blick auf meine Uhr. Zu Hause wartete meine Familie mit der Brudertagsfeier auf mich.

»Ja, stimmt, und?«

»Kein Problem, Sir. Ich mache mich sofort an die Arbeit.«

Als ich den Wagen anließ, wurde mir bewusst, dass ich den Weg zwischen Stadt und Valley an diesem Tag bereits zum dritten Mal zurücklegte. Normalerweise reichte mir schon einmal, und jetzt nach dem schweren griechischen Essen fühlte ich mich ziemlich unwohl.

Ich hatte meine Schwiegermutter informiert, dass ich später nach Hause kommen würde, weil ich wegen eines kurzfristig anberaumten Seminars länger Telefondienst machen müsse. Sie hatte nicht allzu begeistert reagiert, aber schließlich gesagt: »Na schön, dann warten wir eben auf dich.« Mr Bailey hatte ein Treffen am nächsten Morgen vorgeschlagen, um die Form des Features zu besprechen. Da ich ihn beeindrucken wollte, hatte ich ihm jedoch mehr als nur meine Notizen gegeben, die Story fast ausformuliert und mit einigen Sätzen angereichert, die mir von meiner *Vivacious!*-Lektüre in Delhi in Erinnerung geblieben waren.

Als ich nach Hause kam, erwartete Malini mich mit einem hübsch bestickten weißen *salwar kameez* bekleidet auf der Couch, Sanjay daneben.

»Sie ist da!«, verkündete Sanjay, als er den Schlüssel im Schloss hörte, und mein Schwiegervater erhob sich aus seinem Lieblingssessel. Meine Schwiegermutter kam mit einem kleinen runden Silbertablett aus der Küche, auf dem sich ein *diya* mit einer winzigen hell leuchtenden Flamme befand.

Malini stellte sich mit einem Armband aus roten und goldenen miteinander verwobenen Fäden, ein winziges »Om« in der Mitte, vor ihren Bruder. Mit der einen Hand hob sie das *diya* am Griff hoch und ließ die kleine Flamme um Sanjays lächelndes Gesicht kreisen. Dann tauchte sie einen Finger in einen winzigen Silberbehälter mit rotem Pulver, betupfte damit die geneigte Stirn ihres Bruders und steckte ihm einen Bissen Cashew-*mithai* in den Mund. Zum Abschluss schlang sie das Band um sein Handgelenk, und er küsste sie auf die Wange und reichte ihr einen Umschlag mit Geld.

Als ich die beiden beobachtete, kamen mir die Tränen. Dieses Fest, bei dem die indischen Männer von ihren Schwestern geehrt werden, findet jedes Jahr etwa zur gleichen Zeit statt. Weil ich keinen Bruder hatte, rührte mich die Zeremonie wohl besonders. Zu Hause in Delhi wanden meine Schwestern das Band, das *raakhi*, um das Handgelenk unserer Cousins. Das war nicht ganz so wie bei einem echten Bruder, aber auch nicht schlecht.

»Hattest du einen guten Tag?«, erkundigte sich Sanjay und dirigierte mich in Richtung Esstisch. »Setz dich. Du hast sicher Hunger.«

Neunzehn

Sunshine hatte mir einen Zettel hingelegt, auf dem stand, dass Crispin Bailey mich sehen wolle, sobald ich da wäre.

»Hat er gesagt, warum?«, fragte ich, ein wenig nervös.

»Nein, nur, dass er deine Aufzeichnungen erhalten hat und mit dir sprechen möchte.«

Ich fuhr mit dem Aufzug hoch und meldete mich bei James, der mich zu Mr Baileys Büro brachte.

»Maias Agentin hat gerade angerufen«, meinte Mr Bailey und bot mir einen Platz an. »Maia war begeistert, sie findet Sie hinreißend. Das Gespräch mit Ihnen hat ihr großen Spaß gemacht.«

»Wunderbar«, sagte ich glücklich, »mir auch.«

»Aber das ist nicht der Grund, warum ich Sie hergebeten habe«, meinte er, nun in ernsterem Tonfall. »Danke für die Aufzeichnungen, die Sie mir geschickt haben. Wie ich sehe, haben Sie bereits versucht, das Feature zu formulieren, einschließlich einer Einleitung und eines Schlusses«, sagte er mit einem Blick auf meinen Text.

»Priya, ich weiß nicht, wie ich das am geschicktesten ausdrücken soll, aber Ihr Artikel ist … ziemlich banal.«

Besonders positiv war das nicht, so viel stand fest.
»Ich habe nichts Pulitzerpreis-Verdächtiges erwartet, doch das da liest sich wie der Aufsatz einer Drittklässlerin. Die Klischees, die Sie verwenden, meine Liebe, sind so abgedroschen wie die Worthülsen mancher Politiker.«
Ich spürte, wie mir die Tränen in die Augen stiegen. So ganz verstand ich nicht, was er mir sagen wollte, aber ich wusste, dass er enttäuscht war, und das verletzte mich.
»Nun, Sir, es handelt sich um einen ersten Entwurf der Möglichkeiten, die sich aus dem Material ergeben«, sagte ich mit krächzender Stimme. »Es sollte kein publikationsreifer Artikel sein.«
Er betrachtete den Text und schloss die Augen.
»Der *Hollywood Insider* hat einen ausgezeichneten Ruf; er wird sowohl vom Fachpublikum als auch von interessierten Laien gelesen. Das heißt, dass der Stil ebenfalls ausgezeichnet sein muss. Wir dürfen eins nicht vergessen: Die meisten Künstler und Leute, die sich dafür halten, besitzen die Konzentrationsfähigkeit einer Fruchtfliege. Wenn der erste Absatz sie nicht packt, blättern sie weiter. Und bei Ihrem Text packt er sie definitiv nicht.«
»Ich habe Ihnen ja gesagt, dass ich keine journalistische Ausbildung habe«, erklärte ich, um Fassung bemüht. »Ich besitze nicht die nötigen Qualifikationen.«

»Ganz im Gegenteil: Sie besitzen diese Qualifikation sehr wohl, denn Sie wissen, wie man den Leuten Informationen entlockt, und das ist eine Fähigkeit, die man nur bei sehr wenigen Menschen findet. Dem Text entnehme ich, dass Maia Ihnen Dinge erzählt hat, über die sie normalerweise nicht spricht. Das finde ich beeindruckend.

Aber Sie müssen lernen, aus dem Material einen Artikel zu zimmern, der sich leicht und vergnüglich liest. Außerdem sollten Sie selbstkritisch sein. Maia Mourtos ist sicher eine sehr nette Frau, aber niemand will einen so überschwänglichen und naiven Text über sie lesen.« Seine Worte trafen mich wie kleine Pfeile.

Er schob mir die Seite hin.

»Lesen Sie«, sagte er. »Laut.«

Ich räusperte mich und begann vorzulesen.

»*Maia Mourtos ist nicht nur äußerlich, sondern auch innerlich attraktiv*«, hob ich an. »*Sie hat ein Herz aus Gold, ist ausgesprochen charmant. Sie küsst kleine Kinder und umarmt alte Damen. Alle kennen und lieben sie. Sie raubt den Menschen den Atem mit ihrer überirdischen Schönheit und Freundlichkeit. Wir waren zusammen essen, und sie hat mir einige sehr, sehr interessante Dinge erzählt.*« Ich begriff immer noch nicht, wo das Problem lag. Der Text klang sehr ähnlich wie ein Interview mit einer Miss Indien, das ich einmal in *Vivacious!* gelesen hatte.

»Maia meint, dass man geben muss, um etwas zu erhalten. Deshalb gibt diese großzügige Frau viel. Sie bedenkt Wohltätigkeitsorganisationen, Schulen und Waisenhäuser. Vielleicht ist sie ein großer Filmstar, aber beim Anblick von Obdachlosen beginnt sie zu weinen und …«

Mr Bailey gab mir das Zeichen, aufzuhören.

»Tut mir Leid, dieses Gesülze halte ich keine Sekunde länger aus«, sagte er. »Verstehen Sie jetzt, was ich meine?« Ich nickte, obwohl ich mir nicht so sicher war. Ich fand den Text immer noch völlig in Ordnung, überhaupt nicht banal.

Ich verließ sein Büro niedergeschlagen und mit dem Versprechen, es noch einmal zu versuchen. Als James meine Tränen sah, legte er den Arm tröstend um mich.

»Das schaffen Sie schon«, sagte er. »Übung macht den Meister. Es war Ihr erster Versuch. Nehmen Sie es sich nicht zu Herzen, wenn er ein bisschen grob war. Vermutlich hat er viel mehr erwartet, und jetzt ist er enttäuscht.«

Auf dem Weg hinunter begegnete ich Lynette und Shanisse, die gerade das Gebäude verlassen wollten. Lynette erhaschte einen kurzen Blick auf die beiden Seiten, die ich in der Hand hielt, und fing zu kichern an – es war das erste Mal, dass ich sie lachen sah. Shanisse fiel in Lynettes Lachen ein, was mich traurig stimmte. Als sie meine geröteten und ein wenig verschwollenen Augen sah, erkundigte sie sich, was los

sei, doch ihr spöttischer Gesichtsausdruck verriet mir, dass sie es bereits wusste.
»Eine Allergie«, antwortete ich und tupfte mir das Gesicht mit einem Papiertaschentuch ab.

Sanjay schnarchte neben mir, während ich mich durch die zwanzig Ausgaben des *Insider* arbeitete, die ich mit nach Hause gebracht hatte. Natürlich fragten meine Schwiegereltern neugierig nach, und ich erklärte, ich müsse mich auf eine Konferenz vorbereiten. Mein Schwiegervater wirkte erstaunt, sagte aber nichts. Nach dem Essen und den Hausarbeiten, als Sanjay schon im Bett lag, setzte ich mich in einen Sessel neben der hohen Bodenlampe in der Ecke unseres Schlafzimmers und las fast alle Artikel. Ich machte mir Notizen, verglich Beschreibungen von Stars, analysierte den Stil, konzentrierte mich voll und ganz auf den Tonfall. Besonders intensiv beschäftigte ich mich mit den Texten von Lynette.
Als ich das letzte Heft gegen vier Uhr morgens durchhatte, warf ich einen Blick auf meine Aufzeichnungen von dem Lunch. Dann setzte ich mich an Sanjays Notebook und begann zu tippen.

Zwanzig

Jerry aus der EDV-Abteilung half mir, das Notebook von Sanjay an den Drucker im Büro anzuschließen. Sobald die vier Seiten Text ausgedruckt waren, las ich sie mehrmals.

Dann fragte ich die Sekretärin von Mr Bailey, ob er in seinem Büro sei, und ging zum Aufzug. Als die Tür sich öffnete, trat Shanisse heraus.

»Hallo«, begrüßte sie mich. »Du bist früh dran. Ähm ... Die Sache mit gestern tut mir Leid.«

»Fährt der Aufzug nach oben?«, fragte ich. In ihrer Gegenwart fühlte ich mich nicht sonderlich wohl, das merkte ich. Mit einem Blick auf die Stockwerksanzeige über dem Lift sagte ich: »Ich steig mal lieber ein, bevor er weg ist. Wir können uns ja später unterhalten, okay?«

Als ich oben ankam, sah James mich fragend an. Es war das erste Mal, dass ich ohne von Mr Bailey beordert worden zu sein bei ihm auftauchte.

»Ich möchte mit Mr Bailey sprechen«, sagte ich. »Und ihm etwas zeigen.«

Mr Bailey verbrachte zwölf Minuten damit, schweigend meinen Artikel zu lesen. Dann sah er mich nachdenklich an.

»Was für ein Unterschied«, sagte er. »Kaum zu glauben, dass die beiden Texte von ein und derselben Person stammen. Viel, viel besser. Der Teil hier gefällt mir besonders gut«, meinte er mit Blick auf einen Absatz, den er laut vorlas.

»*Maia Mourtos führt nun ein Luxusleben in einem riesigen Haus mit alten persischen Teppichen auf dem Boden und speziell für sie angefertigten Kronleuchtern an der Decke. ›Aber seltsam‹, sagt sie und sieht mit wehmütigem Blick zum Fenster des Lokals hinaus, ›inzwischen weiß ich, dass es letztlich nicht zählt, wie luxuriös mein Leben ist. Es zählt auch nicht, dass ich in einem großen Anwesen in Beverly Hills wohne und nicht in einem alten Haus in Compton. Wenn ich einsam bin, bin ich einsam. Dagegen hilft das viele Geld nicht.*‹«

»Gut gemacht, Priya«, sagte Mr Bailey und legte die Seiten zurück auf seinen Schreibtisch. »Ein bisschen muss man daran noch feilen, aber ich finde, Sie haben den richtigen Ton getroffen. Glauben Sie jetzt, dass Sie das Zeug zur Gesellschaftsreporterin haben?«

Aufgekratzt kehrte ich in mein Büro zurück, umarmte Deanna, als sie vorbeikam, und schenkte Sunshine ein Sweatshirt, das ich von einem der Studios zum Start eines neuen Films als Werbegeschenk erhalten

hatte. Ich war so guter Laune, dass ich Avery, als diese anrief – das fünfzehnte Mal in dieser Woche –, acht Minuten lang reden ließ, bevor ich auflegte.
Ich hatte Lust zu feiern.

Als ich James um drei telefonisch fragte, ob ich etwas früher gehen könnte, trug er Mr Bailey meine Bitte vor und sagte, das sei in Ordnung.
»Nehmen Sie sich den Rest des Tages frei, wenn Sie wollen, aber lassen Sie das nicht zur Gewohnheit werden«, meinte er. »Und Priya: noch einmal herzlichen Glückwunsch. Ich habe den Artikel gelesen; er ist wirklich deutlich besser als der erste Text.«
Wie schön, den Heimweg vor der Stoßzeit anzutreten! Als ich zu Hause eintraf, waren Malini und meine Schwiegermutter überrascht, mich schon zu sehen, jedoch auch erfreut, dass ich früher mit dem Kochen anfangen konnte.
»Nein, heute Abend nicht«, sagte ich zu meiner Schwiegermutter, die mich stirnrunzelnd ansah, vielleicht weil sie Angst hatte, dass ich nie wieder einen Kochlöffel anrühren würde.
»Heute machen wir etwas anderes. Beim *Hollywood Insider* gibt's ein wunderbares Lokal. Da fahren wir zur Feier des Tages hin.«
»Was willst du denn feiern, *beti?*«, erkundigte sich meine Schwiegermutter.
»Meine Gehaltserhöhung«, antwortete ich.

»So schnell?«, meinte Malini neidisch. »Du arbeitest doch erst seit ein paar Monaten dort.«
»Ja, aber sie scheinen zufrieden mit mir zu sein und honorieren das mit einer kleinen Gehaltserhöhung.«
»Wie viel?«, wollte meine Schwiegermutter, der Finanzminister der Familie, wissen.
»Ach, ein paar tausend«, log ich, und sie begann, im Kopf Dollar in Rupien umzurechnen.

James hatte den Tisch im Spago für mich reservieren lassen, weil ich selbst dort nie und nimmermehr einen Platz für denselben Abend bekommen hätte. Malini rief Sanjay im Büro an, um ihm zu sagen, dass er und mein Schwiegervater früher nach Hause kommen sollten. Um sieben Uhr waren meine Schwiegermutter, Malini und ich mit Saris herausgeputzt und die Männer mit eleganter Hose, Hemd und Sakko.
Auf dem Weg zum Restaurant zeigte ich meiner Familie das Gebäude des *Hollywood Insider*.
»Schaut, da drüben arbeite ich«, sagte ich stolz. »Schön, findet ihr nicht auch?«
»Von außen ja«, meinte meine Schwiegermutter. Sie und ihr Mann waren vor fünf Jahren das letzte Mal in Beverly Hills gewesen, anlässlich einer Hochzeit. Sanjay traf sich bisweilen mit Kunden in West Los Angeles, aber für die anderen hätte das Valley gut und gern in einem anderen Bundesstaat liegen können.
Wir überließen den Wagen einem Bediensteten und

betraten das Restaurant, in dessen Mitte sich ein Innenhof mit Lichtern in den Bäumen befand. Die Gäste plauderten angeregt, die Kellner huschten hin und her, und alle hielten Ausschau nach berühmten Persönlichkeiten. An unserem Tisch begrüßte uns der Oberkellner höchstpersönlich.

»Herzlich willkommen im Spago. Ich wünsche Ihnen einen schönen Abend und stehe ganz zu Ihrer Verfügung.«

»*Aarey, wah!*«, rief meine Schwiegermutter aus. »Die behandeln dich ja wie eine richtige Berühmtheit. Wie schön!«

Der Kellner brachte uns die Weinkarte und nahm sie hastig wieder weg, als meine Schwiegermutter lauthals verkündete, wir seien keine »Trinker«. Nach einem Blick in die Speisekarte hätte mein Schwiegervater fast den Schluck Eiswasser ausgespuckt, den er gerade im Mund hatte.

»*Hai Ram!*«, entfuhr es ihm, Hindi für »du gütiger Himmel«. »Fünfundzwanzig Dollar für den Lachs? Sind die verrückt? Lasst uns gehen. Für das Geld kann ich jede Menge Fisch und Pommes kaufen; davon werden wir alle satt.«

»Papa, ganz ruhig«, sagte ich. »Bestell, worauf du Lust hast, und mach dir keine Gedanken. Es ist ein besonderer Anlass, ja?«

»Na schön, aber nur den Hauptgang. Keine Vor- und Nachspeise«, erklärte er.

Meine Schwiegermutter blinzelte verwirrt durch ihre Brille und legte die Speisekarte auf den Tisch zurück.
»Hast du dir etwas ausgesucht, Ma?«, fragte ich.
»Nein, ich weiß ja gar nicht, was das alles für Zeug ist«, antwortete sie und deutete auf die Einträge »Crème fraîche«, »Fenchel«, »Radicchio« und »Galangal« in der Speisekarte.
»Sogar die Pizza hier ist überkandidelt«, sagte sie. »Kann ich nicht einfach eine mit Tomaten und Käse haben?«
Wir diskutierten zwanzig Minuten mit dem Oberkellner.
»Haben Sie irgendetwas, das mir hinterher nicht die ganze Zeit aufstößt?«, fragte mein Schwiegervater.
Am Ende schienen alle mit ihrer Wahl zufrieden zu sein, und wir konnten uns entspannt zurücklehnen und das Plätschern des Wassers im Springbrunnen sowie den Geruch der Bäume genießen. Ein perfekter Abend zum Draußensitzen.
Da hörte ich plötzlich jemanden »Hallo!« sagen.
Vor mir stand Rex Hauser.
»Schön, Sie wiederzusehen, Priya«, meinte er. Diesmal erinnerte er sich sogar richtig an meinen Namen. »Und das ist vermutlich Ihre reizende Familie.«
Meine Schwiegermutter sah aus, als würde sie gleich in Ohnmacht fallen und mit dem Gesicht in der Suppe landen, während Malini uns mit offenem Mund

anstarrte. Sanjay und mein Schwiegervater schauten abwechselnd Rex Hauser und mich an.
»Ja«, sagte ich und stellte meine Verwandten vor, als hätten wir uns zu einem Geschäftsessen von DreamWorks hier eingefunden. Rex nickte allen höflich zu, bedachte mich mit einem strahlenden Lächeln, meinte, er habe nur rasch Hallo sagen wollen, und wünschte uns noch viel Spaß.
Ich folgte ihm mit dem Blick zu seinem Tisch, an dem … Tamara Divan … wartete. Er küsste sie auf die Schulter und flüsterte ihr etwas zu, worauf sie mir zuwinkte. Kein Wunder, dass er eine Veröffentlichung seiner unbedachten Äußerungen unbedingt hatte verhindern wollen.
»*Mein Gott, wie aufregend!*«, rief Malini aus. »Wenn ich meinen Freundinnen erzähle, dass du Rex Hauser und Tamara Divan kennst, flippen die aus«, meinte sie und holte ihr Handy heraus.
»Nicht jetzt, *beti*«, sagte ihr Vater, bevor er sich mir zuwandte.
»Priya, woher kennst du diesen Schauspieler?«, erkundigte er sich mit strenger Miene.
»Er kommt hin und wieder zu uns, um sich mit den Journalisten zu unterhalten. Ich kenne ihn vom Empfang und habe ihm schon einmal einen Kaffee gebracht. Deswegen erinnert er sich vermutlich an mich«, antwortete ich verlegen.
»Aber dass er deinen Namen weiß?«, meinte meine

Schwiegermutter. »Der Mann muss ziemlich clever sein.«
»Ja, das ist er, Mummy.«

Als ich die Rechnung verlangte, erklärte mir der Oberkellner, dass Rex Hauser sie bereits beglichen habe. Mein Schwiegervater stieß einen Freudenschrei aus und meinte: »Dann hätte ich mir doch einen Nachtisch bestellen können.«

Einundzwanzig

Arabella Tomas gehörte seit mindestens vier Filmen dem Zwanzig-Millionen-Dollar-Club an. Außer ihr verdienten nur noch drei andere Hollywood-Schauspielerinnen so viel Geld, und natürlich war sie stolz darauf.

Doch trotz ihrer wachsenden Sammlung von Golden Globes und Oscars besaß sie für ein Metier nicht das geringste Geschick, nämlich für das, was sie »Heiratsgeschäft« nannte.

Sie hatte sich zahllose Male von ihren Partnern getrennt oder war von ihnen sitzen gelassen worden, und zwar meist auf spektakuläre Weise, was jeweils ein gefundenes Fressen nicht nur für den *Insider*, sondern auch für die anderen Publikationen dieser Art gewesen war. In den Artikeln wurde immer wieder die gleiche Frage gestellt: Wieso gelang es einer so schönen und begabten Frau einfach nicht, einen Mann dauerhaft zu halten?

Vor sieben Jahren hatte sie dann nicht nur einen festen Freund gefunden, sondern ihn sogar geheiratet und musste sich fortan nicht mehr mit endlosen emotionalen Dramen herumschlagen.

Allerdings brodelte es nun von neuem in der Gerüchteküche. »*Ehe zerrüttet?*«, fragten die Schlagzeilen. »*Freunde sagen, es ist so gut wie vorbei.*«
Weswegen ich an einem windigen Mittwochmorgen in Arabella Tomas' Wohnzimmer saß.
Ihre Agentin hatte Mr Bailey eine Woche zuvor erklärt, Arabella wolle »dem Gerede über ihr Privatleben ein Ende machen«, und dabei solle ich ihr helfen.
»Die Agentin fragte: ›Wer ist denn die Neue bei euch, mit der sich alle so gern unterhalten? Eine Peru oder Prisma oder so ähnlich‹«, hatte James mir erzählt.
Nun wartete ich schon eine Viertelstunde, und noch immer war von der Frau nichts zu sehen. Ich holte den Roman heraus, den ich stets in der Handtasche bei mir führte, obwohl ich zum Lesen viel zu nervös war, denn schließlich saß ich auf der braunen Wildledercouch einer der berühmtesten Filmschauspielerinnen der Welt, um mit ihr über ein sehr privates Thema zu sprechen.
Überall standen Fotos von ihr und Bryce, ihrem jungenhaft attraktiven Mann, einem Set-Designer, den sie bei Dreharbeiten kennen gelernt hatte. Sie sahen ausgesprochen glücklich auf den Schnappschüssen aus – beim Reiten durch Laubwälder, Sonnenbaden an Sandstränden, gemeinsamen Besuch einer Premiere.
Erst nach einer ganzen Weile erschien Arabella.
»Hallo, danke, dass Sie gekommen sind«, begrüßte sie

mich. »Hat man Ihnen schon etwas zu trinken angeboten?«
»Nicht nötig, danke, Ms Tomas«, sagte ich lächelnd. Sie setzte sich mir gegenüber in einen beigefarbenen Ledersessel und schlug die langen, jeansbekleideten Beine übereinander, sodass ihre spitzen Stiefel zum Vorschein kamen. Den Rollkragenpullover trug sie offenbar wegen der frostigen Temperatur, die die Klimaanlage in dem Raum erzeugte. Mussten Filmstars sich eigentlich keine Gedanken über die Stromrechnung machen?
Mr Bailey hatte mir geraten, das Eis durch ein Gespräch über ihren neuesten Film, eine elegante Gaunergeschichte, zu brechen und sie über ihre nächsten Vorhaben zu befragen. Sie antwortete höflich und liebenswürdig, aber ein wenig geistesabwesend.
»Die Dreharbeiten zu meinem nächsten Film finden in Melbourne statt«, sagte sie. »Aber darüber muss ich mich noch mit Bryce unterhalten. Es ist nicht leicht, so lange getrennt zu sein.«
Das war mein Stichwort.
»Es heißt immer wieder, dass es in Ihrer Ehe mit Bryce kriselt. Was sagen Sie dazu? Steckt tatsächlich etwas dahinter?«
Sie verzog den Mund.
»Hm, ich glaube, wir lassen das Ganze doch lieber«, meinte sie und machte Anstalten, sich von ihrem Sessel zu erheben. »Ich habe kein gutes Gefühl dabei. Das

Gespräch war die Idee meiner Agentin; ich ließ mich breitschlagen, aber …«

Sie stand auf und ich tat es ihr gleich.

»Schade«, sagte ich. »Ich möchte Sie natürlich zu nichts drängen …«

Sie betrachtete mich stirnrunzelnd durch ihre schmale Brille.

»Ich kann mir nicht vorstellen, dass Sie das verstehen«, meinte sie. »Sie haben doch gerade erst bei der Zeitschrift angefangen, oder? Und in L. A. sind Sie auch noch nicht lange, stimmt's?«

»Ja, aber bitte sehen Sie das nicht negativ«, erwiderte ich. »Wenn ich Sie allerdings wirklich in Ruhe lassen soll, gehe ich.«

»Nein, warten Sie. Das war unhöflich von mir. Setzen Sie sich. Trinken Sie eine Tasse Tee.«

Wir schwiegen, unsicher, wie wir das Gespräch fortführen sollten. Ich wollte nicht ohne Story ins Büro zurückkehren – Mr Bailey hatte vor, das Ganze als Titelgeschichte in der nächsten Ausgabe zu bringen –, aber ich konnte sie auch nicht zwingen, mit mir zu reden. Shanisse hatte mir erzählt, dass sie während ihres Praktikums Interviewpartnern das Mikrofon so lange vor die Nase gehalten hatte, bis diese ihr mit juristischen Konsequenzen drohten.

»Zu weich darf man in solchen Situationen nicht sein«, hatte sie gesagt. »Die Stars wollten den Ruhm; sie haben's nicht besser verdient.«

Irgendwie musste ich es schaffen, Arabella zum Reden zu bringen, ohne dass sie es hinterher bereute.
»Mögen Sie Bollywood-Filme?«, fragte ich, auch für mich überraschend. »Hindi-Streifen?«
»Ein paar habe ich gesehen, ja«, meinte sie. »Sie sind ganz witzig, aber nicht realistisch.«
»Nichtinder halten sie für die reine Fantasie, für Hirngespinste. Doch das stimmt nicht. Einer der besten handelt von einer hübschen jungen Frau, deren Seelenverwandter am Vorabend der Hochzeit stirbt. Und genau das ist meiner Schwester passiert.«
Ich erzählte Arabella die Geschichte von Radha und Nishant, von der Überzeugung meiner Schwester, dass es für jeden nur eine Liebe, eine *naseeb*, gebe und sie nie wieder eine andere finden würde. Als ich endete, waren Arabellas Wangen tränennass. Das kam so plötzlich, dass ich keine Zeit hatte, ein parfümiertes Papiertaschentuch aus meiner Handtasche zu holen. Innerhalb weniger Minuten war aus einer distanzierten Diva ein Häufchen Elend geworden.
»Entschuldigung«, stammelte sie. »Was für eine traurige Geschichte. Wahrscheinlich sollte ich dankbar sein. Im Vergleich dazu sind meine Probleme wirklich lächerlich.«
Ich wartete ein wenig, bevor ich wieder zu Stift und Notizblock griff. Hier kam es aufs Timing an.
»Es ist nur ... Nun, die Sache ist schwierig. An man-

chen Tagen weiß ich einfach nicht, was ich tun soll.« Sie sah mich an. »Müssen Sie das alles aufschreiben?«
»Aber nein«, sagte ich und legte den Notizblock auf das Beistelltischchen vor mir.
»Können wir uns nicht bloß so unterhalten?«, fragte sie, während sie sich die Tränen abwischte.
»Warum nicht?«

Eine Stunde später wusste ich vermutlich mehr über Arabella und Bryce als ihre eigenen Familien; über seine Unsicherheit ihres Ruhms und Reichtums wegen, über ihre Verlustängste. Er hielt ihr immer wieder vor, sie habe einen Habenichts geheiratet, und wenn sie wütend auf ihn war, brüllte sie zurück, ja, das stimme. Dann wurden Türen geschlagen und Dinge gegen die Wand geschleudert. Mit anderen Worten: Es herrschte Chaos. Angenehm waren mir ihre Schilderungen nicht, weil ich das Gefühl hatte, für sie nur eine Art Beichtmutter zu sein.
Sie kannte ja nicht einmal meinen Namen.

»Es tut mir Leid. Sie wollten eine Story, aber letztlich weiß ich selbst nicht, wie die aussieht. Ich bin genauso verwirrt wie alle anderen auch«, sagte sie, nahm die Brille ab und rieb sich müde die großen braunen Augen.
»Wir müssen nicht weiterreden«, meinte ich. »Ich

kann gern ein andermal wiederkommen. Sie sollen nichts sagen, was Sie hinterher vielleicht bereuen. Ich habe zwar eine Deadline, aber mir fällt schon eine Ausrede für meinen Chef ein, keine Sorge.«

»Nein, ich möchte nicht, dass Sie meinetwegen Schwierigkeiten bekommen«, erklärte sie. »Wir sollten das Gespräch jetzt führen – ganz offiziell. Ich werde Ihnen die Wahrheit erzählen, aber nicht alles. Ist Ihnen das recht?«

Nun bot Arabella mir eine Light-Version ihrer Beziehungskrise sowie ihrer Überlegungen, wie schwierig es sei, in Hollywood eine glückliche Ehe zu führen. Ja, natürlich habe sie Probleme, aber welches Paar hätte die nicht? Und selbstverständlich liebten sie einander und würden zusammenbleiben – egal was käme. Ich wusste, dass sie das, was sie sagte, nicht glaubte, schrieb es aber trotzdem auf.

Das Gespräch dauerte schon fast zwei Stunden, als Arabella etwas an mir auffiel.

»Wie lange sind Sie schon verheiratet?«, erkundigte sie sich mit einem Blick auf meinen Ehering.

»Ungefähr ein halbes Jahr«, antwortete ich. »Man könnte mich durchaus als frisch verheiratet bezeichnen.«

»Und wie gefällt Ihnen die Ehe?«

»Ganz gut.« Mir wurde bewusst, dass mir außer Radha noch niemand diese Frage gestellt hatte. »Aber ich erwarte mir auch nicht so viel davon. Sie ist, wie sie ist.«

Arabella wirkte verwirrt.
»Besonders enthusiastisch klingt das nicht«, sagte sie.
»Ich habe meinen Mann bei der Heirat letztlich nicht gekannt; wir sind immer noch dabei, einander kennen zu lernen. An manchen Tagen läuft es gut, an anderen habe ich das Gefühl, dass ich ihn am liebsten verlassen würde«, gestand ich, erstaunt über meine Verbitterung. »Er steht unter dem Pantoffel seiner Eltern, und die Folgen trage ich. Ich lebe im selben Haushalt wie sie, und das ist nicht immer einfach.« Ich erzählte ihr von meinen täglichen und nächtlichen Aufgaben, und sie sah mich erstaunt an.
»Mein Gott, wie konservativ!«, rief sie aus. Als sie merkte, dass sie nicht die einzige stumm Duldende war, wurde sie gleich fröhlicher. »Ich an Ihrer Stelle würde ihn verlassen.«
»Tja, manchmal spiele ich tatsächlich mit dem Gedanken«, sagte ich. »Aber das kann ich nicht, weil es in Indien nur eins gibt, was schlimmer ist, als eine unverheiratete Frau zu sein, nämlich eine geschiedene. Und irgendwie spüre ich, dass Sanjay und ich es schaffen. Wir werden lernen, einander wirklich zu lieben, und er wird lernen, mich zu achten, und dann wird wahre Liebe zwischen uns möglich sein.«
Irgendwo schlug eine Uhr zwölf.
»Ich wollte mir etwas zu essen bringen lassen«, meinte sie. »Möchten Sie mir Gesellschaft leisten?«

Wie jede Hindu-Braut weiß, ist der Anfang des Ehelebens bittersüß. Natürlich hegen die Brauteltern die Hoffnung, dass ihre Tochter ein wunderbares Leben mit vielen Kindern und grenzenloser Liebe führen wird.
Aber die Hochzeit bringt auch die Trennung von Mutter und Tochter mit sich.
Meine Mutter mochte mir zugeflüstert haben, dass ich jederzeit wieder zu meinen Eltern zurückkommen könne, doch das würde ich nie tun.
Es war die eine Sache, in Amerika zu leben, aber eine ganz andere, ein amerikanisches Dasein zu führen – ständig hin und her zu hetzen und zu kämpfen und sich zu verstecken.
In Amerika muss sich keine Frau schämen, wenn sie sich scheiden lässt. In Indien muss sich keine schämen, die unglücklich verheiratet ist.
Irgendwie würde ich es schon schaffen, meinen Platz in der Welt zu finden.
Das sagte ich Arabella, als sie mir zum Abschied die Hand reichte. Ich wünschte ihr Glück in ihrer Ehe, und sie wünschte mir Glück in meiner.

Zweiundzwanzig

Der Artikel mit der Überschrift »Lunch mit Maia Mourtos« kam noch in derselben Woche heraus, und am liebsten hätte ich ihn sofort gerahmt und in mein Büro gehängt, wo keiner aus meiner Familie ihn je sehen würde. Maia schickte mir eine Orchidee im Terrakottatopf mit einem handgeschriebenen Dankeschön, und am folgenden Tag rief sie sogar an, um zu fragen, ob ich irgendwann Zeit auf einen Tee hätte.

Ich hatte Mr Bailey gebeten, nicht meinen richtigen Namen abzudrucken, obwohl ich ziemlich sicher war, dass meine Schwiegereltern nie eine Ausgabe des *Hollywood Insider* in die Finger bekommen würden – meine Schwiegermutter bewältigte ja kaum die Hefte des Bollywood-*Stardust*, den sie abonniert hatte. Malini jedoch verbrachte viel Zeit bei Friseur und Maniküre, wo sie jederzeit über den *Insider* stolpern konnte.

»Die meisten Leute würden viel dafür geben, ihren Namen in einer Zeitschrift wie dieser zu sehen«, hatte Mr Bailey gesagt. »Warum wollen Sie das nicht?«

»Ach, das ist eine lange Geschichte, Mr Bailey«, meinte ich. »Ein bisschen erinnert sie an eine Hindi-

Soap. Wenn ich sie erzähle, sind wir morgen immer noch hier.«

Mehr brauchte ich nicht zu sagen; Männer wie Crispin Bailey neigen nicht dazu, endlosen Geschichten voller Komplikationen zu lauschen.

»Na schön, wie Sie wollen«, sagte er. »Welchen Namen sollen wir dann daruntersetzen? Haben Sie irgendwelche Ideen?«

Trotz intensiven Nachdenkens fiel uns kein griffiges Pseudonym ein. Erst einen Tag, bevor der Artikel in Druck ging, hatte Mr Bailey einen Geistesblitz.

»Wie wär's mit ›P. S.‹?«, fragte er. »Das ist kurz und einfach. Und klingt nach Insider. Die Leser sind bestimmt neugierig, wer dahintersteckt.«

Solange meine Schwiegereltern nichts erfuhren, war mir alles recht.

Über die kleinen Werbegeschenke der Studios – Baseballmützen, Stifte und anderes –, die ich nach Hause brachte, war meine Schwiegermutter allerdings höchst erfreut.

»*Wah wah!*«, sagte sie, wenn sie wieder einmal in einem Geschenktütchen wühlte. »Das ist wirklich nett von den Leuten in deinem Büro, dass sie dir die Sachen geben, die sie nicht wollen. Wir können alles gebrauchen«, meinte sie und setzte eine Sonnenbrille im *Terminator*-Stil auf. »Vielleicht fangen wir ja schon einmal an, für Malinis Hochzeit zu sammeln – Gott gebe, dass die je stattfindet! Das sind wunderbare

Geschenke, wenn wir wieder nach Indien fahren. Warum sollten wir Geld ausgeben, wenn wir das Zeug gratis bekommen?«
Ganz Unrecht hatte sie da natürlich nicht. Obwohl ich lachen musste, als ich mir Balram, den Liftboy im Geschäftsgebäude meines Vaters, mit einem übergroßen Spider-Man-Sweatshirt vorstellte.

Ich war gerade dabei, an der Arabella-Tomas-Story zu feilen, als das Telefon klingelte.
»Hallo, Priya, hier am Empfang sind ein paar Leute, die dich sehen möchten«, verkündete Sunshine. »Ein süßer Typ ist auch dabei«, fügte sie mit gesenkter Stimme hinzu.
Neugierig trat ich hinaus auf den Flur. Nach Rex Hauser war niemand mehr unangekündigt aufgetaucht, um mich zu besuchen. Und schon gar niemand, den man als »süßen Typ« hätte bezeichnen können.
Auf dem Sofa im Empfangsbereich saßen Sanjay, Malini und meine Schwiegereltern, die mich, meine schwarze Jeans, das im chinesischen Stil geschnittene Oberteil und die hohen Absätze schweigend und ein wenig verwirrt betrachteten. Einen Moment lang erkannten sie mich wohl nicht.
Erst nach einer Weile fragte meine Schwiegermutter, die immer als Erste den Mund aufmachte: »Priya, was soll das? Wem gehören diese Kleider?« Sie erhob sich, die anderen taten es ihr gleich. »Wir waren gerade in

der Gegend, weil Sanjay sich mit einem Kunden treffen wollte, und da dachten wir, wir überraschen dich. Aber was hast du da an?«, meinte sie mit sorgenvollem Blick.

»Ach, äh …«, begann ich, vor Scham errötend.

»Toll«, rief Malini aus und befingerte das chinesische Oberteil. »Hübsch, das Schwarz und das Rot. Wo hast du die Klamotten gekauft?«

»Und wo ist dein *sindoor?*«, fragte Sanjay mit einem Blick auf meinen Scheitel. »Heute Morgen war er doch noch da!«, rief er entsetzt aus, als hätte ich ihn zusammen mit dem roten Puder aus meinem Leben entfernt.

»Priya hat uns so geholfen«, meldete sich Sunshine zu Wort, deren Anwesenheit ich völlig vergessen hatte. »Wir wollen eine Fotostrecke mit einer Schauspielerin machen, und die Kleidung ist gerade erst vom Designer gekommen. Wir wussten nicht, ob die Größe stimmt«, fuhr Sunshine fort. »Priya hat die Sachen für uns anprobiert, und ich vertrete sie währenddessen am Empfang. Sie ist wirklich ein Schatz.« Ein paar Tage zuvor hatte Sunshine mir von ihrem Improvisationskurs erzählt; offenbar lernte sie dort eine Menge.

»Ja, stimmt«, pflichtete ich ihr bei. Ich konnte nur hoffen, dass meine Familie Sunshine die Geschichte abkaufte.

»Tja«, meinte mein Schwiegervater lächelnd, der zum ersten Mal den Mund aufmachte, »unsere Priya ist tatsächlich sehr hilfsbereit. Aber, *beti*«, fügte er, an mich gewandt, hinzu, »jetzt solltest du dich wieder umziehen.«

Bevor sie gingen, erkundigte sich Malini, ob ich die Sachen behalten könne, wenn der Fototermin vorbei sei. Sobald sie sicher im Aufzug waren, wandte ich mich Sunshine zu.

»Keine Sorge«, meinte sie. »Shanisse hat mir erzählt, wie die Situation bei dir zu Hause ist. Wow. Wie spannend. Aus der Geschichte könnte man glatt einen Film machen!«

Ich war Shanisse dankbar, obwohl unsere Freundschaft sich abgekühlt hatte. Früher, als ich noch an der Rezeption saß, erzählte sie mir, woran sie arbeitete, mit wem sie sich traf, welche Premiere sie gerade besucht oder welche Abenteuer Lynette Dove erlebt hatte, doch jetzt sagte sie kaum noch etwas. Wir plauderten kurz miteinander, wenn wir uns auf dem Flur oder in der Toilette begegneten, gingen aber nicht mehr zusammen zum Essen oder Kaffeetrinken.

Für sie hatte die Freundschaft in dem Moment aufgehört, in dem ich keine Rezeptionistin mehr, sondern ihr ebenbürtig war.

Und Lynette, die mich noch nie gemocht hatte, behandelte mich von Anfang an wie einen lästigen Pickel.

»Was, wieder eins von diesen öden Features?«, hatte ich sie einmal zu Mr Bailey sagen hören. »Wer will schon lesen, was die Stars *empfinden?* Für wen hält sich diese Priya eigentlich? Für eine Oprah Winfrey?«

Jedes Mal wenn ich einen solchen Kommentar hörte, von Shanisse zurückgewiesen, von Mr Bailey kritisiert, von einem Filmstar warten gelassen wurde oder wieder einen Anruf von Avery bekam, die immer noch nicht aufgegeben hatte, drückte ich den winzigen Durga-Goldanhänger gegen meine Stirn und küsste ihn anschließend, als könnte mich das vor der Welt beschützen, in der ich mich jetzt bewegte.

Eine Welt, von der ich nun, nach dem unangekündigten Besuch meiner Schwiegereltern, mehr denn je jemandem erzählen wollte.

Als Vertraute wäre mir zuerst Ria eingefallen. Meine Schwester Nummer drei »energisch« zu nennen, hätte sich ungefähr so angehört, wie J. Lo. als »ein bisschen« anstrengend zu bezeichnen. Aber vertrauenswürdig war Ria allemal – wenn sie versprach, etwas nicht zu verraten, konnte niemand es ihr entlocken, auch nicht mit Erpressung, Betteln oder Alkohol.

Doch Ria wäre entsetzt darüber gewesen, dass ein fröhliches, ehrliches Mädchen wie ich aus einer anständigen Familie in Delhi nun Geheimnisse hatte wie eine Ehebrecherin.

Ihre Uni-Abschlussarbeit hatte sie über die Praxis des *sati* geschrieben, des Witwenverbrennens auf dem Scheiterhaufen des toten Mannes, dem der Gedanke zugrunde lag, dass eine Frau ohne den Mann wertlos sei. Hin und wieder arbeitete sie ehrenamtlich in einem Frauenhaus in einer der übelsten Gegenden von Delhi. Mein Vater stimmte dieser Tätigkeit nur zu, weil es sich nicht um »richtige Arbeit«, sondern um »Wohltätigkeit« handelte. Sie las Gloria Steinem und Susan Sontag, glaubte an die Rechte der Frau und daran, dass man sie »von den Fesseln des anachronistischen Patriarchalsystems in Indien befreien« müsse. Als sie das Malini während meiner Hochzeit erklärte, fragte diese: »Wie bitte?« Ria nahm kein Blatt vor den Mund, trug selten etwas anderes als eine schwarze Hose und eine lange weiße Bluse, konnte weder einen Sari richtig anlegen noch einen Apfel ganz schälen, bevor er braun wurde, und galt deshalb von vornherein nicht als Kandidatin für die Ehe. Wie Kaki kopfschüttelnd meinte, wäre es für einen Mann schlicht und ergreifend »zu viel Arbeit« gewesen, Ria zu heiraten. Von meinen drei Schwestern eignete sie sich jedoch am besten als Vertraute. Radha trauerte nach einem Jahrzehnt immer noch um Nishant; dieses Gefühl schien sich seit meiner Heirat sogar noch verstärkt zu haben. Roma hingegen war so verliebt in den Gedanken, irgendwann einmal Ehefrau zu werden, dass es ihr das Herz gebrochen hätte, zu erfahren, wie ich meinen Mann belügen musste, um glücklich zu sein. So etwas, hätte sie gesagt, habe Barbara Cartland nie geschrieben. Wenn ich meiner Mutter von meiner Misere erzählt hätte, wäre sie auf der Stelle nach Amerika geflogen, um mich zu retten, aber das hätte mich zu einer Entrechteten gemacht. Und als solche, dachte ich, wäre ich in Los Angeles vermutlich besser dran als in Delhi.

Manchmal spielte ich mit dem Gedanken, Sanjay alles zu sagen – die Sache mit dem Job, die Kleidung, meine Erfolge, einfach alles. Doch dann erlebte ich wieder einmal, wie er sich selbst in den unwichtigsten Haushaltsfragen auf die Seite seiner Mutter schlug, und es wurde mir bewusst, dass ich noch immer nicht genug Vertrauen in die Liebe meines Mannes besaß, um ein solches Risiko einzugehen. Ihm waren die Gefühle seiner Mutter viel wichtiger, als ihm die meinen je sein würden.

Dreiundzwanzig

In der *Glamour*-Ausgabe vom vorigen Monat hatte ich gelesen, dass man Nähe mit einem Menschen, der einem wichtig ist, aufbauen könne, indem man ihn unauffällig in sein eigenes Leben einbezieht, ihn zu einem »Teil des Alltags macht«, was ich so interpretierte, dass man etwas mit dem Betreffenden unternehmen solle.

Deshalb fragte ich Sanjay, ob er mich zu einer Premiere begleiten würde.

»Der neue Niles-Ardent-Film«, hatte James mir erklärt. »Er hat eine Palme in Cannes bekommen und ist im Gespräch für den Oscar. Den kennen Sie doch sicher, oder?«

Wie alle in meiner Familie – wie alle in Indien – kannte ich nur Filmstars des Kalibers von Sylvester Stallone. Sanjay Dutt und Salman Khan, die berühmtesten Schauspieler unseres Landes, trainierten ihren Körper mit Gewichten und auf dem Laufband, um Sly Stallone ähnlich zu werden, hieß es in *Vivacious!*. In meiner Heimat liebten wir Filme wie *Rambo*, lange Epen mit lädierten Knochen und gebrochenen Herzen.

Doch Niles Ardent gehörte zu den jungen Schauspielern, die nicht wie Stars aussahen. Er war dünn und blass, hatte eine lange Nase und Hängelider, die ein bisschen an eine Comicfigur erinnerten. Ganz anders als Brad Pitt, dessen Poster an den Wänden all meiner Freundinnen in Delhi hingen und dessen Bild auch ich aufgehängt hätte, wenn mein Vater einverstanden gewesen wäre.

»Schauen Sie sich den Film einmal an; vielleicht schicken wir Sie dann zu einem Interview mit Niles«, hatte James gemeint.

Als ich Sanjay anrief, um ihm zu sagen, dass wir eine Premiere besuchen würden, war er so aufgeregt, dass er fast vergessen hätte, mich an meine hausfraulichen Pflichten zu erinnern.

»Hinterher können wir ins California Pizza gehen«, schlug er vor. »Aber Mummy, Papa und Malini müssen auch etwas essen. Wirst du Zeit haben, etwas für sie herzurichten?«

Ich hatte ihm vorgeflunkert, dass ich die Karten von jemandem im Büro habe, der die Premiere selbst nicht besuchen könne. Das Ganze, erklärte ich ihm, sei eine »Anerkennung« meiner guten Arbeit am Empfang.

Der Filmtitel – *Last Best Hope* – stand in Leuchtbuchstaben über dem Westwood Theater. Davor warteten neugierige Passanten, während Paparazzi um die besten Plätze stritten. Sanjay stand mit offenem Mund neben mir, einen Finger leicht auf der Samtkordel einer Absperrung.

»Schau, Priya, hier gibt's sogar einen roten Teppich«, sagte er und stupste mich an. Als ich den Blick senkte, sah ich, dass der Läufer nicht wirklich rot war, sondern eher schmutzig burgunderfarben, abgenutzt vom jahrelangen Gebrauch. Sanjay und ich standen ganz am Rand, ich in einem türkisfarbenen Seidensari, er mit Sakko und Krawatte. Ich hob, die Hand meines Mannes haltend, den Fuß, um den Teppich und das Kino zu betreten, als stiegen wir in die heiligen Wasser des Ganges.

»Entschuldigung, Miss, wo wollen Sie hin?«, fragte sofort ein Mann vom Sicherheitsdienst mit zwei Walkie-Talkies.

»Zur Premiere«, antwortete ich.

»Der rote Teppich ist für die Stars reserviert. Wer sind Sie?« Er warf einen Blick auf das Ticket mit der Aufschrift *Hollywood Insider*, das ich ihm hinhielt.

»Gehen Sie bitte dort hinüber«, erklärte er und deutete auf einen Seiteneingang. »Machen Sie den Weg frei; die Stars kommen.«

Drinnen erhielten wir Bons für Popcorn und Softdrinks, die ich nicht einlösen wollte, weil gut gekleidete Menschen meiner Meinung nach nicht für Gratiserfrischungen Schlange stehen sollten.

»Sei nicht albern, Priya«, meinte Sanjay und nahm

mir die Bons aus der Hand. »Ich hole die Sachen. Geh du schon mal rein und such uns einen Platz.«

Die meisten Sitze waren durch ein gelbes Band mit der Aufschrift »Reserviert« abgeteilt. Andere hatten die Leute mit Mänteln, Taschen und Tüchern belegt. Platzanweiser huschten geschäftig zwischen den Reihen hindurch.

»Entschuldigung, sitzt hier schon jemand?«, fragte ich einen Popcorn kauenden Mann mit zwei leeren Plätzen neben sich.

»Tut mir Leid, besetzt«, antwortete er undeutlich.

Irgendwann tauchte Sanjay mit einer Schachtel auf, in der sich zwei riesige Cola-Becher befanden. Er wirkte nicht sonderlich erfreut, dass ich immer noch stand.

»Schnell, Priya, sonst sind alle Plätze weg. Du bist doch bei der Zeitschrift, da kannst du überall sitzen. Komm.« Er riss ein Stück des Absperrbands weg und zog mich auf einen Sitz in der Mitte.

Hinter uns tuschelten zwei junge Frauen über die Berühmten und weniger Berühmten, die den Gang heruntergeleitet wurden.

»Schau, da ist Pasha Rodriguez«, sagte die eine und deutete auf eine atemberaubend schöne spanische Schauspielerin, die mit einem der größten Hollywood-Stars liiert war. »In der Realität sieht sie sogar noch hübscher aus als im Film. Aber schau mal: Trägt sie wirklich eine Strumpfhose? Was hat sie sich dabei

wohl gedacht?« Nun erschien Niles mit seinem Gefolge, der sich stolz wie ein Monarch in dem Raum umblickte. Hinter ihm entdeckte ich Maia Mourtos in Begleitung eines gut aussehenden dunkelhaarigen Mannes. Viele Leute gingen auf sie zu, um sie zu begrüßen, doch ich blieb, wo ich war.
Nun setzte sich ein Paar neben uns, und die Frau machte mir ein Kompliment für mein »Kostüm«. »Hübsche Farbe«, sagte sie. »Trägt man so was im Nahen Osten?«
»In Indien«, antwortete ich.
»So, so«, meinte sie.
In den ersten zehn Minuten des Films fragte Sanjay mich dreimal, worum es gehe.
»Schau ihn dir einfach an«, flüsterte ich. »Er soll wirklich gut sein. Nur weil noch niemand erschossen wurde, muss er nicht langweilig sein.«
»Wieso bekommst du keine Freikarte für einen Film mit Jean-Claude Van Damme?«, wollte er wissen.
Als ich fünf Minuten später zu ihm hinüberschaute, war er eingeschlafen. Der Kopf ruhte auf seiner Brust, und er schnarchte leise vor sich hin. Ich ließ ihn dösen, kämpfte selbst mit dem Schlaf. Warum hatte ich nicht vorher die Presseinformationen gelesen? Auch mir bereitete die Handlung Probleme. Meiner Ansicht nach musste ein guter Film melodramatisch sein, voller Humor und Romantik, und dazu sollten ein paar eingängige Songs kommen – alles Elemente, die

der Seele gut taten. Nur mit äußerster Konzentration gelang es mir, die nächsten 149 Minuten durchzustehen, in denen ich zu begreifen versuchte, was das schwedische Setting, der symbolische Vater, der sehr traurige Niles Ardent, seine einbeinige Mutter und die fette schwarze Katze mir sagen sollten.

Nach der letzten Szene, in der ein Daumen abgehackt wurde, worauf Niles Ardent wie von Sinnen in die Kamera brüllte, brandete Applaus auf. Offenbar waren Sanjay und ich die Einzigen, die nicht verstanden, was sie gesehen hatten. Doch dann merkte ich beim Aufstehen, als wir die Popcornbrösel von unserer Kleidung wischten, dass die Leute um uns herum kichernd die Augen verdrehten oder gerade erst aufwachten. Die Frau neben mir murmelte sogar »Scheiße«. Aber als Niles Ardent sich in Richtung Ausgang bewegte, drängten sich alle um ihn, um ihn auf die Wange zu küssen, ihn zu umarmen und ihn zu beglückwünschen.

»Tolle Leistung!«, meinte einer. »Hoch intellektuell.«

Ich hielt Sanjays Hand fest, um ihn in der Menge nicht zu verlieren, und entspannte mich erst im Foyer. Als wir gerade zum Ausgang wollten, hörte ich jemanden meinen Namen rufen.

»Hallo, Priya, wie schön, Sie wiederzusehen!«, begrüßte Maia Mourtos mich erstaunlich fröhlich nach der traurigen Kost, die wir gerade genossen hatten.

Sanjay starrte uns mit offenem Mund an.
»Hallo, Ms Mourtos. Das ist mein Mann Sanjay«, stellte ich ihn vor und hoffte inständig, dass sie sich bald verabschieden würde.
»Erfreut, Sie kennen zu lernen«, sagte sie zu Sanjay, bevor sie sich wieder mir zuwandte.
»Unser kleiner Plausch beim Tee neulich hat mir sehr viel Freude gemacht«, meinte sie. »Ich veranstalte eine …«
Da umarmte Niles Ardent sie von hinten und küsste sie freundschaftlich auf die Wange. Als sie sich zu ihm und seiner Gruppe umdrehte, ergriff ich schnell Sanjays Hand und zog ihn weg.
»Du kennst sie?«, fragte er verblüfft und genauso hingerissen von Maia, wie Malini es vermutlich gewesen wäre, wenn sie sie gesehen hätte. »Woher? Und was meinte sie mit diesem ›Plausch beim Tee‹?«
»Ach, nichts«, antwortete ich und ging hastig in Richtung Wagen. »Ich habe ihr einmal einen *chai* gekocht, als sie am Empfang warten musste.« Hoffentlich, dachte ich, würde er nicht weiterfragen.
»Komm, lass uns ins Lokal gehen«, sagte ich, »sonst bekommen wir keinen Tisch mehr.«

Vierundzwanzig

Im *Cosmopolitan* hatte ich einen weiteren Ratschlag für junge Paare gelesen: Nehmen Sie sich Zeit zu zweit, genießen Sie kleine romantische Fluchten.

Als Sanjay und ich schweigend nach Hause fuhren, kam mir der Gedanke, dass es vielleicht das war, was uns fehlte. Nach über einem halben Jahr Ehe mussten wir aus dem Alltagstrott heraus: Idealerweise hätten wir – in dicke weiße Bademäntel gehüllt, einen geeisten Ananassaft in der Hand – von einer hübschen Terrasse aus den Sonnenuntergang betrachtet.

Doch in Wirklichkeit würde das wahrscheinlich nie passieren. Sanjay, das hatte ich in unserer gemeinsamen Zeit herausgefunden, weigerte sich strikt, seine Eltern auch nur ein Wochenende allein zu lassen. Nach den zwei Herzinfarkten und dem Sturz in der Badewanne machte mein Mann sich Sorgen um seinen Vater. Sanjay war sicher, dass ihm etwas zustoßen würde, sobald er ihm den Rücken zukehrte. Deshalb arbeitete Sanjay in seinem Geschäft, und wir lebten alle in einem Haus zusammen.

»Ich bin der einzige Sohn«, hatte er mir einmal er-

klärt. »Ohne mich kommen sie nicht zurecht. Was ist, wenn Papa wieder stürzt, wenn er einen Herzstillstand oder einen Schlaganfall erleidet? Was passiert dann? Wie könnte ich mir das je verzeihen?«
Seine Sorge in Ehren, aber wie sollten Sanjay und ich uns da richtig kennen lernen?

Wir hatten unsere Flitterwochen in Nainital, am Fuße des Himalaja, verbracht. An unserem ersten Abend dort stand ich, während Sanjay den Fahrer bezahlte, in der Mitte eines staubbedeckten, von Läden mit Wegwerfkameras und dicken Kerzen in Form von Hindu-Gottheiten umgebenen Hofs. Aus der Ferne hörte ich ein Lied aus einem alten Hindi-Film, den meine Eltern als frisch Vermählte gesehen hatten. Der Song handelte von atemberaubender Schönheit, verborgen hinter einem goldverzierten Schleier, und von Liebe, so stark, dass der Vollmond dagegen verblasste. Ich schloss die Augen, um zu lauschen. Einen Moment fühlte ich mich wohl wie meine Mutter während ihrer Flitterwochen. Und ich sehnte mich danach, wieder ihr Kind zu sein.

In den nächsten Tagen wurde mir klar, dass Sanjay und ich uns nicht wesentlich von den anderen Flitterwöchnern unterschieden, die ähnlich pragmatische Arrangements zusammengeführt hatten. Die Bräute erkannte man an ihren mit Henna gefärbten Händen, dem glänzenden Goldschmuck und der steifen Kleidung, ihre Männer an den zaghaften zärtlichen Berührungen. Souvenirverkäufer und Fotografen umschwirrten uns bei jeder Sehenswürdigkeit, um sich dreißig Rupien für eine Aufnahme zu verdienen. Manchmal ließ Sanjay sie gewähren und posierte, den Arm um meine Schultern, für ihre altmodischen Polaroid-Kameras. Oft formte er auch mit den Fingern Hasenohren hinter meinem Kopf, was mich zum Kichern brachte.

Aber ich merkte, dass er geistesabwesend war. Zweimal täglich rief er seine Eltern in Delhi an und drängte mich, ebenfalls mit ihnen zu sprechen.

»Wir haben sie doch gerade erst gesehen«, sagte ich. »Und in ein paar Wochen sind wir wieder bei ihnen. Das sind unsere Flitterwochen.«

Doch er hörte mir nicht zu.

»Es kann jederzeit etwas passieren; wir müssen immer in Kontakt sein«, meinte er und suchte in seiner Tasche nach Rupien für einen weiteren Anruf. »Das erwarten sie von mir.«

An unserem letzten Abend bekam Sanjay Fieber und legte sich ins Bett, während ich in der anderen Ecke unseres Hotelzimmers fernsah. Irgendwann rief meine Schwiegermutter an, die mir Vorwürfe machte, weil ich ihren Sohn hatte krank werden lassen.

»Du bist für ihn verantwortlich!«, kreischte sie. »Was stellst du bloß mit meinem *beta* an?«

Ihre Vorwürfe klangen mir noch im Ohr, als Nainital wenig später Opfer eines Stromausfalls wurde. Ich saß allein im Dunkeln, während mein Mann neben mir rasselnd schnarchte. Die Flitterwochen hatte ich mir anders vorgestellt.

Bevor Sanjay und ich zu unserem neuen Leben in Amerika aufbrachen, hatte ich ihn gebeten, ein letztes Mal mit mir nach Agra, zu einem der architektonischen Wunderwerke der Welt, zu fahren. Der Ort lag nur drei Stunden vom Haus meiner Eltern in Delhi entfernt; trotzdem war ich nur selten dort gewesen. Sanjays Mutter hatte uns begleiten wollen, aber gleich nach der Hochzeit einen juckenden Ausschlag auf dem Bauch bekommen, sodass sie dann Gott sei Dank doch nicht mitreiste.

Ich hatte auf ein besonders enges Band der Liebe zwischen Sanjay und mir gehofft, wenn wir das Tadsch Mahal gemeinsam sehen würden. Es war nicht umsonst das Mekka der Flitterwöchner, ein Monument für die größte Liebe aller Zeiten. Und ich hatte gebetet, dass der Zauber des weißen Marmors auf uns wirken und uns für alle Ewigkeit zusammenschweißen würde.

Als wir dann vor den rostigen Metalltoren standen, konnte ich nur daran denken, dass ich das Tadsch Mahal wahrscheinlich erst in vielen Jahren wiedersehen würde.

Die meisten ausländischen Besucher, die mein Vater dorthin brachte, waren nicht nur von dem Bauwerk, sondern auch von den Geschichten fasziniert, die sich darum rankten.
»Mein Gott, wie romantisch!«, hatte eine lockige Amerikanerin ausgerufen, deren Mann meinem Vater Stahlträger verkaufte. »Das muss man sich mal vorstellen: Da baut jemand einen solchen Palast zur Erinnerung an seine tote Frau. Welch ein Mann!«
Sie glaubte wie viele andere Leute, die ich kennen lernte, dass etwas Mystisches in der Nähe von Agra liegen müsse, das jeden in einen hoffnungslosen Romantiker verwandelte.
Deshalb wollte ich alles in mich aufsaugen und so viel wie möglich vom Geist des Tadsch Mahal mitnehmen. Im Lauf der Jahre hatte ich seine vielen Gesichter kennen gelernt: seine wundervollen Bögen und Schnörkel gleißend in der heißen Sommersonne oder wie verloren im Monsunregen. Wie ein Freund, den man nur selten besuchen kann, war es mir sehr vertraut.
Der Blick auf das Tadsch Mahal erschien mir wie ein würdiger Abschied von meinem alten Leben. Ich neigte den Kopf und sprach wie immer ein Gebet für Shah Jahan und seine auf ewig geliebte Mumtaz. Dann gab ich Sanjay die Hand und ließ mich schweigend, plötzlich von einem großen Gefühl der Nähe zu ihm erfüllt, von ihm wegführen. Er küsste mich auf die

Stirn und wischte mir lächelnd die Träne weg, die mir die heiße Wange hinunterrollte.
In diesem Moment, glaubte ich, begann die Liebe. Doch nun, sechs Monate später, spürte ich, wie sie sich in die hektische Nacht von Los Angeles verflüchtigte.

Fünfundzwanzig

Die Sonne war kaum aufgegangen, als Malini mich mit einem Klopfen an der Schlafzimmertür weckte.

»Telefon, *bhabi*«, flüsterte sie. »Deine Mutter.«

Sofort bekam ich es mit der Angst zu tun. Es war weder Sonntag noch die richtige Tageszeit. Meine Mutter würde nur mit schlechten Nachrichten so früh anrufen. In der letzten Woche hatte mein Vater unter einem, wie meine Mutter es ausdrückte, »schlimmen Schmerz« in der Brust gelitten, der wieder vergangen war. Hastig sprach ich ein Bittgebet, dass alles in Ordnung sein möge.

»Mama?«, begrüßte ich meine Mutter mit leiser Stimme. »Warum rufst du an? Was ist los?«

»Liebes, habe ich dich geweckt?«, fragte sie aufgeregt, während ich erleichtert aufatmete. Wenn sie tatsächlich schlechte Nachrichten gehabt hätte, wäre sicher keine Zeit gewesen, mich so etwas zu fragen.

»Weißt du, Liebes, ich komme immer durcheinander mit dem Zeitunterschied. Aber ich wollte dir unbedingt etwas erzählen. Erinnerst du dich noch an Ganga aus Madras, die Schwester von der Frau des Cousins von Daddy? Sie war bei deiner Hochzeit.«

»Nein, Ma, ich habe keine Ahnung, wen du meinst«, sagte ich verschlafen.

»Liebes, es ist ein richtiger Skandal! Ihre Tochter Karishma ist durchgebrannt! Mit einem Amerikaner! Sie wollte ihren Abschluss in Berkeley machen, aber dann hat sie dort jemanden kennen gelernt. Nachdem sich ihre Familie von dem Schreck erholt hatte, luden sie Karishma und ihren Mann – einen Steve oder Beve oder so – nach Indien ein, um ihn sich anzuschauen. Jedenfalls wohnen sie jetzt in Los Angeles. Du musst sie anrufen. Es wäre doch schön, wenn du dich mit jemandem aus der alten Heimat anfreunden könntest, oder? – Und wie geht's dir, Liebes?«, erkundigte sie sich. »Ich hoffe, es ist alles in Ordnung. Wie läuft's mit den Schwiegereltern? Behandeln sie dich anständig? Weißt du, dein Daddy und ich sind immer noch nicht allzu glücklich darüber, dass du arbeitest. Wir dachten, wir hätten einen wohlhabenden Mann für dich gefunden, sodass du dir eine schöne Zeit machen kannst wie deine Schwägerin.«

»Alle behandeln mich gut, Mummy, besonders Sanjay. Mach dir bitte keine Sorgen. Ich bin jetzt verheiratet und komme allein zurecht. Denk lieber an meine Schwestern.«

»Das tue ich, Liebes. Und ich bete jeden Tag, dass sie irgendwann genau wie du das Glück finden werden.«

Meine Mutter hatte Karishma offenbar am Telefon schon alles über mich erzählt. Ein paar Tage später meldete sie sich am Abend bei mir. Als ich ihre Stimme hörte, wusste ich, dass ich sie mögen würde.
»Gefällt's dir hier?«, fragte sie mich höflich, trotz der Jahre in Amerika mit einem leichten indischen Akzent. Da meine Schwiegereltern das Gespräch mithörten, erzählte ich ihr von meinem Job am Empfang, und sie meinte, dass ich mich glücklich schätzen könne, für den *Hollywood Insider* zu arbeiten, den sie besonders gern lese. Sie selbst sei für eine Unternehmensberatung tätig, was ich sehr interessant fand, obwohl ich nicht wusste, was es bedeutete. Ihr Mann Steve, den sie in Berkeley kennen gelernt hatte, war Psychotherapeut.
»Er ist auf Eheberatung spezialisiert«, erklärte sie stolz. »Das kann er wirklich gut. Und ein toller Ehemann ist er auch«, fuhr sie fort. »Wollen wir uns einmal auf einen Drink treffen? Am Pool des Avalon ist nach der Arbeit immer besonders viel los.«
»Tagsüber wäre besser«, meinte ich.
Da Karishmas Büro sich nicht weit von dem meinen entfernt befand, verabredeten wir uns für ein paar Tage später zum Lunch. An dem betreffenden Morgen stand ich volle vierzig Minuten vor meinem Kleiderschrank, länger als vor Interviews mit Stars oder Veranstaltungen der Filmbranche. Schauspielern war es im Regelfall egal, was ich trug.

Karishma gehörte zu jenen gebildeten, emanzipierten indischen Frauen, die aus Liebe heirateten, am Wochenende mit ihren Ehemännern Fahrradausflüge machten, über alles offen redeten und nicht jeden Abend Karotten für einen Schwiegervater mit Magenproblemen dünsten mussten. Sie war Inderin und doch auch wieder nicht. So wie sie würde ich – egal wie lange ich in diesem Land lebte und wie hübsche Kleidung ich trug – nie werden, denn sie war frei und ich nicht.

Wir hatten uns in dem italienischen Lokal mit der gelben Markise verabredet. Durch das große Fenster beobachtete ich, wie sie per Fernbedienung die Alarmanlage ihres Wagens aktivierte und die Sonnenbrille abnahm. Mit ihrem fahlbeigefarbenen Hosenanzug und dem hübschen blauen Schultertuch sowie ihren selbstbewussten Bewegungen wirkte sie wie eine groß gewachsene, schlanke Athletin. Als sie mich entdeckte, winkte sie mir lächelnd zu, und ihr kurzes, nach hinten gekämmtes Haar blieb trotz des Windes in Fasson.

»Ich habe dich sofort erkannt«, sagte sie und streckte mir die Hand hin. »Meine Mutter hat mir Fotos von deiner Hochzeit gezeigt.«

Karishma war ein paar Jahre älter als ich, viel gebildeter und redete gern. Noch bevor unsere Getränke serviert wurden, wusste ich, wie sie Steve kennen gelernt hatte (mit ihrem Frisbee hätte sie ihn fast am Bauch getroffen), wo sie heirateten (auf einem Boot vor Maui, nur sie und er und der Geistliche) und wie ihre Eltern auf diese Neuigkeit reagierten (ihre Mutter fiel in Ohnmacht, ihr Vater ging in die Luft und ihr Bruder nutzte die Gelegenheit, um der Familie zu beichten, dass er schwul sei). Sie nannte Steve ihren »Seelenverwandten«, den für sie bestimmten Partner.

»Wir haben zuerst zusammengelebt«, sagte sie, und ich ließ vor Überraschung mein Brötchen fallen. »Aber das wissen meine Eltern natürlich nicht. Und selbstverständlich hat es mir schlaflose Nächte bereitet, dass ich keinen Inder heiraten würde, doch er war verständnisvoll und hörte mir immer zu. Wo findet man so etwas schon bei einem indischen Mann?«, meinte sie und spießte mit der Gabel ein Salatblatt auf.

»Oh, Entschuldigung, damit will ich natürlich nicht sagen, dass dein Mann nicht verständnisvoll und geduldig wäre«, versicherte sie mir. »Er ist bestimmt nett.« Sie nickte, nicht wirklich überzeugt. »Jemanden wie Steve hatte ich noch nie getroffen – und ich habe wirklich gesucht, das kannst du mir glauben. Wo sollte ich auch einen indischen Jungen aufspüren, der kein Muttersöhnchen ist? Ich spreche selbstverständlich nicht von deinem Mann, aber …«

»Schon in Ordnung«, unterbrach ich sie. »Du musst dich nicht die ganze Zeit entschuldigen. Ich freue mich für dich, dass du den richtigen Partner gefunden hast.«

Karishma schenkte mir ein aufrichtiges Lächeln, bei dem ihre dunklen Augen glänzten. Als sie die Kaffeetasse an die Lippen hob, bemerkte ich ihren herzförmigen Diamantring und machte ihr ein Kompliment.

»Toll, was?«, meinte sie mit einem stolzen Blick auf ihre Hand. »Steve hat lange gesucht, bis er etwas fand, das seine Gefühle für mich ausdrückte.«

Ich betrachtete meinen eigenen Platinring mit dem runden Diamanten, den Sanjay mir am Tag unserer Verlobung geschenkt hatte. Wie sich später herausstellte, sah er ihn ebenfalls zum ersten Mal, als er ihn mir an den Finger steckte, weil der Stein Teil einer Halskette von meiner Schwiegermutter gewesen war. Sie hatte die Fassung ausgewählt, ihr Mann alles bezahlt. Sanjay hatte mit der ganzen Sache nichts zu tun gehabt. Weil ich fürchtete, dass man meinem Ring das Unpersönliche und rein Symbolische ansehen könnte, schob ich beide Hände unter meine Oberschenkel, um sie zu verbergen.

»Leicht war es allerdings nicht, einen Nichtinder zu heiraten«, erzählte Karishma. »In Madras sind wir in ein winziges *dosas*-Lokal essen gegangen. Und weißt du, was Steve den Kellner fragte? Ob sie Avocados hätten! Ich hab zu ihm gesagt: ›Schatz, was denkst du denn, wo wir hier sind? Auf dem Bauernmarkt von Santa Monica?‹ Und die Leute haben uns komisch angeschaut, als hätte ich mich weit unter Wert verkauft. Jemand sagte mir mal vor langer Zeit, für ein indisches Mädchen sei es eine Schande, einen Nichtinder zu heiraten, als wäre sie auf ewig verloren«, meinte sie, plötzlich mit traurigem Blick. »Ich fühle mich zwar nicht verloren, aber irgendwie kann ich verstehen, was er meinte. – Jedenfalls«, erklärte sie und verlangte die Rechnung, »lebe ich jetzt schon ein paar Jahre in Amerika und weiß, wie es ist, neu in dieses Land zu kommen. Wenn du also etwas brauchen solltest, und sei's nur jemand zum Reden, dann ruf mich bitte an, ja? Betrachte mich als ältere Schwester.«

»Davon habe ich schon drei«, sagte ich. »Aber trotzdem danke.«

Sechsundzwanzig

Der Traum lief immer fast gleich ab. Ich folgte mit einem pinkfarbenen Polyesternachthemd bekleidet, einen schwarzen Koffer in der Hand, im Regen einer langen dunklen Straße bis zu meinem Elternhaus in Delhi, wo mich Bäume mit dicken Mangos und Messingwindspiele begrüßten. Völlig durchnässt klingelte ich. Kaki öffnete, betrachtete den Koffer, sah meinen verzweifelten Blick, griff sich an die Brust und stürzte zu Boden.

Deshalb können wir Hindu-Frauen, wenn wir verheiratet sind, nie mehr ins Elternhaus zurück.

Die Leute im Büro sagten immer, sie könnten es kaum erwarten, nach Hause zu ihrer Familie, zu den Reality-Shows und dem Mikrowellenabendessen zu kommen.

Bei mir war es umgekehrt: Ich freute mich jeden Tag auf die Arbeit, durch die ich der gekachelten Küche mit den in alle Ritzen dringenden Gewürzgerüchen entfliehen konnte. Das Büro wurde trotz des Klatschs und der Deadlines zu meiner Zuflucht.

Mir waren die Pressetermine anlässlich Filmpremieren, zu denen Mr Bailey mich schickte, wenn niemand anders zur Verfügung stand, lieber als die Interviews mit den Stars, weil ich dort nur eine von vielen war, die den Schauspieler befragten. Vor dem Eintreffen des Stars lauschte ich meinen Kollegen und hörte Sätze wie: »Allmählich wird's Zeit, dass Hugh Grant sich wieder ernsthafteren Rollen zuwendet.« Wenn die Fragestunde dann begann, hielt ich mich schweigend im Hintergrund, während die anderen Reporter sich nach vorn drängten. Es war immer eine Person dabei, die versuchte, die Aufmerksamkeit des Schauspielers ganz auf sich zu ziehen.

»Schönen Gruß von Gina«, sagte ein Journalist schon einmal in vertraulichem Tonfall, um allen anderen Anwesenden zu zeigen, dass er in denselben Kreisen verkehrte wie der Star.

Manchmal zwang ich mich, selbst eine Frage zu stellen – meist erst, wenn der Agent des Schauspielers sich ebenfalls im Raum aufhielt, damit dieser meinte, ich wisse Bescheid und engagiere mich. Im Allgemeinen jedoch hatte ich das Gefühl, dass die Fragen der anderen sehr viel interessanter waren als die meinen. Mir fielen immer nur banale Sachen ein wie: »Welche ist Ihre bisherige Lieblingsrolle?« Worauf meine Kollegen die Augen verdrehten.

Mr Bailey sprach oft davon, dass ich »härter werden« müsse.

»Ihre Texte sind inzwischen viel besser, aber Sie soll-

ten aufhören, allen gefallen zu wollen«, sagte er. »Loten Sie die Grenzen aus.«
Wie meistens hatte ich keine Ahnung, was er meinte.

Karishma und ich wurden Freundinnen und trafen uns regelmäßig. Sie rief mich nicht in der Arbeit an, weil sie mich nicht vom Telefondienst abhalten wollte, also schickten wir uns gegenseitig E-Mails. Zwischen uns entwickelte sich eine Nähe, die ich zu meinen Schwestern über die weite Distanz nicht mehr aufrechterhalten konnte. Karishma verstand mich, weil sie auch einmal Geheimnisse vor ihrer Familie gehabt, es aber geschafft hatte, sich nicht nur über ihre Einstellung zu ihrem Herkunftsland, sondern auch zu ihrer neuen Heimat klar zu werden.
»Ich muss dir etwas sagen«, verkündete ich eines Tages, als wir auf einem Parkplatz Sandwiches mampften.
»Du bist schwanger! Ich hab's ja gewusst!«, rief sie aus und legte die Hand auf meinen Bauch.
»Nein, nein«, erwiderte ich. »Es geht um etwas anderes, um etwas, über das ich mit niemandem sonst reden kann.«
»Und?«, fragte sie ernst.
»Ich arbeite gar nicht am Empfang, sondern bin Journalistin.« Diese Worte hatte ich noch nie ausgesprochen. »Ich schreibe für den *Hollywood Insider*, und meine Schwiegereltern würden mich rauswerfen, wenn sie das wüssten. Sie wollten, dass ich mir einen

einfachen Job suche, und glauben, ich sei Rezeptionistin. Alle meinen das. Du bist die Einzige, die Bescheid weiß.«

Karishma hörte sich meine Geschichte schweigend an. Als ich fertig war, nahm sie mich in den Arm und drückte mich, wie meine Mutter es am Abend meiner Hochzeit getan hatte.

»Schade, dass das so gelaufen ist«, meinte sie. Ich spürte, wie mir die Tränen in die Augen traten. Nur Weniges stimmt den Menschen trauriger als Mitleid.

»Schau doch einmal bei uns vorbei. Vielleicht kann Steve dir helfen. Diskussionen mit ihm sind immer erhellend.«

»Kopflastiger Quatsch, was?«, sagte James über den Niles-Ardent-Film, als ich ihn im Aufzug traf.

»Ich habe ihn einfach nicht verstanden«, meinte ich. »Zu Hause wollte meine Schwägerin von meinem Mann wissen, wie er den Film fand, und er hat ihr geraten, ein Kopfkissen mitzunehmen, falls sie ihn sich ansieht.«

»So schlimm?« Er grinste breit. »Tja, dann gefällt Ihnen das, was ich Ihnen jetzt vorschlage, bestimmt: Wir haben für Sie ein Interview mit Ardent arrangiert – morgen. Es heißt, dass ihm der Ruhm ein bisschen zu Kopf gestiegen sei, und Sie werden Ihren Charme spielen lassen müssen, um ihm etwas zu entlocken.«

»Lieber nicht«, sagte ich, als wir mein Stockwerk er-

reichten. »Er interessiert mich genauso wenig wie sein Film oder das, was er zuvor gemacht hat.«
»Priya, meine Liebe, das ist ein Auftrag. Wofür Sie persönlich sich interessieren, spielt keine Rolle.«

Ich war noch nie zuvor zu spät zu einem Interview gekommen, aber an diesem Morgen hatte ich einen guten Grund: Ich traf mich mit Karishma und Steve. Sie saßen bereits an einem Ecktisch im Coffee Bean, als ich eintraf. Karishma hatte gesagt, sie seien das perfekte Paar, wie füreinander geschaffen, doch meiner Ansicht nach sahen sie nicht so aus. Sie war dunkelhaarig und temperamentvoll und trug hohe Absätze und schicke Kleidung, während er rote Haare und Sommersprossen hatte und mit einem Kapuzen-Sweatshirt sowie Sandalen bekleidet war. Doch sein Begrüßungslächeln wirkte freundlich und einladend. Er umarmte mich, und ich verkrampfte mich ein wenig, weil ich außer Sanjay noch nie einem Mann so nahe gekommen war.
»Ich habe von Kar schon viel über dich gehört«, sagte er und streichelte die Finger seiner Frau. »Sie hat mir deine Situation geschildert; ich hoffe, das macht dir nichts aus. Ich finde das Ganze sehr spannend.«
»Es tut mir gut, mit ihr zu reden«, meinte ich. »Ich habe sonst niemanden.«
Ich hatte schon von der so genannten »Psychotherapie« gehört, die die Amerikaner – das wusste ich aus dem Fernsehen – fast hobbymäßig betreiben. Aber

dieses Gespräch mit Steve war anders. Ich konnte mich nicht auf eine Couch legen, mir nicht mit Papiertaschentüchern die Tränen aus dem Gesicht wischen. Während einsame Leute rund um uns herum auf ihre Notebooks einhackten oder stundenlang mit dem Handy telefonierten, unterhielten Steve und ich uns bei warmen Blaubeer-Muffins und Cappuccino über mein Leben, und er liebkoste dabei die ganze Zeit die Hand seiner Frau.

»Ihr seht glücklich aus«, sagte ich zu den beiden. »Obwohl ihr so unterschiedlich seid.«

»Ja, sie ist das Wertvollste, was ich habe«, erklärte Steve, hob sanft Karishmas Hand an den Mund und küsste sie. »Ich kann mir ein Leben ohne sie nicht vorstellen. Jeden Tag lerne ich etwas Neues von ihr.«

Ein bisschen wurde ich neidisch. Sanjay hatte nie so zärtlich über mich oder mit mir gesprochen, und er würde mir seine Zuneigung auch nicht öffentlich zeigen, wie Steve es bei Karishma tat. Obwohl Karishma mittlerweile fast Amerikanerin war, wusste sie, dass sich die Leute in unserer Heimat nicht in der Öffentlichkeit küssen, nicht einmal an ihrem Hochzeitstag.

»Du musst selbst eine Lösung finden«, meinte Steve. »Aber Unehrlichkeit ist nie gut. Es fällt immer leichter, anderen oder den Umständen die Schuld für alles zu geben, doch sehr häufig lässt sich der Teufelskreis nur durchbrechen, indem man den Stier bei den Hörnern packt – das heißt für dich, dass du riskieren müss-

test, die Liebe deines Mannes zu verlieren. Stelle dich deinen Ängsten und den Konsequenzen deiner Handlungen.«
Fast hätte ich geweint, aber dazu war nun wirklich keine Zeit, weil Niles Ardent auf mich wartete.

Eins hatte ich durch meine journalistische Tätigkeit gelernt: Ein Schauspieler will niemals die Wahrheit über seine Arbeit oder seinen Film hören. Selbst wenn er um diese Wahrheit bettelt, muss man Begeisterung heucheln.
Von Niles Ardent, dem Intellektuellen, der mit der »Hollywood-Szene« offenbar nicht viel anfangen konnte, erwartete ich etwas anderes. Er las Nietzsche und trat in seiner Freizeit auf einer Londoner Bühne auf, kurz: Er war ein *ernsthafter* Schauspieler.
Das sah ich sofort, als er mich – eine winzige Brille auf der langen Nase – in seiner Suite des Chateau Marmont Hotel begrüßte. Er sprach, als könnte er sich nicht zwischen britischem (er war in England geboren) und amerikanischem Englisch (Hollywood reklamierte ihn für sich) entscheiden, trug Kaschmir und trank Kamillentee. Fehlten nur noch die Pfeife und der Basset zu seinen Füßen.

Ich warf einen Blick auf meine Liste vorbereiteter Fragen, bei deren Zusammenstellung mir James geholfen hatte. Nach all den Monaten war ich immer noch nervös ob meiner Unwissenheit. Es verunsicherte mich, dass andere Journalisten die Namen uralter Filme und unbekannter Regisseure herunterrasselten, als lebten sie nur fürs Kino. Ich hatte nach wie vor keine Ahnung, wo der Unterschied zwischen einem Film Noir und einem Spaghettiwestern lag. Wenn in einem Streifen nicht Meg Ryan oder Tom Hanks mitspielte und ich darüber weder lachen noch weinen konnte, sagte er mir nichts.

Niles hatte trotz seiner Jugend Lachfältchen um die Augen und wirkte entspannt und ausgeglichen, weshalb ich nicht begriff, warum er einen so tristen Film gemacht hatte.

»Nun, Mr Ardent, was hat Sie an der Rolle interessiert?«, fragte ich und drückte den Aufnahmeknopf meines Kassettenrekorders.

»Das liegt doch auf der Hand, oder?«, meinte er, eine schmale Augenbraue gehoben. »Die Rolle ist einfach toll, voller Potenzial, finden Sie nicht auch?«

Ich senkte schweigend den Blick auf die beigefarbene Mappe auf meinem Schoß.

»Finden Sie nicht?«, fragte er noch einmal. »Alle sind begeistert.«

»Nun, ich … wie soll ich das ausdrücken? Ich habe die Geschichte einfach nicht verstanden, Sir. Und mein Mann auch nicht.«

Der Schauspieler lehnte sich mit einem spöttischen Lächeln auf seinem Stuhl zurück.

»Darf ich raten?«, meinte er. »In dem intellektuell anspruchsvollsten Film, den Sie in letzter Zeit gesehen haben, spielt Eddie Murphy mit, stimmt's? Vielschichtigeres ist Ihnen zu anstrengend. Sie sind auch ein Opfer der Berieselungsmaschinerie«, sagte er mit verbittertem Blick. Am liebsten hätte ich meinen Kassettenrekorder ausgeschaltet und wäre gegangen.

»Nein, Sir, ich finde durchaus Gefallen an ernsten Filmen, aber vielleicht ist mir der Ihre einfach zu kompliziert. Es tut mir Leid, wenn ich ihm nichts abgewinnen kann.«

Dieses Interview war das kürzeste, das ich je geführt hatte – nach sieben Minuten erklärte er mir, er müsse noch etwas Wichtiges erledigen. Als ich das Hotel verließ, kamen mir die Tränen. Doch Niles Ardent war nicht der Grund, das wusste ich.

Vielmehr ging es darum, dass ich keine Ahnung hatte, wie ich meine Ehe retten sollte. Und hätte ich nicht gesehen, wie harmonisch die Beziehung von Karishma und Steve war, wäre mir das vermutlich nicht einmal bewusst geworden.

Siebenundzwanzig

Der Film *The Hours* lief kaum eine Viertelstunde, als Sanjay neben mir auf dem Sofa einschlief. Es war ein herrlich ruhiger Samstagnachmittag ohne die anderen.

Sanjay hätte eigentlich lieber den zweiten Teil von Austin Powers gesehen, aber nachgegeben, als ich ihm sagte, dass mich der Film mit Meryl Streep mehr interessiere. Ich stupste ihn an.

»Was ist denn?«, fragte er und rieb sich den Arm. »Warum hast du mich geweckt? Schau du dir den Film ruhig an, ich mach währenddessen ein Schläfchen.«

»Die Geschichte soll sehr schön und poetisch sein«, sagte ich. »Kannst du nicht wenigstens versuchen, wach zu bleiben?«

»Ich kapiere das nicht«, meinte er. »Warum jammern die Weiber denn die ganze Zeit? Sind die krank oder arm oder was?«

Ich hielt die DVD an und wandte mich ihm zu.

»Sanjay, glaubst du denn nicht, dass eine Frau alles haben und trotzdem unglücklich sein kann?«

»Ach, Süße, bitte. Heute ist Samstag. Lass uns nicht über die Mädels in dem Film diskutieren, ja?«

»Ich meine nicht nur den Film«, erklärte ich leise und schaltete den DVD-Player ganz aus, »sondern Frauen im Allgemeinen. Genauer gesagt: mich.«
Sanjay setzte sich mit fragendem Blick auf. Vermutlich hatten ihm seine wenigen amerikanischen Freunde schon erzählt, dass Frauen manchmal solche »Gespräche« begannen. Aber seiner Ansicht nach waren derartige Unterhaltungen zwischen indischen Männern und ihren indischen Frauen offenbar nicht nötig.
»Priya, warum bist du denn plötzlich so ernst?«, fragte er, legte mir den Arm um die Schulter und zog mich näher zu sich heran. »Lass uns den schönen, ruhigen Samstag nutzen und Minigolfen gehen oder etwas anderes unternehmen«, meinte er und schickte sich an, vom Sofa aufzustehen.
»Weißt du eigentlich, dass du mir in fast einem Jahr Ehe nie gesagt hast, dass du mich liebst?«, fragte ich und hielt ihn zurück. »Ich warte schon sehr lange auf diese Worte. Bis jetzt habe ich sie von niemandem gehört.« Mir kamen die Tränen. »Liebst du mich?«
»Aber natürlich«, antwortete er mit einem befremdeten Blick. »In unserer Familie sprechen wir so etwas einfach nicht aus. Wir sind eben nicht so geschwätzig wie die Amerikaner.« Er lächelte gezwungen. »Komm, lass uns etwas Schönes unternehmen.«

In *Vivacious!* hatte ich einmal gelesen, der Schlüssel zu einer langen, erfüllten Ehe liege darin, sich an glückliche Momente sowie kleine Beweise der Zuneigung zu erinnern. So war es zum Beispiel nicht schlimm, wenn ich mir in den Finger schnitt, weil es mir gefiel, wie Sanjay ein Pflaster auf die Wunde drückte, den Klebestreifen abzog und es ordentlich ausrichtete. Oder wie er mir die Schultern massierte nach drei Stunden Mango- und Kondensmilchrühren für sein Lieblingsdessert. Deshalb wollte ich ihm trotz meiner wachsenden Einsamkeit nah sein. Und außerdem hatte ich keinen anderen Ort, an den ich mich hätte flüchten können.

»Sanjay, das sind Steve und Karishma. Und das ist mein Mann Sanjay.«

Wir vier begegneten uns an einem Sonntagabend zufällig vor dem Target. Steve und Karishma schoben einen roten Einkaufswagen voller, wie das in diesem Land hieß, »Einrichtungsakzente« vor sich her: Chenille-Kissen, dicke Decken fürs Sofa und ein Martini-Krug mit Gläsern. Ich stellte mir vor, wie sie ihre Neuerwerbungen zu Hause auspackten und sofort ausprobierten, wie sie sich ein Abendessen aus *fajitas* und Margaritas zubereiteten und beim Fernsehen Popcorn knabberten und knutschten.

Sanjay und ich waren in den Laden gegangen, um eine neue Klobürste zu erwerben und uns über Elektroheizungen zu informieren – mein Schwiegervater klagte über die zu hohe Gasrechnung, und die Zentralheizung durften wir nicht einschalten. Hinterher wollten wir im asiatischen Markt Ecke Victory/Sepulveda Bohnensprossen und Tofu kaufen, weil Malini Appetit auf chinesisches Essen hatte. Den Rest des Abends würde ich wohl mit Kochen verbringen.

»Wie schön, dich kennen zu lernen!«, begrüßte Steve Sanjay, ergriff seine Hand und zog ihn zu sich heran, um ihn zu umarmen. »Ich habe von Priya schon viel über dich gehört.«

»Was für ein Zufall, dass wir euch hier begegnen«, sagte Karishma fröhlich. »Toller Laden. Nach dem Einkaufen könnten wir uns doch noch auf einen Happen treffen. Da gibt's ein neues Tapas-Lokal, das ich gern ausprobieren würde.«

»Tut mir Leid, das geht nicht«, antwortete Sanjay. »Meine Eltern warten, und wir müssen noch kochen.«

»Na ja, eigentlich koche eher ich«, korrigierte ich ihn. »Aber danke für die Einladung. Vielleicht ein andermal?«

»Das ist also deine neue Freundin«, sagte Sanjay später, als wir unser Wägelchen durch die endlos langen Gänge schoben. »Hübsches Mädchen. Hat sie denn keinen indischen Mann gefunden?«

»Sanjay! Was sagst du da? Die beiden lieben sich!«

Die Oberflächlichkeit meines Mannes ärgerte mich. »Hältst du Steve vielleicht für zweite Wahl?«
»Ich möchte bloß nicht, dass dein Kontakt zu den beiden zu eng wird«, sagte er, während er die Bedienungshinweise auf einer Schachtel las. »Die beiden passen einfach nicht zu uns.«

Das zufällige Treffen war mir besonders peinlich, weil ich zu diesem Zeitpunkt bereits meine »Sitzungen« mit Steve begonnen hatte. Er sagte mir, die meisten Leute kämen paarweise zur Eheberatung und es widerspräche fast dem Sinn der Übung, wenn er es nur mit einem Partner zu tun habe. Aber ich erklärte ihm, dass unsere Ehe aus Sanjays Sicht völlig in Ordnung sei, nein mehr noch: einfach perfekt. Therapie, hatte Sanjay einmal gesagt, sei etwas »für Serienkiller und Menschen mit Alkoholikervätern, was ungefähr aufs Gleiche rausläuft«.

Was hätte Sanjay wohl getan, wenn ihm klar gewesen wäre, dass ich einmal pro Woche, montags in meiner Mittagspause, zu Steve und Karishma nach Santa Monica fuhr? Dort unterhielt Steve sich in einem Anbau hinter dem eigentlichen Gebäude mit verzweifelten Menschen, die sich vertrauensvoll auf seine schwarze Couch mit den bestickten freundlich gelben Kissen legten.
»Wem versuchst du zu gefallen?«, fragte er mich und

schob mir Taschentücher hin. »Und wovor hast du am meisten Angst?«

Es dauerte drei Wochen, bis ich in der Lage war, seine Fragen zu beantworten. Zuvor wich ich in der Stunde mit ihm – die ich zum Freundschaftspreis von fünfzig statt der sonst üblichen 125 Dollar erhielt – aus und erzählte ihm ganz allgemein und fast schon positiv von meiner Ehe und meinem Leben.

»Könnte es sein, dass du dir von Sanjay die Liebe erhoffst, die du von deinem Vater nie bekommen hast?«, wollte Steve wissen.

»Mein Daddy liebt mich«, sagte ich, den Tränen nahe. »Und ich liebe Sanjay. Findest du ihn nicht auch gut aussehend? Er hätte jedes Mädchen zur Frau nehmen können, hat aber mich gewählt. Er besitzt ein hübsches Haus und sorgt gut für die Familie.«

»Was ich denke, ist unwichtig«, antwortete Steve. »Hier geht's um deine Gefühle. Du brauchst dein Leben nicht vor mir zu rechtfertigen. Ich fälle keine Urteile. Meine Aufgabe ist, dir dabei zu helfen, dass du die Situation klarer siehst. Es gäbe da einen Workshop, von dem du, glaube ich, profitieren könntest. Aber das funktioniert nur, wenn Sanjay mitkommt. Du musst ihn irgendwie dazu bringen.«

An jenem Abend studierte ich die Hochglanzbroschüre, die Steve mir in die Tasche gesteckt hatte. *»Erreichen Sie mit Ihrem Partner eine neue Stufe der Ver-*

trautheit«, las ich da. »*Finden Sie den Weg zur wahren Liebe, indem Sie alte Blockaden auflösen.*«
Ich wusste sofort, dass Sanjay sich nie darauf einlassen, sondern verächtlich reagieren und vielleicht sagen würde: »Wir brauchen keine Vertrautheit. Wir sind verheiratet.«
Aber einem würde mein Mann nicht widerstehen können: einem Gratisangebot. Genau wie seinen Eltern war es ihm egal, worum es sich handelte, solange es nichts kostete.

»Wow, ein Gratiswochenende. Cool«, sagte er, auf dem Bett liegend, während ich zwei kleine Matchsäcke für den nächsten Morgen packte. Ich hatte gerade den größten Teil des Abendessens damit verbracht, mir das Gemeckere meiner Schwiegermutter über unsere achtundvierzigstündige Abwesenheit anzuhören.
»Wieso müsst ihr beiden unbedingt dorthin?«, fragte sie stirnrunzelnd, während sie mit ölverschmierten Fingern *chapatti* und Kartoffeln in den Mund schob. »Es ist noch nicht euer erster Hochzeitstag, und Geburtstag hat auch niemand. Wer soll denn in der Zwischenzeit den Haushalt erledigen?«
Sanjay kaute eine Weile schweigend, bevor er antwortete.
»Es ist gratis, Mumma«, sagte er. »Sogar Essen und Getränke sind inklusive, stimmt's, Priya? Vielleicht gibt's auch eine Lotterie, und wir gewinnen eine neue

Stereoanlage. Anschauen können wir uns die Sache doch mal. Priya hat das Wochenende von ihrem Arbeitgeber bekommen, weil sie sich so gut macht. Letztes Mal waren es Premierenkarten, diesmal ist es ein Wochenende für zwei.«

»Du hättest drei weitere Plätze verlangen sollen«, sagte mein Schwiegervater. »Dann hätten wir euch alle begleiten können.«

Später erkundigte sich Sanjay, ob es eine Broschüre zu dem Wochenende gäbe, in die er einen Blick werfen könne.

»Das ist wie im Club Med, stimmt's? Gibt's auch einen Strand dort? Kann ich Volleyball spielen?«, fragte er.

»Es soll eine Überraschung werden«, antwortete ich mit einem flauen Gefühl im Magen. »Ich weiß nicht, ob man dort Sport treiben kann, aber es wird dir gefallen, das verspreche ich dir.«

Der Verkehr war so dicht, dass wir erst nach neun Uhr abends am Veranstaltungsort, einem alten, von einem Maschendrahtzaun umgebenen Farmhaus, eintrafen.

»Was soll denn das sein?«, fragte Sanjay. »Bist du sicher, dass das die richtige Adresse ist?«

Als ich einen Blick in meinen Filofax werfen wollte, trat lächelnd ein Mann aus der Tür.

»Ihr werdet schon erwartet«, begrüßte er uns und beugte sich so weit zu uns herab, dass sein weißer Rauschebart das Autofenster ausfüllte. »Ich mache euch

das Tor auf. Fahrt geradeaus, dann kommt ihr direkt auf den Parkplatz.«
»Was soll denn das sein?«, wiederholte Sanjay, als wir im Schritttempo weiterfuhren. »Wo ist der Strand?«
Wir stellten den Wagen vor einem großen, niedrigen Gebäude ab. Durchs Fenster sahen wir Leute auf Plastikstühlen oder auf dem Boden sitzen, die einem Paar vorn auf einem Podium lauschten. Ich öffnete die Tür, Sanjay dicht hinter mir, der mir zuflüsterte, wir sollten zum Auto zurückgehen und unverzüglich wieder nach Hause fahren. Doch ich drehte mich um, sah ihm fest in die Augen und sagte: »Jetzt sind wir schon mal hier, da sehen wir uns die Sache auch an.«
Die schätzungsweise fünfzig Menschen aller Hautfarben und Altersgruppen wandten sich uns zu, als wir eintraten. Sanjay und ich waren die einzigen Inder. Gott sei Dank!
»Willkommen!«, begrüßte uns mit lauter Stimme die stämmige Frau, die gerade zu den anderen Anwesenden gesprochen hatte. »Ihr seid also ...« Sie senkte den Blick auf das Klemmbrett in ihrer Hand und ging mit dem Finger die Liste darauf durch. »Priya und Sanjay. Stimmt's? Habe ich die Namen richtig ausgesprochen?«
Ich nickte; Sanjay verzog keine Miene.
»Ich bin Josie. Und das ist mein Partner Sam«, stellte sie den jungen Mann mit Brille neben sich vor. »Wir leiten den Workshop. Schön, dass ihr gekommen seid,

aber das Essen habt ihr leider verpasst. Holt euch hinten Stühle oder setzt euch einfach auf den Boden. Wir haben die Vorstellungsrunde halb hinter uns. Danach ziehen wir uns zurück, damit wir morgen Früh frisch sind.«

Sanjay rührte sich nicht von der Stelle, während ich mich auf den Boden setzte. Ich zog ihn zu mir herunter.

»Was soll das alles?«, fragte er leise. »Was für ein Workshop? Wo hast du mich da hingeschleppt?«

»Bitte, Sanjay, lass uns einfach zuhören, ja?«, antwortete ich. Ursprünglich hatte ich vorgehabt, überrascht zu reagieren und so zu tun, als hätte man uns die falsche Adresse gegeben. Aber nun beschloss ich, wenigstens an diesem Abend nicht zu lügen. Wenn alle anderen ehrlich waren, schuldete ich ihnen ebenfalls Ehrlichkeit.

Josie und Sam wechselten sich beim Sprechen ab. Ihre Stimmen waren leise und sanft, und sie lächelten viel. Sie wirkten ausgeglichen und zufrieden. Ein wenig erinnerten sie mich an Karishma und Steve.

»Das Ziel dieses Wochenendes besteht darin, zu lernen, wie man sich dem anderen vom Herzen her nähert«, sagte Josie und drückte beide Hände auf ihre Brust. »Erfolg und Besitztümer haben wir alle erlangt. Aber unser emotionales Leben krankt. Wir sind unzufrieden mit unserer Beziehung, einsam und leer. Manche schaffen es nicht, den richtigen Partner zu finden, andere fühlen sich in ihrer Beziehung nicht wohl. In den nächsten Tagen werden wir lernen, die Blockaden aufzulösen, die zwischen uns und unserer Zufriedenheit stehen. Nicht wahr, Sam?«, fragte sie den schlanken Mann neben ihr.

»Ja, Josie. Und ich möchte hinzufügen, dass dieser Workshop experimentellen Charakter hat. Um davon zu profitieren, müsst ihr euch voll und ganz darauf einlassen. Vergesst eine Weile die Welt da draußen. Die nächsten Tage sollen sich nur um euer Herz drehen. Irgendwelche Fragen?«

Einige Leute hoben die Hand, und voller Entsetzen sah ich, dass Sanjay zu ihnen gehörte.

»Ja, bitte«, sagte Sam lächelnd und deutete auf Sanjay.

»Verraten Sie mir doch bitte, wie viel meine Frau für diese Scheiße bezahlt hat«, rief er voller Wut aus. »Wem hat sie die Gehirnwäsche zu verdanken?«

Ich senkte verlegen den Blick, während sich Schweigen im Raum ausbreitete.

»Ihr müsst euch offenbar über etliche Themen klar werden«, antwortete Sam ruhig. »Deshalb seid ihr hier. Und wir sind hier, um euch dabei zu helfen.«

Sanjay erhob sich mit zitternden Knien. Ich hatte ihn noch nie so wütend gesehen und bekam es mit der Angst zu tun. Sein sonst so entspanntes Gesicht nahm einen fahlen Ton an, seine Augen wurden groß, und er ballte die Fäuste.

»Das hier soll Club Med sein?«, fragte er. »Mit mir

und meiner Frau ist alles in Ordnung. Aber mit euch Verrückten stimmt etwas nicht. Ihr seid ja völlig von der Rolle. Keine Kultur, keine Familiengemeinschaft, kein Nichts. Deswegen müsst ihr auch zu so einer albernen Veranstaltung wie der hier. Wenn ihr euch den Segen eurer Eltern holen würdet, wäre kein solches Chaos in eurem Leben.«

Eine grauhaarige Frau nicht weit von uns entfernt, die Sanjays Ausbruch mit ernstem Gesicht beobachtet hatte, erhob sich und holte aus einer bunten Webtasche eine lange blassrosa Kartonrolle, die aussah, als diente sie normalerweise zum Transport oder zur Aufbewahrung von Postern. Alle Anwesenden hatten eine solche Rolle.

»Ihr habt den Anfang verpasst und könnt deshalb nicht wissen, dass das hier ein wichtiges Werkzeug in diesem Workshop ist«, sagte sie und hielt die Rolle hoch. »Ihr bekommt auch noch eine.« Dann deutete sie damit auf Sanjays Brust, als wollte sie zustechen – so, wie ich mich jetzt fühlte, wäre das gar keine so schlechte Idee gewesen.

»Ich werde jetzt da hineinblasen und dein Herzchakra öffnen«, sagte sie und hielt das eine Ende der Rolle an den Mund.

»Erzählen Sie mir nichts von Chakren!«, rief Sanjay wütender als zuvor. »Wir haben die Dinger erfunden, da seid ihr verrückten Amerikaner noch im Schlamm herumgekrochen!«

Die Frau ließ die Rolle mit großen Augen sinken.

»Du solltest deiner Frau dafür danken, dass sie dich hergebracht hat«, sagte sie mit einem mitfühlenden Blick in meine Richtung. »Ihr mögt aus einer uralten Kultur stammen« – bei dem Wort »uralt« bekam Sanjay einen glasigen Blick –, »aber jetzt seid ihr im einundzwanzigsten Jahrhundert. Und heutzutage reden Paare über ihre Probleme. Ihr werdet davon profitieren, wenn ihr hier bleibt, glaubt mir.«

Sanjay beugte sich zu mir herab und zog mich am Ellbogen hoch.

»Wir gehen jetzt«, meinte er, an Josie und Sam gewandt. »Ich bestehe auf einer vollen Erstattung der Kosten.«

»Bitte bleibt«, sagte Josie ganz ruhig. »Respektiere den Wunsch deiner Frau.«

»Den Teufel werde ich tun«, erwiderte Sanjay, und seine Finger krallten sich noch fester um meinen Ellbogen. Ich schämte mich – nicht nur, weil ich das Undenkbare tat, nämlich ein privates Problem öffentlich machen, sondern auch, weil die Anwesenden mich ansahen, als hätte ich den völlig falschen Partner geheiratet.

»Bitte Sanjay«, bettelte ich, Tränen in den Augen. »Setz dich wieder. Nur eine halbe Stunde, versprochen. Dann können wir gehen. Bitte. Wir sind doch so weit gefahren.«

Zu meiner Überraschung atmete Sanjay tief durch und nahm tatsächlich wieder Platz.

»Na schön«, meinte er, die Augen zu Schlitzen verengt, »aber nur dir zuliebe.«

»Danke«, sagte Sam. »Und jetzt tief durchatmen und alle Gefühle der Wut und Verärgerung hinausblasen. Schließ die Augen, visualisiere einen besonderen Ort – einen Wald oder See zum Beispiel – und versetze dich dorthin.«

»Komisch, dass Sie das sagen, denn eigentlich sollten wir am Strand sein«, murmelte Sanjay, die Augen offen, und alle um uns herum lachten. Vielleicht würde es doch noch klappen.

Sanjay lauschte schweigend, als einige Teilnehmer aufstanden, um ihre Geschichte zu erzählen. Doch schon bald verlor er das Interesse. Er zupfte Fussel von seinen Socken, während eine Frau mit Zahnlücke und korrigierter Nase klagte, sie werde nie den richtigen Mann kennen lernen.

»Aber jetzt sage ich dem Universum, dass ich für ihn bereit bin!«, meinte sie schließlich mit bebender Stimme, während die anderen jubelten und Sanjay die Augen verdrehte.

»Die kann dem Universum erzählen, was sie will; mit der wird nie ein Typ ausgehen«, flüsterte er mir zu. Ich brachte ihn mit einem Stoß in die Rippen zum Schweigen.

Nach einem Blick auf die Uhr sagte Josie, für heute

sei es genug, wir könnten uns für die Nacht zurückziehen. Sanjay stand als Erster auf.

»Doch bevor wir auseinander gehen, wollen wir uns noch in heilendes rosafarbenes Licht hüllen und unseren Engeln dafür danken, dass sie uns hierher geführt haben«, erklärte sie mit geschlossenen Augen. »Wir versammeln uns jetzt zu Gruppenumarmungen, und vergesst nicht, dass sich eure Herzen dabei berühren sollen. Schlaft gut; morgen Früh um neun treffen wir uns wieder hier. Der morgige Tag wird kathartisch werden, also bereitet euch innerlich darauf vor. Ich liebe euch alle«, schloss sie strahlend.

Mehrere Teilnehmer kamen auf Sanjay zu und klopften ihm auf die Schulter.

»Echte Männer stellen sich dem Schicksal«, lobte ihn ein Langhaariger mit Banjo auf dem Rücken. »Friede«, fügte er hinzu und hielt zwei Finger hoch.

»Wir bleiben nicht. Tschüss«, erwiderte Sanjay und ergriff meinen Arm. »Was hast du dir dabei gedacht, Priya?«, fragte er. »Ich weiß nicht, was für einen Floh dir deine Kollegen da ins Ohr gesetzt haben, aber es ärgert mich, dass du mich anlügst und dazu bringst, Benzin und Zeit für so etwas zu vergeuden. Was ist bloß los mit dir? Komm, wir fahren.«

Ich löste seine Finger von meinem Arm.

»Ich finde, wir sollten bleiben«, sagte ich. »Wir müssen uns unseren Problemen stellen. Es tut mir Leid, dass ich dich angelogen habe, aber das war die einzige Möglichkeit, dich hierher zu bringen.«

Sanjay starrte mich verständnislos an.

»Ich gehe, und du kommst mit«, sagte er.

»Geh ruhig«, erklärte ich, erstaunt über meine Worte. »Ich bleibe. Die Sache ist albern, und die Leute mögen ein bisschen merkwürdig sein, doch vielleicht hilft mir der Workshop. Nach Hause komme ich allein.«

»Mach dir nicht die Mühe«, sagte er, sah mich ein letztes Mal an und ging hinaus zum Wagen.

Mein Traum fiel mir wieder ein: ich im Nachthemd auf unserer Straße in Delhi und Kakis schockierter, trauriger Blick, wie sie ihrer einzigen verheirateten, jetzt von ihrem Mann getrennten Enkelin die Tür öffnet.

Sanjay und ich fuhren schweigend nach Hause.

Achtundzwanzig

Im Fernsehen hörte ich Leute erzählen, dass die Gefühle langsam abflachen und der gute Wille ganz allmählich verschwindet, der für die Aufrechterhaltung einer Beziehung nötig ist.

Meiner Meinung nach kommt das Ende der Ehe ziemlich schnell, nach einer Dinner-Party etwa oder während einer wortlosen Autofahrt.

Sanjay erklärte seinen Eltern das kurze Wochenende mit einer Verwechslung der Reservierungen, und meine Schwiegermutter meinte, ich könne wirklich nie etwas richtig machen. Ich berührte ihre Füße und ging hinauf, um mich ins Bett zu legen.

Am nächsten Morgen überraschte Sanjay mich mit dem Vorschlag, einen Spaziergang zu machen und so die einzige Gelegenheit des Tages zu einem ungestörten Gespräch zu nutzen. Seit dem Fiasko vom Vorabend schien er sich beruhigt zu haben, stellte ich erleichtert fest.

Als unsere Turnschuhe auf dem kühlen Beton quietschten, wurde mir bewusst, wie lächerlich ich aussehen musste mit meinem *salwar kameez* aus

Baumwolle und den Nikes an den Füßen. Aber es war ja Wochenende, und es bestand keine Veranlassung, mich »westlich« zu kleiden.

»Willst du mir sagen, was in deinem Kopf vorgeht?«, fragte Sanjay mich. Das war sein erster Satz seit zehn Stunden.

Ich hielt den Blick gesenkt, weil ich spürte, wie mir die Tränen in die Augen traten. Vor dem Workshop hatte ich noch die Hoffnung gehabt, unsere Ehe retten zu können. Nun hatte ich nicht einmal mehr die.

»Ich dachte, wir könnten Hilfe in unserer Ehe gebrauchen«, sagte ich leise und wischte mir mit dem Ärmel die Augen ab. »Ich hatte wirklich nur die besten Absichten, Ehrenwort.«

Das schien Sanjay zu besänftigen.

»Sag mir, was dir Kummer macht«, meinte er. »Warum hast du das Gefühl, solche albernen Workshops besuchen zu müssen, die nicht für Leute wie uns geschaffen sind? Lebst du denn nicht in einem schönen Haus? Isst du keine guten Sachen? Bist du krank? Was ist los?«, fragte er, jetzt wieder erregter.

»Sanjay, das hat nichts mit dem Haus, dem Essen oder der Gesundheit zu tun. In der Ehe sollte es um mehr gehen. Ich fühle mich nicht geschätzt. Wir reden nie wirklich miteinander. Ich habe keine Ahnung, was in deinem Leben geschieht, und weiß nicht, was du denkst.«

»Mein Gott, Priya, was gibt's da schon zu wissen? Daddy und ich versuchen ein Geschäft zu führen, und genau darum dreht sich mein Leben. Ich bezahle die Rechnungen, damit es allen gut geht. Das ist alles. Was erwartest du? Und was meinst du, wenn du sagst, du fühlst dich nicht geschätzt? Wo steht geschrieben, dass ich dankbar für eine Frau sein muss?«

Ich blieb stehen.

»Alle haben mir geraten, nicht zu viel von der Ehe zu erwarten«, sagte ich leise und dachte dabei an Tante Vimla. »Je weniger ich erwartete, desto besser würde es mir gehen. Aber es tut mir Leid, so bin ich nun mal nicht gestrickt. Ich möchte glücklich und fröhlich und dir nahe sein. Ich wünsche mir mehr Privatsphäre für uns. Aber deine Familie mischt sich in alles ein, und du schlägst dich jedes Mal auf ihre Seite. Nach fast einem Jahr Ehe habe ich immer noch das Gefühl, mit einem Fremden verheiratet zu sein.«

Sanjay sah mich an. Eine kühle Brise wehte von den fernen Hügeln herüber, wirbelte ein trockenes Blatt neben seinem Fuß hoch und brachte es zum Tanzen.

»Dahinter stecken sicher deine Freundin Karishma und ihr amerikanischer Mann«, sagte er mit bebenden Nasenflügeln. »Seit du die beiden kennst, hast du merkwürdige Gedanken und beklagst dich völlig grundlos. Im College hatte ich eine amerikanische Freundin, die mich heiraten wollte. Aber ich wusste, dass sie meiner Familie nicht gehorchen würde. Deswegen habe ich mich in Indien umgesehen. Ich wollte keine ewige Nörglerin. Und nun schau, was nach so kurzer Zeit aus dir geworden ist.«

Ich wischte mit einem Papiertaschentuch die Tränen weg, die mir ungebremst die Wangen hinunterrollten. Sanjay wandte sich mir zu, zog mich zu sich heran und küsste mich auf den Kopf, genau auf die Stelle, an der sich der *sindoor* befand. Als er sich wieder von mir löste, waren seine Lippen rot verschmiert, und ich musste lächeln.

»Entschuldige«, sagte er. »Ich darf mich nicht beklagen. Andere Frauen hintergehen ihre Männer und sind faul. Du möchtest nur unser Leben verbessern. Das ist letztlich nichts Schlimmes. Ich verzeihe dir. Vergessen wir das Ganze, ja?

Und kriegst du irgendwann tatsächlich noch ein schönes Wochenende vom *Hollywood Insider?*«

»Na, wie war's?«, fragte Steve mich ein paar Tage später bei unserer Sitzung.

»Katastrophal«, antwortete ich. »Kann man das Geld zurückbekommen?« Ich erzählte ihm, was passiert war, und er nickte mitfühlend.

»Du musst ganz schön wütend und traurig sein«, meinte er und zückte einen dicken Block.

»Ja. Aber was soll ich denn machen? So ist er nun mal, das muss ich akzeptieren. Vorbei ist vorbei, sagt meine Großmutter immer.« Ich versuchte fröhlich zu klingen. »Natürlich hatte ich mir von dem Workshop mehr Aufgeschlossenheit und Offenheit erhofft, sodass ich ihm irgendwann von meiner wahren Tätigkeit und meinem wirklichen Leben erzählen könnte. Doch ich begreife jetzt, dass er noch nicht dazu bereit ist. Ich muss ihm mehr Zeit lassen, geduldig sein.«

»Du lügst dir selbst in die Tasche, und das weißt du auch«, sagte Steve sanft. »Du bist zutiefst unglücklich. Heraushelfen kannst du dir da nur selbst.«

»Ich muss los«, sagte ich und stand auf. »Außerdem habe ich in der Arbeit jetzt so viel zu tun, dass ich meine Sitzungen mit dir nicht fortsetzen kann. Danke für alles, aber ich glaube, ich komme nun allein zurecht.« Dann holte ich einen Scheck aus meiner Handtasche, legte ihn auf Steves Schreibtisch und verließ den Raum.

Neunundzwanzig

Karishma versuchte mehrmals, mich zu erreichen, doch ich ließ den Anrufbeantworter laufen und rief nicht zurück. Sie klang besorgt. Ich erinnerte mich an ihren Blick, als ich ihr von meinen Lügen Sanjay gegenüber erzählt hatte. Es war der gleiche Blick wie bei unserer zufälligen Begegnung vor dem Target, wo sie uns zu Tapas eingeladen und Sanjay erwidert hatte, wir müssten nach Hause, damit ich für seine Familie kochen könne. Ihrer Ansicht nach saß ich in einem selbst geschaffenen Gefängnis, und daran änderte nicht einmal mein toller Job etwas. Ich wollte Karishma nicht mehr treffen, weil sie mit ihrer Beurteilung Sanjays völlig richtig lag. Und wenn sie Recht hatte, musste ich mich täuschen.

Den ersten Hochzeitstag soll man besonders romantisch gestalten, damit man sich später immer daran erinnert. Die Ehepaare, mit denen Sanjay befreundet war, schwärmten nur so von dem ihren – von der Kreuzfahrt in der Karibik, dem Champagner zum Frühstück im Bett. Und sie erzählten, dass sie in der Erinnerung noch einmal ihre Hochzeit erlebten.

»Letztes Jahr um diese Zeit wollten wir ums Feuer gehen«, sagte Shalu und sah dabei ihren Mann Deepak an. »Weißt du noch, Schatz, wie es regnete und gar nicht mehr aufhörte, aber alle sagten, das sei ein gutes Omen?«

Unser erster Hochzeitstag kam immer näher, doch Sanjay und ich redeten nicht darüber. Nur meine Schwiegermutter wies mich darauf hin, dass die Leute sich jetzt, da wir fast zwölf Monate verheiratet waren, allmählich Gedanken machen würden, warum ich noch kein Kind hatte.

»Sie werden dich für unfruchtbar halten«, sagte sie, »und meinen, dass mit dir etwas nicht stimmt.«

Meine romantische Schwester Roma schickte mir eine E-Mail, in der sie mich fragte, was für den großen Tag geplant sei.

»Blumen am Morgen und bei Sonnenuntergang ein Spaziergang, stimmt's?«, schrieb sie. »Vielleicht macht er dir zum Frühstück Pfannkuchen und bringt sie dir mit einer Rose ans Bett. Das habe ich im Film gesehen.«

Ich brachte es nicht übers Herz, ihr zu antworten, dass die Pfannkuchen wohl eher ich machen würde.

Ich hatte gelesen, dass viele Menschen sich aus ihrer schlechten Ehe in die Arbeit flüchten, doch bei mir war es anders. Da ich mir als Ehefrau wie eine Versagerin vorkam, fühlte ich mich auch am Computer, im

Gespräch mit Chris Rock oder bei einer Pressesitzung so. Alle anderen wirkten auf mich glücklich und zufrieden, ihre Augen glänzten vor Begeisterung, und sie kicherten über die neuesten Fotos von Paris Hilton und P. Diddy. Doch ich musste an Kaki denken. Wieso, fragte ich mich, schaffte ich trotz all ihrer Weisheiten über Leben und Karma etwas so Einfaches wie die Ehe nicht?

Außerdem stand mein fünfundzwanzigster Geburtstag bevor, ein paar Wochen vor meinem Hochzeitstag. Früher war ich an allen Geburtstagen voller Vorfreude aufgewacht, auch wenn wir gar nichts Besonderes unternahmen. Zu Hause feierten Radha, Roma, Ria und ich immer zusammen, weil unsere Geburtstage ja so knapp hintereinander lagen. In dieser Woche sagte niemand ein böses Wort, und alle gingen noch freundlicher miteinander um als sonst. Sogar Tante Vimla hielt sich mit Kritik zurück. Kaki sang ein dreistrophiges »Happy Birthday to You« in einer Mischung aus Hindi und Englisch, während wir vier Schwestern uns gegenseitig mit selbst gebackenem Kuchen fütterten und unsere kleinen Geschenke auspackten.

Letztes Jahr um diese Zeit hatte ich Sanjay noch gar nicht gekannt.

Und dieses Jahr war ich die Einzige aus unserem kleinen Quartett, die nicht bei der schwesterlichen Feier dabei sein konnte.

Dreißig

»Fernsehen?«, fragte ich James. »Was weiß ich denn vom Fernsehen?«

James hatte mir gerade eine Notiz von Mr Bailey über meine Fortschritte beim *Hollywood Insider* vorgelesen. Ich hätte schnell gelernt, hieß es darin, und nun solle ich in der Sparte »Fernsehen« mein Glück versuchen. Der neue Kabelsender des Hauses, der sich hauptsächlich mit Entertainment beschäftigte, machte sich gut und suchte nach Produzenten und Rechercheuren hinter der Kamera, die Interviews arrangierten, Einführungen verfassten, Zeitpläne entwarfen und sich Fragen ausdachten, die die Stars zum Denken, Weinen, vielleicht sogar zu beidem, brachten.

»Kinderleicht«, sagte James. »Wir verkaufen das als Lateralbewegung, doch unter uns: Es ist eine Beförderung, verbunden mit einer kleinen Gehaltserhöhung. Aber bitte erwähnen Sie das den anderen gegenüber nicht, ja? Das Fernsehen ist immer noch die Branche der Zukunft. Die Leute haben weder Zeit noch Lust, vierseitige Features zu lesen. Sie wollen schnelle visuelle Information. Schauen Sie sich denn nicht auch gern *Entertainment Tonight* an? Nun, das, womit Sie's

künftig zu tun haben werden, ist so ähnlich, nur besser. Was halten Sie davon?«
Ich bedeckte das Gesicht mit den Händen und schüttelte den Kopf. Eigentlich fand ich alles sehr aufregend. Ich würde mit Kopfhörer auf dem roten Teppich zur Oscar-Verleihung stehen, dem Ansager vor der Kamera Tipps für seine Fragen an die Stars geben und vielleicht eines Tages mit Barbara Walters zusammenarbeiten. Möglicherweise würde ich irgendwann, wenn meine Schwiegereltern unter der Erde lagen und mein Mann sich endlich die Mühe machte, mir zuzuhören, sogar die neue Barbara Walters *sein*. Ich starrte James, den Stapel Zeitschriften vor ihm und den Redaktionsplan an der weißen Tafel hinter ihm an. Meine Freude wurde nur durch die Tatsache getrübt, dass mein Mann mich in letzter Zeit voller Enttäuschung betrachtete und dass er sich wünschte, ich entspräche mehr seinen Erwartungen.
»Gut«, meinte ich achselzuckend. »Dann versuche ich es eben mit dem Fernsehen.«

Während ich das Abendessen zubereitete, sagte ich mir immer wieder, wie glücklich ich mich schätzen könne. Als ich Deanna von Mr Baileys Vorschlag erzählt hatte, war sie mit einem Freudenschrei in die Luft gesprungen.
»Du wirst mir fehlen«, hatte sie gesagt, »denn du bist wirklich die Netteste hier. Manche Leute würden für

einen Job beim Fernsehen einen Mord begehen, also musst du dich phänomenal geschlagen haben.«

Was für ein Glück, dass Mr Bailey so großes Vertrauen in mich setzte. Ich war so in Gedanken versunken, dass ich fast das Karotten-*halwa* für den Nachtisch hätte anbrennen lassen.

»*Aarey wah!*«, rief mein Schwiegervater aus, als er das Dessert sah, und er und seine Frau strahlten über das gelungene Abendessen. In meiner Freude über meine neue Stelle hatte ich auf dem Heimweg beim indischen Laden Halt gemacht und besondere Zutaten erworben: frisches Korianderchutney, geröstete Cashewnüsse, süßen gelben Reis und Tandoori-Hühnchen, und hinterher gab es einen leckeren Nachtisch aus saftigen, feucht geriebenen Karotten und Zucker.

Kaki wäre stolz auf mich gewesen.

»Schau dir das an«, sagte meine Schwiegermutter zu Malini. »Wann wirst du endlich so gut kochen lernen? Nimm dir ein Beispiel an Priya. Du sitzt nur den ganzen Tag herum und lackierst dir die Zehennägel.«

Meine Schwägerin hörte zu kauen auf und sah mich beschämt an.

»Mummy, das ist nicht fair«, sprang ich Malini bei. »Sie ist wirklich sehr begabt. Außerdem hat sie mir beim Kochen geholfen, während du oben warst«, log ich.

Malini legte die Gabel weg und stand vom Tisch auf. Niemand folgte ihr.

Als ich den Abwasch erledigte, kam Malini mit einem leeren Keramikkrug in der Hand in die Küche.

»Tolles Essen, *bhabi*«, meinte sie. Ich sah, dass sie geweint hatte. »Du hältst dich wohl für sehr clever, für etwas Besonderes, nicht wahr?«, sagte sie, plötzlich wütend, aber ohne die Stimme zu heben. »Alle lieben deine Kochkünste und dich. Priya hier und Priya da. Ich hab's so satt!« Sie warf einen Löffel in die Spüle.

»Malini, es tut mir Leid. Deine Mutter hat das sicher nicht so gemeint. Du weißt doch, wie sie sein kann ...«

»Ich kenne dein Geheimnis«, platzte Malini heraus.

Ich nahm zitternd die Hände aus dem warmen Wasser und wischte sie an meiner Schürze ab.

»Wie meinst du das?«, fragte ich so nonchalant wie möglich.

»Gestern war der Geburtstag meiner Freundin Tanya, und wir sind zum Lunch ins Eurochow«, erklärte sie. »Da habe ich dich gesehen, beim Interview mit Cameron Diaz. Du hattest dieses hübsche Outfit an von dem Tag, an dem wir bei dir im Büro reingeschneit sind. Jedenfalls hab ich gleich die Frau am Empfang vom *Hollywood Insider* telefonisch nach dir gefragt, und sie hat mir verraten, dass du so was wie 'ne Reporterin bist. Tja, und dann kommst du mit deinem langweiligen kleinen *salwar kameez* heim und spielst den Gutmenschen ... Was bist du doch für eine Heuchlerin«, sagte sie, ihre Wangen rot vor Zorn. »Wenn Mummy und Papa und Sanjay herausfinden, was du wirklich machst, dass du dich auftakelst und mit Berühmtheiten triffst, setzen sie dich vor die Tür, das weißt du. Du tust, als wärst du besser als ich, aber in Wirklichkeit bist du eine Lügnerin und Betrügerin.«

»Malini, bitte ...«, sagte ich hilflos. Doch meine Schwägerin ließ mir keine Gelegenheit zu einer Antwort. Sie knallte den Krug auf die Arbeitsfläche und verließ die Küche.

»Keine Sorge«, meinte sie an der Tür. »Ich verrate nichts, solange du dich nicht gegen mich stellst.«

Ich verbrachte eine schlaflose Nacht. Kaki hatte immer gesagt, ich solle nach den »kleinen Wegweisern des Lebens« Ausschau halten, und nun überlegte ich neben dem schnarchenden Sanjay, was sie gemeint haben könnte.

»Sie sind wie kleine Hinweisschilder auf der Straße«, hatte sie mir erklärt, »und zeigen dir die richtige Richtung.«

Bevor ich die neue Stelle antrat, würde ich meiner Familie reinen Wein einschenken müssen.

Im Sitzungszimmer fand ein Treffen der Reporter, Rechercheure und Fotografen statt, die zum Kabelfernsehen wechseln sollten.

»Wir besprechen die Kompetenzen sowie eventuelle

Fragen«, meinte James, »damit der Wechsel für alle so glatt wie möglich abläuft.«
Ich sollte um vier Uhr wieder da sein, doch ein Telefoninterview mit Adam Sandler hielt mich länger am Schreibtisch fest. Immerhin spielte, als ich auflegte, ein Lächeln um meine Lippen. Sandler hatte gelangweilt geklungen, war aber durchaus amüsant gewesen. Als ich den Blick hob, stand Lynette Dove mit verschränkten Armen und strengem Blick vor mir. Ein bisschen erinnerte sie mich an meine Lehrerin Miss Pereira.
»Ja, Lynette?«, fragte ich, nicht auf die Büro-Etikette achtend, die vorgeschrieben hätte, sie »Ms Dove« zu nennen. »Kann ich Ihnen irgendwie behilflich sein?«
»Ich wollte Ihnen nur viel Glück beim Kabelfernsehen wünschen«, antwortete sie mit einem spöttischen Lächeln. »So groß war Ihre Begabung fürs Feature-Schreiben also doch nicht, was? Das kann man eben nicht ohne die nötige Routine. Aber immerhin haben Sie etwas gelernt. Als Wasserträgerin dieser superhübschen Fernsehansagerinnen mit Betonfrisur werden Sie sich sicher wohler fühlen.«
Ich schaltete meinen Computer aus und stand auf.
»Ich habe Ihnen gleich am Anfang gesagt, dass Sie von mir nichts zu befürchten haben«, erklärte ich, den Impuls, ihr eine Ohrfeige zu geben, nur mühsam unterdrückend. »Wie Sie wissen, halte ich Sie für die wichtigste Person hier bei der Zeitschrift, und die wer-

den Sie auch dann noch sein, wenn ich weg bin. Hoffentlich begreifen Sie irgendwann, dass Ihre Vorbehalte mir gegenüber ungerechtfertigt waren.« Dann ließ ich sie, die Hand um meinen Durga-Anhänger, stehen.

Als ich am Abend nach Hause kam, fragten Sanjay und meine Schwiegereltern mich, was ich am nächsten Tag, meinem Geburtstag, tun wolle.

»Wir könnten zum Essen gehen«, schlug meine Schwiegermutter vor. »Dann musst du nicht kochen. Ich habe Bons für ein neu eröffnetes italienisches Restaurant, das sehr nett sein soll.«

»Danke, Mummy, das wäre schön«, sagte ich.

Inzwischen war das Abendessen fertig, und wir warteten nur noch darauf, dass Malini vom Yoga-Kurs nach Hause kommen würde.

»Das macht ihr offenbar Spaß«, meinte Sanjay. »Ist schon die dritte Sitzung diese Woche, und Doppelstunden hat sie auch belegt.«

»Eigentlich«, fiel meinem Schwiegervater ein, »könntest du den Müll rausbringen.«

Eine nach der anderen schob ich die drei großen Tonnen unsere Auffahrt hinunter. In dieser Jahreszeit wurde es bereits um fünf Uhr nachmittags dunkel und kühl, und auf der Straße war kaum noch jemand zu sehen. Da hörte ich das Quietschen von Reifen. Ein weißer Porsche hielt ein paar Häuser entfernt, und ein

gut aussehender Schwarzer stieg aus, ging um den Wagen herum und öffnete die Beifahrertür, um Malini herauszulassen. Er schlang die Arme um sie, drückte sie an sich und küsste sie. Ich starrte meine Schwägerin in ihrer leidenschaftlichen Umarmung mit diesem dunkelhäutigen Fremden mit offenem Mund an.
Er bemerkte mich zuerst.
Dann entdeckte auch sie mich.
Ich hastete ins Haus und in die Küche, wo ich begann, mit Töpfen und Geschirr zu hantieren. Kurz darauf hörte ich, wie meine Schwiegereltern Malini begrüßten und sie sie fragte, wo ich sei. Wenig später kam sie zu mir, die Haare vom Wind zerzaust, das Gesicht rot. Sie ließ ihre Umhängetasche auf den Boden fallen. Konfrontationen, wie mir jetzt eine bevorstand, waren mir ein Gräuel.
»Malini, keine Sorge, ich verrate nichts«, stotterte ich, nervös ein Geschirrtuch zwischen den Fingern drehend.
»Woher soll ich wissen, dass du Wort hältst?«, fauchte sie. »Was wolltest du überhaupt da draußen? Spionierst du mir nach?«
»Malini, ich habe den Müll rausgebracht wie immer um diese Zeit und dir wirklich nicht nachspioniert, Ehrenwort. Was du tust, ist deine Sache. Ich sage Mummy, Papa und Sanjay nichts. Bitte, vertrau mir.«
Vom Nachbarzimmer aus rief meine Schwiegermutter, ich könne jetzt das Abendessen auftragen.

»Ja, Ma, ich komme schon«, antwortete ich, so ruhig wie möglich. »Malini und ich unterhalten uns gerade über ihren Yoga-Kurs.«
Ich legte das Geschirrtuch weg und streckte die Hand aus, um den Arm meiner Schwägerin zum Zeichen weiblicher Solidarität zu berühren. Schließlich war ich mit drei Schwestern aufgewachsen.
»Grins nicht so süffisant«, sagte sie wütend. »Ich habe diesen abschätzigen Blick satt. Mir ist schon klar, was du von mir hältst: Du meinst, ich bin kein gutes Hindu-Mädchen wie du. Tja, so toll bist du auch wieder nicht. Denkst du, mir fällt nicht auf, wie unglücklich Sanjay seit ein paar Wochen aussieht? Ich glaube, er hat die Schnauze voll von dir. Rede dir bloß nicht ein, dass du eine wunderbare Ehefrau bist.«
Mir wurde ganz schwindelig, und ich musste mich gegen die geflieste Arbeitsfläche lehnen. Ich war müde, verzweifelt und plötzlich sehr, sehr traurig.
»Ich habe genug von dir«, fuhr Malini fort. »Sie sollen die Wahrheit über dich erfahren. Dann glauben sie dir nämlich nicht, was du ihnen über mich erzählst. Vielleicht werde ich dich so endlich los. Ich sage ihnen jetzt alles«, drohte sie.
Ich war zu erschöpft, um etwas zu erwidern. Dass Malini mich so sehr hasste, hatte ich nicht geahnt. Als ich sie ansah, fiel mir ein, was Miss Pereira uns damals in der Schule beigebracht hatte: dass man sich vor Feiglingen in Acht nehmen müsse. Malini würde mich

verraten, bevor ich etwas über sie sagen konnte – Präventivschlag nennt man so etwas wohl.
Offenbar handelte es sich hier um einen von Kakis kleinen Wegweisern.
»Mach dir nicht die Mühe«, erklärte ich und verließ die Küche. »Das erledige ich selbst.«

Ich war zu müde, um Erklärungen zu bieten oder ins Detail zu gehen. Also sagte ich nur: »Ich arbeite nicht am Empfang, sondern bin Journalistin. Und als solche genieße ich einen ziemlich guten Ruf. Dabei komme ich in der ganzen Stadt herum und trage schicke westliche Kleidung. Ich habe euch alle angelogen. Ich bin nicht die, für die ihr mich haltet, aber aus mir ist die geworden, die ich immer sein wollte.«
Als ich diese Worte aussprach, wurden mir meine Verbitterung und Wut bewusst. Ich wollte nur noch nach oben und die Tür hinter mir zumachen. Meine Schwiegereltern sahen mich schweigend an. Ohne auf eine Reaktion zu warten, nahm ich die Schürze ab und verbeugte mich wie jeden Abend vor dem Zubettgehen vor ihnen. Sie zuckten nicht mit der Wimper.

Als ich am nächsten Morgen aufwachte, dachte ich nicht gleich an meinen Geburtstag, sondern starrte geistesabwesend aus dem Fenster. Irgendwann kam Sanjay herein, der die Nacht im Gästezimmer verbracht hatte, und bat mich, nach unten zu gehen.

»Darüber müssen wir uns als Familie unterhalten«, sagte er, ausnahmsweise um Kommunikation bemüht. »Wir können nicht einfach so weitermachen, als wäre nichts passiert.«

Wir versammelten uns im Wohnzimmer. Mein Schwiegervater brummte als Erster etwas: »Alles Gute zum Geburtstag.« Ich musste an meine drei Schwestern und die Torte denken, an Kakis Lied und daran, dass sich hinterher alle gegenseitig mit dem Kuchen fütterten.

»Tja, Priya, wir befinden uns in einer ernsten Situation«, fuhr mein Schwiegervater fort. »Du hast uns hintergangen. Anständige Mädchen lügen nicht«, meinte er mit einem Blick auf Malini, deren Körper sich vor Furcht verkrampfte.

»Hast du uns etwas zu sagen oder willst du nur weiter schweigend dasitzen?«, fragte er in strengem Tonfall.

»Papa«, begann ich, »es tut mir sehr, sehr Leid, dass ich euch verletzt habe und ungehorsam war. Aber das war nie meine Absicht. Es ist einfach so passiert.«

Sie lauschten schweigend, als ich erzählte, wie Shanisse mich völlig aufgelöst gebeten hatte, für sie einzuspringen, und wie ich so zuerst den betrunkenen und später den zerknirschten Rex Hauser kennen lernte. Ich erzählte ihnen von Mr Baileys attraktivem Angebot, der Kleidung, den Mittagessen und den Stars, die meine Freunde geworden waren. Sie hörten mir mit ausdruckslosem Gesicht zu – Malinis Miene verriet abwechselnd Neid und Bedauern –, als ich ihnen verriet, dass ich mich alle paar Monate in einem Brentwood-Café zum Lunch mit Arabella Tomas traf, dass Maia Mourtos mir tags zuvor Blumen zum Geburtstag geschickt hatte und dass Rex Hauser immer nach mir fragte. Schließlich teilte ich ihnen noch die Sache mit dem neuen Jobangebot mit und dass ich gedachte, es anzunehmen.

»Ich habe eine schöne Zeit erlebt«, sagte ich, signalisierend, dass ich bereit wäre, alles aufzugeben, selbst wenn dem nicht so war. »Es hat mir gut getan. Verzeiht mir, dass ich euch nichts davon verraten habe, aber ihr hättet mir das nie erlaubt. Und mein Leben dort hat das hier nicht beeinträchtigt. Ich würde gern weiter glauben, dass ich die Schwiegertochter bin, die ihr euch vorgestellt habt.«

Sanjay wirkte zum ersten Mal fast nachdenklich.

»Trotzdem hast du uns angelogen«, fauchte er mich an wie ein Fünfjähriger auf dem Schulhof. »Allmählich bekomme ich das Gefühl, dich überhaupt nicht zu kennen.«

»Genau das wollte ich in unserer Beziehung ändern«, sagte ich ganz ruhig.

»Wie viel verdienst du?«, meldete sich meine Schwiegermutter zum ersten Mal zu Wort.

»Fünfundfünfzigtausend«, antwortete ich wahrheitsgemäß. »Für die Tätigkeit beim Fernsehen bekomme ich wahrscheinlich noch ein bisschen mehr.« Wieder

wirkte Sanjay wütend, diesmal allerdings, weil ich mehr verdiente als er.
»Und wo ist das Geld?«, wollte mein Schwiegervater wissen.
»Ich habe ein Sparkonto eröffnet, weil ich mir dachte, vielleicht könnte ich euch davon in ein paar Jahren etwas Schönes kaufen.«
Wieder Schweigen, während sie versuchten, mit Neid, Staunen und Verwirrung fertig zu werden.
»*Wah, wah!* Filmstars und ein Haufen Geld!«, sagte meine Schwiegermutter plötzlich mit breitem Grinsen. »Das können wir gut gebrauchen. Schließlich muss Malini noch einen Mann finden. Und unseren Freunden erzählen wir, was Priya für einen schicken Job hat, nicht wie ihre Töchter. Du hättest nicht lügen sollen, aber jetzt ist's nun mal passiert. *Bas*, mach einfach weiter. Wir verzeihen dir. Vielleicht bist du ja gar nicht so dumm, wie wir geglaubt haben.«
Sanjay pflichtete seiner Mutter wie immer bei, während mein Schwiegervater schwieg. Malini stand auf, um das Zimmer zu verlassen. Ich hielt sie am Arm fest und zwang sie, mich anzusehen.
»Ich hätte dich nie verraten«, sagte ich. »Dein Leben geht nur dich etwas an. Hättest du mir doch vertraut! Und ich hätte dir auch gern vertraut. Wir sind ja fast Schwestern.« Malini löste ihren Arm aus meinem Griff und ging nach oben.

Der Geburtstagsanruf aus Delhi kam am Abend.
»Führt Sanjay dich an deinem ersten Geburtstag mit ihm aus?«, erkundigte sich meine Mutter aufgeregt.
»Nein, wir sind müde. Es war ein hektischer Tag«, antwortete ich, die Tränen unterdrückend.
»Alles, alles Gute zum Geburtstag, Liebes«, sagte meine Mutter. »Du fehlst uns sehr, aber wir sind auch dankbar für dein Glück.«

»Was ist los?«, fragte Sanjay später, als ich das Oberbett zurückschlug. »Wieso machst du so ein trauriges Gesicht? Es ist alles gut. Wir vergeben dir. Ich glaube sogar, dass meine Eltern jetzt mehr Respekt vor dir haben werden. Es hat sich alles zum Guten gewendet. Mach weiter wie bisher«, sagte er, während er in seinen Pyjama schlüpfte. »Vielleicht ist das gar nicht schlecht, denn du bist in der Lage, für mich den Kontakt zu den Studios herzustellen, wenn die fürs Merchandising Taschen brauchen. Die Rucksäcke zum Filmstart von *Findet Nemo* hätte ich liefern können.«
Ich war so wütend, dass mir fast die Luft wegblieb, obwohl ich glücklich und erleichtert darüber hätte sein sollen, dass nun alles ans Licht gekommen war.

Karishma freute sich wie eine Schneekönigin, als ich sie am nächsten Tag anrief.
»Ich habe mir solche Sorgen gemacht«, sagte sie. »Von Steve weiß ich, dass du nicht mehr zu ihm gehst,

und zurückgerufen hast du auch nie. Allmählich bekam ich es wirklich mit der Angst zu tun.«

»Alles in Ordnung«, sagte ich. »Nun, eigentlich nicht. Sie wissen Bescheid.«

Ich erzählte ihr, was passiert war.

»Ich verstehe deinen Zorn«, meinte sie. »Du musst ja das Gefühl bekommen, dass sie dich nie geachtet haben. Erst jetzt, wo du den tollen Job hast und ordentlich Geld verdienst, scheinen sie froh über deine Anwesenheit zu sein. Was würden sie machen, wenn du ihnen mitteilst, dass du nicht mehr dort arbeiten willst? Dich rausschmeißen?«

Karishma hatte wie immer den Nagel auf den Kopf getroffen und die richtigen Fragen gestellt.

Einunddreißig

Kaki fiel nicht in Ohnmacht, als sie mich sah. Nein, sie legte die Arme um mich und weinte, allerdings nicht meinet-, sondern ihretwegen. »Letztes Jahr um diese Zeit hast du dich auf deine Hochzeit vorbereitet«, sagte sie. »Jetzt bist du wieder bei uns. Meine kleinste Taube ist zurückgekehrt.«

Ich hatte immer gedacht, wenn Menschen ihren Partner verließen, sei das nicht viel schwieriger als ein Besuch bei Burger King am Freitagabend. Doch als ich das Flugzeug nach Delhi am Los Angeles Airport bestieg, wurde ich den Gedanken nicht los, dass ich vielleicht schon bald geschieden sein und dann auf ewig das Schandmal des Versagens tragen würde, weil ich unfähig gewesen war, Kompromisse einzugehen und in einem Hindu-Haushalt den Frieden zu erhalten. Ich wusste, bei meiner Rückkehr würden alle tuscheln: »Früher einmal waren es vier unverheiratete Schwestern, und jetzt ist die einzige Verheiratete vor ihrem Ehemann geflüchtet.« Ria, Radha und Roma waren unberührt, ich hingegen wurde unberührbar. »Schau, nach einem Jahr ist sie schon wieder da«,

würden die Leute sagen, als wäre es akzeptabler, wenn ich es auf drei oder fünf oder zehn Jahre gebracht hätte.
Immerhin machten meine Eltern mir keine Vorwürfe. Und meine Schwestern standen mir so nah wie eh und je, obwohl mir Roma traurig erklärte, dass ich die erste getrennt lebende Person sei, die sie kenne. Und Ria sagte, für das, was mein Mann und meine Schwiegereltern mir angetan hatten, müssten sie bestraft werden. Meine Schwestern, das wusste ich, begriffen nicht so ganz, warum ich meinen Mann verlassen hatte, zweifelten aber nicht an meiner Entscheidung.
»Sie haben deinen ganzen Schmuck behalten, Mummy«, gestand ich meiner Mutter traurig. »Zwar besitze ich ein Schließfach bei der Bank, aber bei der Einrichtung durfte ich nicht unterschreiben. Und ich war so dumm, nicht zu widersprechen. Beim Abschied habe ich mir dann nicht die Mühe gemacht, darum zu kämpfen. Es tut mir Leid.«
»Keine Ursache«, beruhigte mich meine Mutter. »Gold kommt und geht, doch eine Tochter bleibt eine Tochter. Du bist jetzt hier bei uns, und wir werden dich niemals an einen Ort schicken, an dem du nicht willkommen bist. Schade ist das Ganze aber schon. Sanjay ist so ein gut aussehender Junge.«

Ich musste die ganze Zeit an ihn denken.
Er hatte mich nicht gebeten, zu bleiben.

Der Abschied war mir nicht sehr schwer gefallen. Zu wissen, dass meine Gegenwart nie wirklich gezählt hatte, machte mir allerdings mehr zu schaffen.
Die Leute vom *Hollywood Insider* schienen die Einzigen zu sein, die mich nicht ziehen lassen wollten. »Ich begreife das nicht«, sagte Mr Bailey verwirrt, als ich zum letzten Mal ins Büro kam, um meine Sachen zu holen. »Ihre Ehe ist kaputt? Na und? Das passiert hier jeden Tag. Das heißt doch nicht, dass Sie wegmüssen. Sie haben einen Job, verdienen ordentlich und kommen wunderbar ohne Mann zurecht. Warum wollen Sie unbedingt nach Indien zurück?«
»Glauben Sie mir, ich habe über alles nachgedacht. Ich weiß einfach nicht, wie ich hier leben soll«, sagte ich, nun leise weinend, und Mr Bailey betrachtete mich noch verwirrter. »Ich habe keine Ahnung, wie alles funktioniert. Ich weiß nicht, wie man eine Steuererklärung ausfüllt; vor meiner Ankunft hatte ich noch nie etwas von Hypotheken gehört. Sanjay erledigt das alles für mich. Dieses Land ist mir zu groß, seine Bewohner sind mir fremd, und ich könnte nicht allein hier leben.«
Mr Bailey erhob sich von seinem Stuhl und trat um seinen Schreibtisch herum auf mich zu.
»Das lernen Sie schon. Ihre Freunde helfen Ihnen dabei. Und wir sind ja auch noch da«, meinte er und legte mir eine Hand auf die Schulter.
»Es ist alles so schwierig«, sagte ich, bemüht, mich

zusammenzureißen. »Sie waren wirklich sehr nett zu mir, und ich möchte mich für Ihre Mühe bedanken. Aber hier ist alles mit Schmerzen verbunden, und ich will nur wieder zurück zu meinen Eltern.«

»Wenn das so ist …«, meinte Mr Bailey und nahm mich vorsichtig in den Arm. »Aber falls Sie es sich jemals anders überlegen sollten, wartet hier immer ein Plätzchen auf Sie.«

Unten packte Deanna gerade meine Sachen in einen Karton.

»Du machst einen großen Fehler«, sagte sie mit bebender Stimme. »Geh nicht. Das war doch dein Traumjob, hast du das vergessen?«

Dann reichte sie mir eine Karte, die für mich abgegeben worden war, und ich erkannte die Schrift auf dem Umschlag sofort.

»*Meine liebe Priya*«, hatte Maia Mourtos geschrieben. »*Mit Bedauern höre ich, dass Sie wegen ehelicher Probleme zurück nach Indien wollen. Aber ich wäre die Letzte, die Ihnen raten würde, nicht auf Ihr Herz zu hören. Wenn man eine Liebe verliert, glaubt man, alles verloren zu haben. Doch wir sind stärker, als wir meinen. Ich hoffe, dass wir weiter befreundet bleiben. Meine besten Wünsche begleiten Sie.*«

Sanjay sah achselzuckend, wie ich meine Siebensachen packte, und ging zu seinen Eltern hinunter. Meine Schwiegermutter weinte, allerdings nur, weil sie nun eine neue Frau für ihren Sohn suchen musste, was

Zeit und Geld kosten würde. Malini hatte sich in ihrem Zimmer verkrochen, und mein Schwiegervater versteckte sich hinter seiner Zeitung.

Karishma holte mich mit dem Wagen ab. Als ich einstieg, sah ich, dass Sanjay mir durchs Fenster nachstarrte und etwas zu seiner Mutter sagte, etwas, das wie eine Bitte wirkte. Doch offenbar reagierte sie nicht, denn als Karishma das Auto die Auffahrt hinunterlenkte, ließ Sanjay den Vorhang sinken.

Zweiunddreißig

Die Nachbarskinder, die in unserer Hochzeitswoche ihre Spottlieder auf uns gesungen hatten, schwiegen jetzt. Sie zeigten mit Fingern auf uns oder wichen unserem Blick aus, weil sie meine Geschichte kannten. Noch vor meiner Landung in Delhi hatte Sanjays Mutter all ihre Freunde angerufen, um ihnen zu sagen, ich sei eine schreckliche Schwiegertochter gewesen und habe deshalb gehen müssen. Sie erzählte, ich habe gelogen (wahr) und gestohlen (falsch), ich sei faul (falsch) und eigensinnig (wohl wahr).

»Sie behauptet, du seist als Ehefrau nicht zu gebrauchen«, sagte Tante Vimla, als sie uns besuchte, um uns ihr Beileid anlässlich meiner missglückten Ehe auszusprechen.

»Du bist dort drüben zu amerikanisch geworden. Weißt du noch, was ich dir gesagt habe? Halte den Mund und gehorche, dann bekommst du keine Probleme. Aber du wolltest ja nicht hören.« Sie schwieg, als meine Schwestern den Raum betraten und mich schützend umringten.

Im ersten Monat nach meiner Rückkehr verlor ich mehr als sieben Kilo Gewicht. Ich wachte mitten in der Nacht orientierungslos auf und streckte die Hand nach Sanjays Rücken aus, wie ich es früher getan hatte, ertastete aber nur ein dickes Kissen. Dann wieder lauschte ich auf sein leises Schnarchen und hörte lediglich die Grillen draußen sowie hin und wieder eine Fahrradklingel.

Das *Vivacious!*-Heft kam immer noch einmal pro Monat, jeweils zwischen dem vierzehnten und siebzehnten, je nach Form des Briefträgers. Nun las ich es mit Distanz und ließ mich nicht mehr so leicht von den Geschichten über das Märchenleben der Filmstars beeindrucken. Ich spielte mit dem Gedanken, mich bei der Zeitschrift zu bewerben. Keine Frau meiner Familie hatte je gearbeitet. Aber auch keine Frau meiner Familie hatte je ihren Mann verlassen.

Jeden Tag rechnete ich damit, zu hören, dass Sanjay sich eine neue Frau gesucht hatte. Offiziell waren wir nicht einmal geschieden, und das würde aufgrund der bürokratischen Mühlen in Indien und den Vereinigten Staaten sicher auch noch eine ganze Weile dauern. Doch dies wäre für ein nettes, naives Mädchen, das sich in Sanjays gutes Aussehen verguckte und von einem amerikanischen Leben in Wohlstand träumte, kein Hindernis. Eine Hindu-Hochzeit würde reichen; in Indien galt ein Gang ums Feuer genauso viel wie eine standesamtliche Zeremonie. Es war nur eine Frage der Zeit, bis Sanjay sich einem neuen Abschnitt seines Daseins zuwenden würde, während ich mich nach rückwärts bewegte.

Zwei Monate nach meiner Heimkehr hörte mein Vater auf, sich aus Scham zu verstecken, und ließ sich, auf die Rücksichtnahme seiner Freunde vertrauend, wieder bei diesen blicken. Meine Mutter reagierte auf Fragen mit einem höflichen, unverbindlichen »Was soll man machen? Alles geschieht aus einem Grund«. Kaki nahm die Tauben-Figurine vom Tisch und verdreifachte die Menge der getrockneten Chili-Schoten an der Haustür, die unsere Familie vor dem bösen Blick schützen sollten.
Das, vielleicht aber auch etwas anderes, nützte.

Eines Nachts stand Radha um drei Uhr elf auf und tappte ins Schlafzimmer unserer Eltern, wobei sie mich weckte. Ich erlebte von der Tür aus mit, wie sie auf deren Bett zu weinen begann.
»Was ist, *beti?*«, fragte meine Mutter besorgt.
»Er ist wieder da«, schluchzte Radha. »Nishant. Er war bei mir und hat gesagt, dass er jetzt hier bleiben würde.«
»Das war nur ein schlimmer Traum«, meinte mein Vater und schloss die Augen, um wieder einzuschlafen. »Du siehst zu viele Filme.«

Als Radha in ihr Zimmer zurückkehrte, nahm ich ihre Hand und sagte: »Ich glaube dir.«

Zwei Tage später kam meine Mutter blass und aufgeregt vom Markt zurück. Im Haus lehnte sie sich völlig außer Atem gegen den Türstock.
»Ihr werdet nicht glauben, wen ich auf der Straße getroffen habe«, sagte sie zu uns Schwestern, als wir gerade Monopoly spielten. »Asha, Nishants Mutter.«
Radha ließ das Papiergeld fallen, das sie in der Hand hielt, und versuchte nicht, es einzusammeln, als es vom Luftzug des Ventilators verweht wurde. Wir hatten Nishants Familie seit dessen Beisetzung vor elf Jahren nicht mehr gesehen. Nach seinem Tod waren sie nach London gezogen, weil das traurige Ereignis uns alle so mitgenommen hatte, dass wir nicht in der Lage waren, aufeinander zuzugehen. Ich wusste, dass meine Mutter ihm im tiefsten Inneren Vorwürfe machte, weil er im betrunkenen Zustand gefahren war, und dass Nishants Mutter Radha beneidete, weil diese ihren Sohn als Letzte lebend gesehen hatte.
»Was hat sie gesagt?«, fragte ich vorsichtig.
»Sie verbringen ein paar Monate hier und würden dich gern sehen, Radha. Ich finde, wir sollten sie willkommen heißen.«

Wir Schwestern brieten und buken und dünsteten den ganzen Morgen. Radha warf die Erbsen geistesabwesend weg und gab die Hülsen in den Topf, und beim Schälen einer Aubergine hätte sie sich fast den Finger abgeschnitten.

»Elf Jahre sind eine lange Zeit«, sagte sie mit Tränen in den Augen, die auf Zwiebelgerüche oder auch ihre Gefühle zurückzuführen sein mochten. »Ich bin schrecklich nervös.«

Nishants Eltern trafen um Punkt vier Uhr ein. Sie lächelten genauso unsicher wie wir. Und als sie die Schwelle überschritten, sahen wir, dass jemand hinter ihnen stand, bei dessen Anblick uns allen der Atem stockte, weil er Nishant wie aus dem Gesicht geschnitten war: Nayan, sein jüngerer Bruder, nun erwachsen wie wir.

Aus dem Tee wurde Abendessen, und wir waren froh, genug vorbereitet zu haben. Hinterher umarmten meine und Nishants Mutter sich schwesterlich und weinten wie in der Nacht seines Todes. Mein Vater wandte sich an Nishants Vater und sagte: »Ich habe keine Söhne, aber ich weiß, dass der Verlust eines Kindes die schlimmstmögliche Gottesstrafe ist. Mein Herz fühlt mit dir.«

Radha und Nayan beäugten einander während der verschiedenen Gänge mit *bhel puri*, *dahi wada* und *channa masala*. Auch Roma ertappte ich dabei, wie sie Nayan beobachtete, denn Kaki hatte ihn ursprünglich ihr zugedacht. Doch wenn sie neben ihm stand, muss-

te sie sich zu ihm hinunterbeugen, und so wusste ich, dass die beiden nie ein Paar werden würden.
Beim Abschied berührte Nayan leicht Radhas Hand. »Ich weiß, dass du meinen Bruder genauso sehr geliebt hast wie ich«, sagte er, ohne den Blick von ihr zu wenden. »Und ich weiß auch, wie sehr er dich liebte. Ich versuche nun, ohne sein Vorbild, so zu werden wie er.«
Als meine Mutter später das gute Geschirr wegräumte, fragte sie mich: »Hast du sie zusammen gesehen? Es ist, als hätte Radha die andere Hälfte ihrer Seele in Nayan gefunden.«
Zwei Wochen später wurde Verlobung gefeiert.

Alles klappte wie am Schnürchen. Abergläubisch, wie sie war, hatte Kaki bestimmt, dass am Abend vor der Hochzeit kein Alkohol getrunken würde. Als wir vom Imperial Hotel, wo die Feier stattfand, nach Hause zurückkehrten, stieß meine Großmutter einen tiefen Seufzer aus, weil der Fluch, der auf uns Mädchen lag, nun vielleicht gebrochen war. Sie holte die Figurine wieder hervor und tätschelte die größte Taube.
»Meine Radha beginnt ein neues Leben in London«, sagte sie mit tränenerstickter Stimme. »Nun werden sich die Himmel auch für euch öffnen, sogar für dich, Priya. Selbst du wirst wieder jemanden finden.« Mein Vater schlüpfte aus seinen Bally-Schuhen, legte sie sorgfältig eingewickelt zurück in ihre Schachtel und schüttelte den Kopf.

Drei Wochen nach Radhas und Nayans Abreise in die Flitterwochen in Neuseeland erhielt mein Vater einen Anruf von einem entfernten Cousin namens Vishnu in San Jose. Onkel Vishnu war gerade von einer Konferenz in San Francisco zurückgekehrt und höchst beeindruckt von einem jungen Mann gewesen, der einen Vortrag über die neuesten Entwicklungen bei der Motherboard-Herstellung gehalten hatte. »Der Junge musste sich nicht einmal aufs Podium stellen«, erzählte uns unser Vater später. »Vishnu sagt, er ist über einsneunzig groß. Er hat sich erkundigt und herausgefunden, dass er nicht verheiratet ist und nach einer Frau sucht. Vielleicht meinen es die Götter dieses Jahr tatsächlich gut mit euch allen.«
Fotos des Riesen Suraj und einer schmachtenden Roma wurden ausgetauscht, und wieder begann der Tanz der Werbung.

An einem ruhigen verregneten Abend waren nur Ria und ich zu Hause, weil meine Eltern und Kaki Roma zu ihrem ersten Treffen mit Suraj begleiteten, der am Morgen aus San Francisco angekommen war. Die beiden würden es anders machen als ich und sich nicht erst bei der Verlobung kennen lernen. Sie hatten sich schon oft am Telefon unterhalten, einander E-Mails geschickt und beschlossen, sich erst zu entscheiden, wenn sie dreimal allein miteinander ausgegangen wären. Kaki hatte diesen Ansatz anfangs als »zu modern«

verworfen, doch als meine Mutter sie daran erinnerte, was die strenge Einhaltung der Traditionen mir gebracht hatte, gab Kaki in der Hoffnung nach, dass Roma nun vielleicht den Haupttreffer erzielen würde. Ria und ich durften nicht mit, weil beide Elternpaare fürchteten, der Zukünftige könnte sich ungeachtet seiner Größe im letzten Augenblick noch für eine andere Schwester entscheiden.

Ria hielt sich im ersten Stock auf, um alte Kleidung auszusortieren, die sie in das Frauenhaus bringen wollte, in dem sie arbeitete, während ich – in eine rosafarbene Decke gekuschelt, die Kaki vierzig Jahre zuvor gestrickt hatte – halb vor dem Fernseher döste. Ein örtlicher Sender brachte Ausschnitte von der Oscar-Verleihung des Vorabends. Die Totale zeigte den roten Teppich mit den Leuten vom Fernsehen, die sich um ihre Starmoderatoren Matt Lauer, Nancy O'Dell und Joan Rivers scharten.

Dort hätte ich auch sein können, dachte ich. Wenn ich nicht geflohen wäre.

Ich schaute hinaus in die dunkle Nacht, aus der lediglich das Licht einer einzelnen Straßenlaterne hereinflackerte. Jagdishs Laden war mit einem Metallgitter gesichert, auf das der Regen prasselte. Es war eine Nacht wie in meinem Albtraum.

Auf der Straße leuchteten nur hin und wieder die Scheinwerfer eines Wagens auf. Einige Häuser weiter blieb ein Taxi stehen, jemand stieg aus, bezahlte den

Fahrer, holte sein Gepäck aus dem Kofferraum und begann auf unser Haus zuzugehen.
Die Person blieb vor unserem Fenster stehen und schaute herein.
Ich erkannte die orangefarbene Windjacke sofort und rannte zur Tür. In meiner Hast warf ich einen Messingkrug und den Schirmständer um.
An der Tür stand Sanjay, das Gesicht nass vom Regen und von Tränen. Ich zog ihn ins Haus.
»Hallo«, sagte er, gesprächig wie immer.
»Sanjay, was machst du denn hier?«, fragte ich verwirrt.
»Ich wollte nicht ohne dich sein und bin gekommen, um dich zu holen«, antwortete er und stellte seinen Koffer ab.
»Sanjay, du hast Nerven.« Ich war wütend, dass er drei Monate gebraucht hatte, um zu dieser Erkenntnis zu gelangen, und jetzt von mir erwartete, dass ich ihm sofort schmachtend zu Füßen fiele.
Ria kam mit ungläubigem Gesicht nach unten, als sie Sanjays Stimme hörte.
»Sieh an, was der Regen angeschwemmt hat«, meinte sie spöttisch.
»Ria, lass das«, sagte ich. »Ich komme allein zurecht.«
In diesem Augenblick öffnete sich die Tür erneut, und herein traten Roma, meine Eltern und Kaki. Der glückliche Ausdruck auf ihren Gesichtern – offenbar war das Treffen mit Suraj gut verlaufen – verwandelte

sich in Erstaunen. Sie blieben verblüfft stehen, als Sanjay die Füße von allen außer Roma berührte, die er mit einem Kopfnicken begrüßte. Roma strahlte übers ganze Gesicht, als wäre das Happy End, das sie sich immer für mich gewünscht hatte, nun zum Greifen nah.

»Was führt dich hierher?«, fragte Kaki Sanjay mit vor der Brust verschränkten Armen.

»Ich bin gekommen, um Priya zu holen«, antwortete er.

»Wie bitte? Glaubst du denn, sie hat die ganzen Wochen nur auf dich gewartet?«, fragte sie streng.

»Ist doch so, oder?«, meinte Roma, immer noch lächelnd.

»*Chup!*«, fuhr Kaki ihr über den Mund.

»Ich möchte, dass sie mich begleitet«, sagte Sanjay zu Kaki, als ihm endlich klar wurde, dass sie die Chefin dieser Familie war. »Wenn ich mit meinen Freunden ausgehe, sind immer alle zu zweit, und ich bin der einzige Single. Ich hasse es.«

»Das ist der Grund?«, herrschte ich ihn an. »Du möchtest mich zurück, weil du jemanden zum Ausgehen am Samstagabend brauchst?«

»Nein, nein, Priya«, meinte er kopfschüttelnd. »Du verstehst mich falsch. Ich tue mich manchmal schwer, meine Gefühle auszudrücken. Schau, was ich hier habe«, sagte er und holte einen Schlüsselbund aus der Tasche, an dem ein großes silbernes »P« hing.

»Ich habe uns ein eigenes Haus gekauft. Deswegen bin ich erst jetzt hier. Ich wollte, dass alles perfekt ist, bevor ich fahre. Dort werden nur wir beide wohnen, ohne Einmischung von außen. Und du kannst arbeiten oder auch nicht, das liegt ganz bei dir. Bitte, komm mit.«

Kaki meldete sich wieder zu Wort.

»Glaubst du, Priya springt sofort, wenn du ein bisschen mit dem Schlüsselbund klapperst? Tja, mein Junge, da täuschst du dich. Wir wollen alle unsere Mädchen verheiraten, aber sie sollen auch glücklich dabei werden.«

Mein Vater, der mir bisher kaum Fragen über das Scheitern meiner Ehe gestellt hatte, sagte zum ersten Mal etwas: »Sanjay, wenn du meine Tochter wirklich möchtest, musst du dich als ihrer würdig erweisen. Priya«, meinte er an mich gewandt, »ich habe mich nie bei dir dafür entschuldigt, dass ich dich nach Amerika geschickt habe. Ich wäre bereit, dem Jungen noch eine Chance zu geben, aber nur, wenn du das willst.«

Mir kamen die Tränen. Die Augen aller waren nun auf mich gerichtet. Als Sanjay mir den Schlüsselbund überreichte, spürte ich das regennasse Metall in meiner Hand.

»Möchtest du eine heiße *pista*-Milch?«, fragte ich ihn.

»Nein, ich möchte nur dich zurück«, antwortete er mit sanfter Stimme.

»Weißt du, Sanjay, ich dachte damals, du würdest mich beschützen«, sagte ich, »vor all jenen, die mich nicht achteten. Und lieben solltest du mich auch.«
Wir wussten beide, dass das Gespräch sich um seine Familie drehte, aber trotz unserer Vorgeschichte brachte ich es nicht übers Herz, mich nun bei ihm über sie zu beklagen. Kaki hatte mir einmal gesagt, dass man als Wurm wiedergeboren würde, wenn man öffentlich schlecht von seinen Schwiegereltern sprach.
Plötzlich erschien Sanjay mir mit seiner regennassen orangefarbenen Windjacke winzig, und ich bekam Mitleid mit ihm. Offenbar merkte Kaki das, denn sie nahm seine Hand und führte ihn zum Sofa wie einen kleinen Jungen.
»Setz dich«, sagte sie und drückte ihn auf die Couch. »Sanjay, bist du dir eigentlich der Versprechen bewusst, die du am Hochzeitsabend gegeben hast? Ich weiß, sie werden in Sanskrit gesprochen, und ihr jungen Leute haltet euch für zu modern, um euch wirklich mit dem Text zu beschäftigen. Ich werde dir jetzt, vielleicht zu spät, erklären, was sie bedeuten.« Sie schloss die Augen, legte ihre Hände auf die von Sanjay und begann die Worte zu singen, die von Weisen gemurmelt werden, wenn Hindu-Paare siebenmal ums Feuer gehen.
»Eins steht für Kraft«, sagte sie nun auf Englisch, »zwei für Vitalität, drei für Wohlstand und vier für

Glück. Fünf steht für Vieh, sechs für die Jahreszeiten, sieben für die Freundschaft. Und hinterher habt ihr einander angesehen und gesagt: ›Mir gib dich hin.‹ Sie hat sich hingebungsvoll um dich und deine Familie gekümmert, aber kannst du das Gleiche von dir behaupten, Sanjay? Wenn nicht, besteht kein Grund, warum unsere jüngste Taube wieder mit dir fliegen sollte.«

Sanjay hielt den Blick zerknirscht gesenkt.

»Es ist spät«, meinte Kaki. »Komm mit zu mir. Du kannst so lange bleiben, wie du möchtest, bis ihr beide wisst, was ihr wollt. Beim ersten Mal haben wir sie dir zu schnell anvertraut. Jetzt musst du sie dir erarbeiten, sie umwerben.« Dabei berührte sie meine Hand. »Du musst uns beweisen, dass deine Liebe für sie stark genug ist.«

Als ich am nächsten Morgen *masala*-Omeletts zubereitete, tauchte Sanjay an der Tür auf.

»Lass uns etwas Schönes unternehmen«, sagte er und deutete auf das Taxi draußen.

Zwanzig Minuten später bestiegen wir eine Rikscha und fuhren durch Chandni Chowk, den alten Silbermarkt, der jetzt ein Basar war, in dem von perlengeschmückten Gürteln bis zu Baumwollbettlaken alles feilgeboten wurde. Von einem fliegenden Händler erwarben wir *pani puri* und feilschten kichernd um fünf Rupien – umgerechnet fünfzehn amerikanische

Cents – für ein dünnes Chiffontuch, das Sanjay seiner Sekretärin mitbringen wollte. Wir unterhielten uns übers Wetter, seinen Jetlag und die neuen Restaurants in Northridge. Ich hätte mir weniger oberflächliche Gespräche gewünscht, beschloss aber, ihm das fürs Erste nicht zu sagen.

Als es wieder nach Regen aussah, suchten wir Zuflucht in einem kleinen Imbiss. Wir wählten eine Nische am hinteren Ende und warteten, bis ein Mann mit fleckigem Unterhemd, ein Geschirrtuch über der Schulter, unsere Bestellung aufnahm.

»In Kalifornien hätte man den Laden längst zugemacht«, lachte Sanjay, als der Mann mit einem Metallkrug voll Wasser zurückkehrte und ihn auf den Plastiktisch knallte.

»Wie geht's deiner Familie?«, erkundigte ich mich schließlich doch.

»Gut«, meinte er mit einem Achselzucken. »Sie waren wirklich sauer, als du verschwunden bist, und noch mehr, als ich das Haus gekauft habe. Aber inzwischen ist es mir egal, was sie sagen. Übrigens habe ich Steve, den Mann deiner Freundin, besucht.«

Ich machte große Augen.

»Er ist echt gut«, meinte Sanjay. »Nicht zu fassen, wie schwer von Begriff ich war. Jetzt sind mir meine Fehler klar, und ich weiß, warum ich meiner Familie unbedingt alles recht machen wollte. Etliche Gebiete habe ich mit Steve aufgearbeitet.«

Ich musste lächeln, weil Sanjay sich sogar schon Steves Ausdrucksweise angeeignet hatte. Eigentlich hätte ich gern mehr erfahren, aber ich spürte, dass er dazu noch nicht bereit war. Diesmal hatten wir Zeit.
»Und Malini? Wie geht's ihr?«, fragte ich vorsichtig.
»Oje, meine kleine Schwester. Wir haben rausgefunden, dass sie sich hinter unserem Rücken mit 'nem Typen trifft. Papa ist natürlich ausgerastet. Sie haben sie in eine Klosterschule in Simla gesteckt«, sagte er mit einem Kopfschütteln. »In der indischen Provinz kann sie wohl nicht so viel anstellen.«
»Findest du das nicht ein bisschen übertrieben?«, fragte ich.
»Ja, doch. Wahrscheinlich holen sie sie bald wieder nach Hause. Sie wollten ihr nur eine Lektion erteilen. Und irgendwann hoffen sie, sie ja zu verheiraten. Dann würde sich das Problem von selbst lösen.«
»Meinst du wirklich?«, fragte ich, während ich mein *idli* mit *sambar* würzte. »Die Ehe löst nicht unbedingt Probleme, oder? Sie schafft auch neue.«
Zum ersten Mal hatte ich das Gefühl, mich wirklich mit Sanjay zu unterhalten.
»Ich war kein besonders guter Ehemann, stimmt's?«, fragte er. »Aber inzwischen habe ich ein paar Bücher gelesen und mir die eine oder andere Sendung mit Oprah angeschaut. Ich glaube, jetzt weiß ich eher, wie's geht.«
Ich lächelte und nahm seine Hand.

In den folgenden beiden Wochen sahen Sanjay und ich uns jeden Tag. Wir mussten darüber lachen, dass wir jetzt – da wir nicht unter demselben Dach lebten – mehr Zeit miteinander verbrachten als in Los Angeles.

»Ich komme mir vor wie ein lediger Mann, der mit einer tollen Frau ausgeht«, meinte er, während wir Hand in Hand durchs Hauz Khas Village schlenderten. Obwohl ich in Delhi aufgewachsen war, hatte ich das Viertel mit seinen Designerboutiquen, in denen die Reichen einkaufen, nie besucht.

»Mein Gott, wenn hier nicht Kuhmist auf den Straßen läge, könnten wir glatt am Rodeo Drive sein«, sagte Sanjay lächelnd, als wir uns in einem Geschäft mit schicker, westlich orientierter indischer Kleidung umsahen. Frauen mit Manolo Blahniks an den Füßen stiegen aus glänzenden ausländischen Autos und probierten eng geschnittene Perlenkleider an.

»Was hättest du gern?«, fragte Sanjay. »Du darfst dir etwas aussuchen«, meinte er großspurig. Doch als er einen Blick auf ein Preisschildchen warf, verfinsterte sich seine Miene.

»Ich will nichts«, sagte ich. »Komm, Sanjay, lass uns gehen.«

Allmählich machte ich mir Gedanken, warum wir uns nicht weiter darüber unterhielten, was in unserer Ehe schief gelaufen war. Jedes Mal, wenn ich dieses Thema anzuschneiden versuchte, lenkte er ab. Irgendwann wurde mir klar, dass es da noch Etliches zu bereden gab.

»Setzen wir uns einen Augenblick«, schlug ich vor, und wir nahmen auf den Stufen vor dem Geschäft Platz und beobachteten von dort aus einen alten Mann, der an seiner *hookah* zog.

»Du hast erzählt, dass du bei Steve warst«, sagte ich. »Aber mehr weiß ich nicht. Was hast du über dich selbst herausgefunden? Wie war das genau mit deinen Eltern?«

»Ach, Priya«, meinte er und legte mir einen Arm um die Schultern. »Wieso bist du plötzlich so ernst? Wir haben doch gerade so viel Spaß miteinander. Darüber können wir später sprechen.«

»Bei dir bedeutet ›später‹ für gewöhnlich ›nie‹, Sanjay«, sagte ich verärgert. »Du bist hierher gekommen, um mich zurückzugewinnen, und das war sehr mutig, aber es ist noch etwas anderes nötig. Wenn wir eine gemeinsame Zukunft wollen, müssen wir herausfinden, was beim ersten Versuch schief ging. Ich wünsche mir einen Mann, der mit mir redet, nicht einen, der alles mit einem Achselzucken abtut und glaubt, bei der Ehe gehe es nur um den Spaß.«

Sanjay senkte den Kopf, atmete tief durch und schloss die Augen.

»Ja, Priya. Wie immer hast du Recht. Ich werde dir alles erzählen.«

Mit dem Taxi fuhren wir nach Dilli Haat, wo sich

Lebensmittelhändler und Stände mit betörend duftenden Rosenessenzen, starren Ledersandalen und klimpernden Glasreifen drängten.

»Meine Eltern haben mir immer ein schlechtes Gewissen gemacht«, sagte Sanjay, als wir die unter den nackten Glühbirnen glänzenden versilberten Figurinen betrachteten, »und haben mir die Verantwortung für alles zugeschoben. Ich musste ein braver Junge sein, einen Uni-Abschluss in Wirtschaft machen, mich um meine kleine Schwester kümmern – die mir übrigens seit jeher auf die Nerven geht – und schließlich noch eine Frau heiraten, die sie für mich aussuchten. Für meinen Dad wollte ich eigentlich auch nie arbeiten, aber ich bin der einzige Sohn. Was blieb mir also anderes übrig?«

»Hast du mich nur geheiratet, weil sie es von dir verlangten?«, fragte ich ängstlich.

»Es ist merkwürdig«, antwortete er und führte mich von dem Stand weg. »Das dachte ich. Aber als ich dich dann bei der Verlobungsfeier zum ersten Mal sah, habe ich mich in dich verliebt. Das war die beste Entscheidung, die meine Eltern je für mich getroffen haben. Du hast mir wahnsinnig gut gefallen, und ich wusste, dass du immer für mich und meine Familie da sein würdest. Ich wusste auch, dass das dir gegenüber nicht fair war, und habe durchaus mitbekommen, wenn sie dich ausnutzten, aber ich habe es nicht geschafft, etwas dagegen zu unternehmen.«

Nun sah ich den Jungen in ihm, der mit sechsundzwanzig Jahren immer noch nicht recht wusste, wie er zum Mann werden sollte. Als hätte er meine Gedanken erraten, meinte Sanjay: »Du warst von Anfang an erwachsener als ich, Priya. Wahrscheinlich glaubte ich einfach, du würdest schon alles in den Griff bekommen.«

»Das ging nur, weil ich einen wunderbaren Job hatte«, sagte ich. »Nur weil ich jeden Morgen an einen Ort fahren konnte, an dem die Menschen mich achteten. Ich habe diese Arbeit wirklich geliebt.«

»Das weiß ich«, meinte Sanjay mit leiser Stimme und streichelte meine Finger. »Die Leute dort konnten sich glücklich schätzen, jemanden wie dich zu haben, und ich war ein Trottel, dass ich dich ziehen ließ.«

Am nächsten Morgen kam er mit einem Video.

»Kaki hat mir geraten, dir das mitzubringen«, sagte er.

Ich kannte den Namen des Films, hatte ihn aber nie gesehen. *Akhele Hum, Akhele Tum* – etwa: »Ich bin allein, du bist allein« –, der typisch melodramatische Titel eines Hindi-Streifens, der keinen Amerikaner hinter dem Ofen hervorlocken würde.

Wir verfolgten die Handlung drei Stunden lang gebannt, ohne uns zu bewegen. Eine arme Frau musste ihrem Mann jeden Wunsch erfüllen, während er nur sein eigenes Leben im Sinn hatte. Ich weinte, als sie ihre Siebensachen packte und ihn verließ, und Sanjay

wischte mir die Tränen mit der Hand weg. Ich freute mich mit ihr, als sie Erfolg hatte, und weinte wieder, weil sie sich trotzdem nach ihrem Mann sehnte. Am Ende beschloss sie, ihren gemeinsamen Sohn mit dem Satz »Das hier ist sein Zuhause« bei ihm zu lassen. Als sie gerade weggehen wollte, hielt ihr Mann sie mit den Worten zurück: »Es ist auch dein Zuhause.«
Zum ersten Mal sah ich Tränen in Sanjays Augen; er küsste meine Stirn.
»Priya«, flüsterte er, »es tut mir so Leid.«

Zwei Tage später standen Sanjay und ich vor dem Tadsch Mahal, dem Monument unsterblicher Liebe. Er verschwand einen Moment und kehrte mit einem Strauß welker Rosen zurück.
»Sorry, etwas anderes gab's nicht«, sagte er, den Blick auf die Blumen gesenkt. »Vor unserer Fahrt hierher habe ich deinen Vater angerufen und gefragt, ob er jetzt bereit wäre, dich mit mir kommen zu lassen. Er hat geantwortet: ›Ich bin nicht derjenige, der bereit sein muss.‹ Priya, wenn du noch nicht so weit bist, bleibe ich hier, solange es nötig ist, aber du solltest wissen, dass *ich* bereit bin. Bei unserer Hochzeit war ich es noch nicht.«
Dann holte er ein kleines Samtetui aus seiner Tasche, in dem sich ein Ring mit einem herzförmigen Diamanten befand.
»Karishma hat mir erzählt, wie gut dir ihr Verlobungs-

ring gefällt«, sagte Sanjay. »Der, den du bisher getragen hast, war eher so etwas wie ein Unterpfand, mehr von meinen Eltern als von mir. Der hier«, dabei nahm er den Ring aus dem Etui, »ist von mir. Bitte, Priya, werde noch einmal meine Frau.«

Ich hatte Lust, ihn zu küssen, und in meiner Freude antwortete ich mit Ja.

»Toll!«, meinte er mit einem breiten Lächeln. Dann zog er mir den alten Ring vom Finger und steckte mir den neuen an.

»Und, Priya, wenn du fürs Fernsehen arbeiten willst – ich lasse dich.«

Sofort wirkten die Rosen in meinen Augen noch welker, als sie waren. Er *lässt* mich arbeiten.

»Du hast es also immer noch nicht begriffen, Sanjay, stimmt's?«, fragte ich traurig und trat einen Schritt zurück. »Du glaubst, dass ein Schlüsselbund mit einem silbernen ›P‹ und ein neuer Ring die Probleme in unserer Ehe lösen, dass du mich mit Essenseinladungen und Versprechungen herumkriegen kannst. Wir sind Mann und Frau, Sanjay. In einer Ehe muss der eine nicht die Erlaubnis vom anderen einholen, jedenfalls nicht in der Ehe, die ich mir vorstelle. Kapierst du das?«

Sanjay ließ kopfschüttelnd die Blumen fallen.

»Die Sätze kommen immer falsch aus meinem Mund heraus. Ich habe wirklich nur die besten Absichten, Priya. Bitte versuch das zu sehen. Steve meint, ich

muss lernen, die Sprache des Herzens zu sprechen, weil mein Kopf manchmal ein bisschen langsam ist.«
Als er mich so treuherzig ansah, verflog mein Zorn.
»Kaki hat mir die Bedeutung eines weiteren Eheschwurs verraten: ›An meinem Wort erfreust du dich mit ganzem Herzen.‹ Priya, ich verspreche dir, dass ich mich in Zukunft von ganzem Herzen an *deinem* Wort erfreuen werde. Wir sind ebenbürtig. Nein, du bist besser als ich. Du musst mir so vieles beibringen.«
Unter dem Blick der anderen Tadsch-Mahal-Besucher legte mein Mann die Handflächen aneinander und bückte sich, um meine Füße zu berühren.
»Bitte, vergib mir«, sagte er, als ich ihn – verlegen, aber auch so gerührt, dass ich kein Wort herausbrachte – an den Schultern hochzog. Niemand berührt je die Füße einer jungen Frau, am allerwenigsten ihr Ehemann.
»Vielleicht weiß ich nicht viel, aber ich habe herausgefunden, dass mein Leben ohne dich leer ist. Ich werde lernen, das deine genauso zu erfüllen, wie du das meine erfüllst.«
Nun funktionierte die Magie des Tadsch Mahal tatsächlich.

Als wir nach Hause kamen, trat Ria aus ihrem Zimmer, um uns zu begrüßen, und sobald sie uns sah, nickte sie mir lächelnd, nur für eine Schwester wahrnehmbar, zu.

Tante Vimla wollte wissen, ob ich meinen Schmuck wiederbekommen würde, während meine Mutter ihr in den Bauch stieß, um sie zum Schweigen zu bringen. Roma freute sich darüber, dass wir »fast Nachbarn« sein würden – sie in San Jose, ich in Los Angeles. »Wir werden immer zusammensein«, meinte sie und umarmte mich. »Wir haben das große Los gezogen!« Kaki legte eine Hand auf meinen Kopf und die andere auf den von Sanjay, um sie sanft zusammenzuführen, wie an unserem Hochzeitstag.
»Soweit ich weiß, leben die Menschen in Amerika vor der Ehe zusammen, um festzustellen, ob es funktioniert. Betrachtet das letzte Jahr als eine solche Probephase. Erst jetzt seid ihr wirklich verheiratet«, meinte sie. »Denkt nie schlecht über andere und habt immer nur das Glück des Partners im Blick, dann werden alle Reichtümer der Welt euch zufallen.«
Als wir mein Elternhaus verließen, um nach Los Angeles zu fliegen, versammelten sich die Kinder der Nachbarschaft, um noch einmal ihr Lied zu singen: »Sanjay und Priya küssen sich; zuerst kommt die Liebe, dann die Ehe …«
Und die nächste Zeile des Lieds wurde zur Zeit der Oscar-Preisverleihung wahr: Nun lag ein Kind in der goldenen Wiege.

Louise Bagshawe

Venus mit Laufmasche

Roman

Jeder hat mal einen schlechten Tag – aber Alex hat sieben pro Woche: Nicht nur, dass sie ein paar Kilos zu viel auf die Waage bringt und ihre Freundinnen alle aussehen, als wollten sie den Supermodels Konkurrenz machen, nein, jetzt macht auch noch ihr Freund, ein bekannter Regisseur, mit ihr Schluss. Noch besser: Sein Assistent erledigt das. Per Fax! Und Alex wird klar: Es muss sich einiges ändern in ihrem Leben!

Ein Roman für alle Fans
von Bridget Jones und Ally McBeal!

Knaur Taschenbuch Verlag

Sarah O'Brien

Liebe nur mit Mietvertrag

Roman

Eigentlich sollte Langzeitsingle Ellen glücklich sein. Gleich zwei attraktive Männer stehen zur Auswahl: Tony, der südländisch anmutende Fremde, der vielleicht keine weiße Weste hat, dafür aber diese faszinierenden Augen. Und natürlich Andrew, dem Ellen bereits ein gebrochenes Herz verdankt, dem sie aber nach wie vor nicht widerstehen kann. Doch gibt es da noch diese Leiche, über die sie eines Morgens stolpert. Und von da an hat sie vor lauter Verwicklungen, Verwirrungen und Verfolgungsjagden (fast) keine Zeit mehr für die Liebe!

»Warmherzig, witzig und sehr erfrischend.«
The Bookseller

Knaur Taschenbuch Verlag

Pamela Ribon

Liebe ohne Märchenprinz

Roman

Aus Langeweile beginnt Anna Koval, ein Internet-Tagebuch zu führen. Doch kaum ist der erste Beitrag veröffentlicht, erhält sie auch schon die erste Fanpost, die natürlich beantwortet werden will. Und ihren Fans muss sie doch etwas bieten. Die eine oder andere Notlüge lässt sich da nicht vermeiden: Aus ihrer Bruchbude von Apartment wird ein Palast mit Aussicht, und ihr Freund, der sich in Wahrheit schon vor Monaten von ihr getrennt hat, schenkt ihr ganze Arme roter Rosen. Erst als einige ihrer Anhänger sie unbedingt persönlich kennen lernen möchten und sie sich in einen davon auch noch verliebt, steckt Anna arg in der Klemme …

»Ich starrte geschlagene zehn Minuten lang den Bildschirm an und las die Worte wieder und wieder. Leute hatten mir Fanpost geschickt. Ich konnte es nicht fassen. Ich hatte Fans. Fans – Mehrzahl!«

Knaur Taschenbuch Verlag

Carmen Reid

Die Chaos-Hochzeit

Roman

Die geschiedene und allein erziehende Eve ist jenseits der 39 und findet ihr Leben mit vier Kindern, ihrem hektischen Job und zwei komplizierten Exmännern manchmal ziemlich anstrengend. Wo bleibt da noch Zeit für Yogaübungen, ihren verwunschenen Garten oder für ein herrlich verdorbenes Schäferstündchen mit dem sexy Nachbarn? Ständig schrammt sie am Rande der Katastrophe entlang. Als ihr ältester Sohn plötzlich zu heiraten beschließt, nimmt das Chaos erst richtig seinen Lauf …

Sie werden Tränen in den Augen haben – vor Lachen und Weinen!

Knaur Taschenbuch Verlag

Laura Levine

Rache mit Sahne

Roman

Kaum hat Jaine ihren Job als Drehbuchautorin für eine Fernsehserie angenommen, steckt sie auch schon in Schwierigkeiten: Statt des erträumten Luxusstudios erwartet sie ein heruntergekommenes Büro, und auch die Serie ist nicht gerade Emmy-verdächtig. Und dann bricht auch noch Frauenschwarm Quinn Kirkland beim Verspeisen eines Sahnetörtchens vor laufender Kamera tot zusammen! Die Polizei hat Jaines beste Freundin zur Hauptverdächtigen auserkoren, und so muss sich Jaine nicht nur mit ihren neurotischen Eltern und den Allüren der Schauspieler herumschlagen, sondern auch den Mörder finden, bevor er ein weiteres Mal zuschlagen kann ...

Knaur Taschenbuch Verlag